Brasier

ÉDITION SPÉCIALE

www.chellebliss.com

CHELLE BLISS

USA TODAY BESTSELLING AUTHOR

DANS LA JOURNÉE, il y a toujours un moment où j'ai envie de frapper quelqu'un. Et là, j'y suis, sauf que je fais de mon mieux pour me retenir, parce qu'aujourd'hui, ce quelqu'un, c'est mon père.

Il m'a prise sous son aile depuis que j'ai laissé tomber mes études, m'enseignant tout ce qu'il y a à savoir sur Inked et toutes les parties du corps que l'on peut percer, dont certaines que je n'aurais jamais crues possibles.

L'homme est la quintessence du parent surprotecteur, gravitant sans répit autour de moi durant mes journées de travail, et même à la maison. Quand j'étais petite, je trouvais ça mignon. Même au lycée, ça ne me dérangeait pas, parce que ce gros bêta m'aimait et me le montrait.

Aujourd'hui, à vingt et un ans, c'est lourd. Très lourd.

Et puis, il y a le fait que je suis Lily. La douce. La fille sage. La seule personne de la famille qui se retient de dire ce qu'elle a sur le cœur pour ne pas faire de vagues, ou du moins ne pas attirer l'attention sur elle.

— Je sais, papa !

Je souffle, pose le menton au creux de ma paume et regarde la rue à travers la vitrine du salon de tatouage.

— Tu m'as vu le faire des centaines de fois. Je peux sincèrement me débrouiller toute seule maintenant.

Ses yeux s'arrondissent et il renverse la tête comme si mes mots lui avaient fait l'effet d'une claque.

— Je sais, trésor, me répond-il tout en hochant la tête. Je sais.

Il y a un *mais* qui va suivre. Il y en a toujours un. Mon père n'arrive jamais à donner raison à qui que ce soit sans ajouter un bon gros *mais*, balançant son opinion qu'il ait tort ou non.

— Mais...

Et voilà ! Tellement prévisible.

— Bon, d'accord, s'empresse-t-il d'ajouter, lorsqu'il me surprend en train de rouler des yeux. Tu peux faire le prochain client qui franchira la porte. Toute seule, comme une grande.

Je me redresse, bouche bée, parce que mon père ne cède jamais aussi facilement.

— Vraiment ?

Il tapote de son gros doigt le grand calendrier posé sur le bureau de l'accueil.

— C'est un simple piercing au téton. Dans une heure. Tu saurais le faire les yeux fermés.

— À ce stade, je saurais tous les faire les yeux fermés.

Je repousse son doigt pour voir les autres rendez-vous du jour. Le salon est ouvert depuis une heure et, jusqu'ici, l'activité a été extrêmement calme. Tout est complet, mais ce n'est pas surchargé... rien d'insurmontable toute seule.

— Tu n'as qu'à prendre ta journée, emmener maman déjeuner dans un endroit sympa et me laisser prendre le relais. Qu'en dis-tu ?

Avec un battement de cils, je le supplie de me dire oui. S'il y a bien une chose que je sais sur mon père, c'est qu'il ne me résiste pas.

Il passe le bras derrière la tête et se frotte la nuque tout en balayant du regard la salle d'attente déserte.

— Je n'en sais trop rien, Lily. C'est un sacré cap.

— Tout le monde est là.

Je tends le bras vers l'arrière-boutique où chacun prépare son matériel ou s'affaire avec son premier client du jour.

— En cas de problème, il y a Joe ou Anthony. Et puis...

Avec un petit sourire, je pose une main sur son torse.

— ... maman est en congé aujourd'hui et la maison est vide.

Pouah. Je tombe bien bas. Me voilà en train d'appâter mon père avec un argument douteux pour pouvoir respirer un peu, mais aux grands maux les grands remèdes, y compris celui de suggérer à vos parents de faire des cochonneries.

Le visage de mon père s'éclaire.

— Ça lui ferait certainement plaisir de manger un morceau avec moi.

— Oui, je marmonne tandis qu'il m'embrasse sur le haut du crâne, sans plus se préoccuper de me laisser seule au salon pour la première fois. Tu vas lui faire sa journée.

— La mienne aussi, murmure-t-il dans mes cheveux.

Dégoûtant, mais ça marche.

— Ce sont des piercings tout bêtes, aujourd'hui.

Quelques tétons et oreilles, et deux nombrils, ajoute-t-il.

— L'éclate.

Je ne cherche même pas à dissimuler le manque d'enthousiasme dans ma voix. Qui aurait cru qu'autant de femmes avaient les tétons percés ? Le chiffre est ahurissant et grossit de jour en jour.

La porte du salon s'ouvre au même moment et je pousse un cri d'exclamation. J'ai l'impression de voir un fantôme. Un homme que je n'ai pas revu depuis cinq ans, parce qu'il s'était engagé dans la marine. Du moins, selon les dires de tante Suzy.

— Ça, alors ! Jett !

Je m'arrache des bras de mon père et cours rejoindre le garçon pour lequel je craquais un max quand j'étais ado.

— Tu es en vie !

— Lily !

Il écarte les bras et me rattrape quand je m'écrase contre lui, l'escaladant presque.

— Pourquoi ne le serais-je pas, hein ?

Son rire est grave, généreux... et incroyablement sexy, aussi.

Lorsqu'il est parti, il n'était encore qu'un garçon. Un garçon que j'avais vraiment à la bonne, sans jamais l'avoir dit à quiconque. Il était plus vieux, branché, quand, moi... je ne l'étais pas. Sans Tamara et Gigi, j'aurais passé mes midis à la bibliothèque, préférant la solitude et la fiction à la triste réalité de ma vie.

Jett, lui, était populaire. Les filles craquaient toutes pour lui et les garçons auraient voulu être à sa place. Il a toujours eu en lui ce gène de la coolitude que je n'ai jamais réussi à développer, encore aujourd'hui.

— Non, c'est sûr...

Je ris et lui donne une tape sur le torse lorsque mes pieds touchent enfin le sol.

— … mais tu es parti et on ne t'a plus jamais revu.

Je hausse les épaules et renâcle en même temps, avant de faire une grimace et de reculer d'un pas. *Putain, Lily. Pourquoi fallait-il que tu ries comme une truie ?*

J'ai à peine baissé le front pour éviter son regard obsédant que ses doigts viennent se placer sous mon menton et me forcent à relever la tête.

— Je n'ai jamais eu de permission assez longue pour pouvoir rester à Tampa. Quand je rentrais, vous étiez tous en cours, à vous mettre du plomb dans la tête et à vous embellir, pendant que, moi, je me faisais botter le cul.

Oh, là, là ! Oh, là, là ! Il vient d'insinuer que je suis devenue jolie, non ?

Non. Il ne doit pas parler de moi.

Il se la joue cool, c'est tout, Lily.

C'est Jett, après tout. Un dragueur de première catégorie.

Évidemment qu'il ne parle pas de moi.

De Tamara ou Gigi, à la rigueur, mais pas de moi, parce que je suis Lily, l'intello, la fille la moins branchée du lycée et de la ville tout entière, d'ailleurs.

— J'ai laissé tomber les études.

J'ai lancé ça de but en blanc, parlé sans réfléchir, comme ça m'arrivait toujours au lycée quand il était dans les parages.

Certaines choses ne changent jamais. Voilà pourquoi je l'évitais à l'époque. Chaque fois qu'il se trouvait près de moi, j'avais littéralement une diarrhée verbale. Je débitais les trucs les plus embarrassants que peut sortir une fille en présence d'un mec canon.

Ses doigts se resserrent sur mon menton et je le vois hausser les sourcils.

— Tu as quoi ?

— J'ai laissé tomber l'université, je murmure, comme si c'était un secret inavouable que je n'assumais pas de dire tout haut.

— Ça alors, Jett ! s'exclame mon père, qui traverse la pièce jusqu'à nous. Regardez-moi ça !

Les doigts de Jett quittent mon visage devant l'ombre de mon père et de sa main tendue.

— Monsieur Gallo ! Vous n'avez pas changé. Content de vous voir.

Il sourit, et je jurerais devant Dieu que la blancheur de ses dents pourrait éclairer une pièce tout entière.

Mon père le salue d'une poignée de main et, de l'autre, lui palpe carrément le biceps.

— L'armée a fait de toi un homme, fiston. Un vrai de vrai.

Un sourire naît au coin des lèvres de Jett face à mon père qui le pelote. Papa est obsédé par les muscles. Dans sa jeunesse, il était un gros malabar et un boxeur émérite. Aujourd'hui, il ne vit que pour sa famille et pour Inked.

— Merci, monsieur.

Mon père lâche enfin les bras volumineux de Jett et tourne la tête en direction de l'arrière-boutique.

— Joe ! Jett est là.

— Jett ? crie oncle Joe depuis le salon de tatouage comme s'il avait mal entendu son frère.

Jett est bien là, en chair et en os, et plus attirant que jamais. Tout en lui est à tomber. Même ses pieds sont mignons, et je *déteste* les pieds. Son visage est hâlé et arbore la plus belle des barbes naissantes.

Je reste plantée là, à le regarder comme s'il était une célébrité et moi une fan empotée, trop en admiration pour formuler des mots. Il me lance un regard, me décoche un clin d'œil, et je manque de m'évanouir.

— Nom de Dieu, s'exclame Joe dès qu'il entre dans la salle d'attente et l'aperçoit. Ça fait deux ans que je n'avais pas revu ta tronche de cake.

— On peut pas dire que la tienne soit plus jolie, tonton, mais ce qui est sûr, c'est qu'elle est bien plus vieille, le raille Jett tout en lui donnant l'accolade.

Oncle Joe le tient par les épaules et le scrute des pieds à la tête comme il le ferait d'un fils qu'il n'aurait pas revu depuis une éternité.

— Sophia ne m'avait pas dit que tu rentrais.

— J'ai fait la surprise à mes parents ce matin.

— Lily, tu veux bien qu'on passe en revue le carnet de rendez-vous ? me demande mon père, mais je secoue la tête et chasse sa question de la main sans répondre. Ou bien tu préfères que je reste ici toute la journée ?

Sa remarque suffit à ce que je m'active. Beau mec ou non, je n'ai pas envie que mon père s'attarde ici et me colle aux basques comme un toutou.

Je tourne le dos et laisse oncle Joe et Jett discuter ensemble, tandis que mon père et moi parcourons une nouvelle fois le carnet de rendez-vous. Je jette un coup d'œil au beau gosse tout en faisant mine de lire l'agenda, alors qu'en réalité, je regarde ses mains bouger et les muscles de ses bras lorsqu'ils se contractent.

— Quel bon vent t'amène ici ? Je n'ai pas de créneau disponible aujourd'hui, mais je peux t'en trouver un avec quelqu'un s'il le faut.

— Non, tonton. Je ne suis pas venu me faire tatouer, mais, si c'était le cas, je voudrais que ce soit par toi.

Je me tourne enfin vers mon père et commence à le pousser vers la sortie.

— C'est bon, papa. J'ai pigé. Rentre à la maison et va passer du temps avec maman.

— Si tu rencontres un problème, ma chérie, ap-pelle-moi.

Il m'embrasse sur la joue et n'est plus qu'à un pas de la porte.

— Alors, tu es là pour quoi ? demande Joe à Jett.

— Je veux me faire percer.

Mon père suspend le pied en l'air comme si on venait de lui empoigner les parties. Il se retourne et dévisage Jett, une main sur la poignée de la porte.

Oncle Joe pointe la tête dans ma direction.

— Eh bien, Lily est là. Tu as déjà une idée de ce que tu veux ?

Oh, putain, la vache. Jett veut se faire percer. Ce qui veut dire que ce sera moi. Je vais percer le mec le plus canon du lycée. Celui sur lequel je passais mon temps à rêvasser.

Il esquisse un sourire en coin et lance un regard dans ma direction.

— Un Prince Albert.

Mes yeux s'arrondissent.

Ceux de mon père ne deviennent pas simplement ronds, ils sont près de jaillir de leur orbite.

— Je reste, annonce-t-il.

Il repose le pied à terre et lâche la poignée.

— Certainement pas, s'exclame Joe, qui vole à ma rescousse. Tu étais sur le point de partir, alors pars. Lily peut le faire. Tu l'as formée pour ça et elle en a déjà fait avant.

Je pique un fard lorsque je repense à toutes ces fois où j'avais une verge en main et mon père sur le dos. Tu parles d'un moment gênant. Si l'on met de côté le fait de se faire surprendre en plein acte ou en train de déféquer, je ne vois pas ce qu'il y a de plus embarrassant.

Oncle Joe tend un pouce vers l'arrière-boutique.

— Si elle a besoin d'aide, Anthony est là. Pike peut aussi l'assister.

Mon père secoue la tête.

— L'attirail de Jett n'est pas à prendre à la légère. C'est trop délicat pour qu'on laisse une novice comme Lily s'en charger seule.

Je glousse. Entendre mon père parler du membre de Jett et du fait de *m'en charger* seule donne à rire.

— Écoute-toi parler !

Joe flanque une tape sur l'épaule de son frère et le pousse vers la sortie.

— Ne t'en fais pas pour l'*attirail* de Jett. Lily sait se débrouiller, y compris avec un membre.

— Qu'on me pende, je murmure tout en me couvrant le visage pour cacher mes joues rouges.

— On parle du membre de Jett, là, proteste mon père.

Oncle Joe croise les bras et lui lance un regard noir.

— Et qu'est-ce qu'il a de spécial ?

J'entrouvre les doigts pour leur jeter un coup d'œil, trop mortifiée pour regarder qui que ce soit en face, surtout Jett, qui me fixe des yeux.

Mon père hausse les épaules.

— Rien, mais c'est Jett.

— Allez, fiche le camp d'ici ou j'appelle Mia et lui dis que tu aurais pu passer la journée avec elle, mais que tu as préféré jouer les baby-sitters avec ta fille de vingt et un ans, tout ça parce qu'elle devait toucher un membre.

Mon Dieu. Si seulement ils pouvaient arrêter de prononcer le mot *membre*. D'autant qu'on parle de celui de mon *crush* du lycée.

Mon père lève les mains en l'air pour capituler.

— C'est bon, je m'en vais, mais je veux un rapport complet et j'exige qu'on m'envoie des messages.

— Et quels détails tu voudrais ? soupire Joe tout en roulant des yeux. La longueur de son membre ?

— C'est bon, je me casse.

Mon père pousse la porte d'Inked et agite les bras dans tous les sens tandis que sa bouche continue de s'animer. Je retire les mains de mon visage et, bouche bée, le regarde sortir en trombe dans un claquement de porte. Je n'arrive plus à l'entendre une fois qu'elle s'est refermée, mais le flot d'injures qu'il a lâché juste avant était assez violent, plutôt créatif et pour le moins grossier.

— Tu te charges de lui ? me demande Joe tout en pointant le menton en direction de Jett.

Je hoche la tête, toujours muette d'embarras.

— Bien.

Le sourire aux lèvres, il prend Jett par les épaules.

— Tu ne vois pas d'inconvénient à ce que ce soit elle qui te fasse ce piercing ?

Le regard de Jett revient sur moi.

— Tant qu'elle sait ce qu'elle fait et que je ne finis pas amputé, ça me va. Et toi, Lily ? Tu te sens à la hauteur ?

— Je sais m'occuper d'un membre.

Je souris sans me rendre compte de ce que je viens de dire et à quel point c'est cochon.

Son sourire s'élargit et il me refait un clin d'œil. Mais qu'est-ce que je viens de dire ?

« Je sais m'occuper d'un membre ? » Putain, Lily.

Quand Jett est dans les parages, on dirait que mon cerveau se déconnecte du reste de mon corps. Cette journée va être longue, très longue, et elle vient à peine de commencer.

— Bon, je te laisse avec Lily.

Oncle Joe ne prête pas attention à ma remarque idiote et vient vers moi, le visage sérieux.

— Criez, les enfants, si vous avez besoin d'aide.

Je reste là, devant Jett, sans bouger. Ma bouche s'ouvre et se referme comme celle un poisson rouge qui se retrouverait hors de l'eau.

— Jett ?

La voix de Gigi est frappée de stupeur. Elle se tient à côté de moi et le regarde aussi, bouche bée.

— Je rêve ou tu es bien là ?

Tout ce que je parviens à faire, c'est cligner des yeux. Elle semble surgie de nulle part. Je ne l'ai ni vue ni entendue entrer dans la salle d'attente. J'ai l'esprit accaparé par Jett. Son membre. Mes mains. L'aiguille. Oh, mon Dieu. Je vais enfin découvrir la zone de son corps que j'ai toujours rêvé de voir.

— Salut, ma jolie !

Il fait courir une main dans ses beaux cheveux, ce geste cool qu'il a toujours eu.

L'instant d'après, Gigi est dans ses bras et lui embrasse frénétiquement les joues.

— Je pensais pas que tu nous reviendrais en vie.

Jett écarte la tête pour éviter ses baisers.

— Arrête, Gigi !

Il rit et lui agrippe les bras pour tenter de mettre de la distance entre eux.

— Tu me tues, là.

Elle lui flanque une tape sur le torse.

— Tu disparais pendant des années. Pas une lettre, pas un coup de fil, rien. Tu te volatilises, et après ça je ne devrais pas t'embrasser ?

Elle s'essuie les joues comme si elle pleurait et en fait des tonnes.

— C'est comme retrouver un frère après des années d'absence, alors je veux mes bisous avant que tu disparaisses à nouveau.

Les parents de Jett, Sophia et Kayden, sont amis

avec tante Suzy et oncle Joe depuis bien avant notre naissance. D'après ce que je comprends, Sophia et Suzy partageaient la même chambre quand elles étaient étudiantes. Ça paraît difficile à croire quand on sait que Sophia est trop cool, et tante Suzy... Disons qu'on se ressemble.

Jett sourit.

— Je n'irai nulle part. Je reste pour de bon.

Mon cœur manque de jaillir hors de ma poitrine à cette nouvelle. Non pas que cette information ait une quelconque importance, puisque nous n'avons jamais fréquenté les mêmes cercles. Et puis, c'est Jett ; moi, je suis Lily, la fille inintéressante.

Gigi lui claque l'épaule. Elle vibre littéralement d'excitation.

— Il faut qu'on fête ça ! Tamara rentre ce week-end. Ça te dit une petite bringue, comme au bon vieux temps ?

Le bon vieux temps... Je ne l'ai jamais connu, moi. Les fêtes auxquelles ils allaient au lycée, je n'y assistais pas. Je restais à la maison pour lire, parce que je savais que mon père ne me laisserait pas y participer de toute façon. Le week-end, j'étudiais ou j'aidais ma mère à la clinique. L'ennui dans toute sa splendeur : j'aurais pu en être le symbole.

Jett lance un coup d'œil au-dessus de l'épaule de Gigi.

— Seulement si Lily vient.

Il me regarde bien en face.

Je cligne des yeux comme si j'étais en transe ou en train de rêvasser. J'essaie de comprendre ce qu'il raconte. Peut-être est-ce le fruit de mon imagination. Pourquoi le garçon le plus canon de Tampa me voudrait-il à cette soirée ? On s'éclate en ma compagnie autant que si on regardait de la peinture sécher sur un mur. Je sais bien que je suis fade et ça fait longtemps que je l'ai accepté.

— Bien sûr qu'elle vient ! répond Gigi à ma place.

— Elle pourrait avoir un rencard avec quelqu'un, avance-t-il, les yeux braqués sur moi.

Gigi renifle d'un air moqueur.

— Lily n'a jamais de rencards.

— Si, j'ai des rencards !

Je la fusille du regard.

— Ah ! D'accord.

Elle rit et roule des yeux.

— Tu es libre ce week-end ?

Je ne réponds pas tout de suite et fixe Jett. Nous nous regardons, les yeux dans les yeux, et je commence à avoir chaud.

— Je crois que oui, dis-je enfin avec un haussement d'épaules.

J'essaie de ne pas m'engager au cas où je me dégonflerais au dernier moment.

Gigi serre Jett une dernière fois dans ses bras.

— Génial ! Ça va être mémorable !

— Oui, rétorque-t-il dans les bras de ma cousine.

Ses yeux ne me quittent pas.

— Je ferais bien d'aller préparer mon matériel, dis-je tout en reculant vers la salle de piercing. J'ai du boulot.

Je souris nerveusement et sens son regard sur moi.

— Qu'es-tu venu faire à Inked ? lui demande-t-elle lorsque je tourne les talons, courant presque pour les fuir.

— Je vais me faire poser un Prince Albert.

Elle pousse un cri d'exclamation.

— Tu déconnes ! C'est une blague ?

— Je ne plaisante jamais quand il est question de mon engin, ma jolie.

Une fois dans la petite pièce, je referme la porte et me plaque contre le métal froid. Je peux le faire. C'est juste un membre. J'en ai vu des tas depuis, au point que j'ai cessé de les compter.

C'est quoi, un de plus ?

LILY ne m'a pas regardé en face depuis que j'ai mis un pied dans cette pièce. Elle a passé son temps à sortir son matériel pour le disposer sur une petite table près de nous tout en haletant de stress.

— Qu'est-ce qui t'a poussée à laisser tomber la fac ?

J'essaie de lui faire oublier la raison de sa mini-crise d'angoisse et du trou qu'elle s'apprête à faire dans ma queue.

J'ignore ce qui m'a pris de me faire percer aujourd'hui. Je suis passé en voiture devant Inked et je me suis dit que ce jour-là était tout aussi bien qu'un autre. Ça fait des années que je veux ce piercing, mais je n'avais encore jamais réussi à sauter le pas.

Elle s'arrête net, tourne la tête et me regarde enfin.

— C'était pas fait pour moi, c'est tout.

Je tique, abasourdi.

— Pourtant, t'as toujours été la meilleure élève. La nana la plus brillante de toute l'école.

Personne ne faisait le poids contre Lily dans un débat. Lorsque son cerveau tournait à plein régime, cette fille était une machine de guerre. En dernière année, je me suis faufilé plus d'une fois dans les tournois de débat rien que pour la voir en action. Je veillais toujours à en repartir aussi discrètement que possible pour qu'elle ne le sache jamais.

Elle rougit et son regard retourne aux instruments dans ses mains.

— J'ai beau être une binoclarde, ça veut pas dire que j'étais heureuse à la fac. J'ai compris que j'avais fait médecine pour faire plaisir à mes parents, pas par passion.

— Il faut faire ce qui te plaît.

— Je sais.

— Et t'es pas une binoclarde, ma jolie.

— Si.

Elle pousse un soupir tout en faisant courir ses doigts sur un emballage qui contient la plus grosse aiguille que j'aie jamais vue.

— Mais c'est gentil de ta part.

Je tends la main et lui prends le poignet pour l'arrêter dans son geste.

— Je n'ai jamais vu une binoclarde aussi belle que toi.

Le rose à ses joues descend lui couvrir la gorge.

— T'es un gros dragueur, Jett, et un piètre menteur.

J'aime les filles qui ignorent à quel point elles sont jolies. J'ai couché avec trop de femmes vaniteuses, qui passaient plus de temps à se pomponner qu'à autre chose. Lily ne portait quasiment pas de maquillage au lycée et elle n'en porte pas plus maintenant, mis à part un peu de gloss et du mascara.

— S'il y a bien une chose que je ne fais pas, c'est mentir, Lily.

— Te sens pas obligé de flirter avec moi. Tu m'as déjà dans la poche.

Ses yeux s'écarquillent et elle s'arrête de respirer.

Le sourire sur mes lèvres est immédiat.

Bon sang, ce qu'elle est belle ! Je sais bien qu'elle a dit ça sans arrière-pensée, mais on voit à l'expression de son visage qu'elle a conscience que c'est tendancieux.

— Relax, Lily ! lui dis-je tout en me carrant dans le siège.

J'essaie de paraître cool, quand, en réalité, je ne suis qu'une boule de nerfs.

Au cours de ma vie, il m'est arrivé des trucs dingues – l'armée n'est pas faite pour les âmes sensibles –, mais jamais, je dis bien « jamais », je n'ai été aussi nerveux.

Tel mon meilleur ami, mon membre ne m'a jamais fait défaut et voilà que je m'apprête à laisser une novice lui faire un second trou. Je dois être complètement timbré.

D'un autre côté, on parle de Lily, non ? S'il y a bien une apprentie dans ce monde à laquelle confier le plus précieux de ses trésors, c'est elle.

Quand la plupart des mecs de mon âge rêvaient de stars du porno bien cochonnes, moi, je n'arrêtais pas de penser à mon petit rat de bibliothèque préféré, à sa cascade de cheveux châtains, et à ses yeux d'un bleu obsédant. Je craquais à fond sur Lily. Seulement, elle était bien mieux que moi et toujours trop jeune, trop distante pour oser tenter ma chance.

— Tu es sûr de vouloir le faire ? me demande-t-elle tandis qu'elle s'assied sur le petit tabouret entre mes jambes. Je veux dire... c'est radical et ça fait un mal de chien.

J'aspire, les dents serrées, lorsqu'elle mentionne cette douleur que j'ai toujours voulu prendre pour une légende. Or, là, il s'agit de ma queue, et y enfoncer une aiguille en travers va être *hard*.

— Certain.

— Dans ce cas, on est prêts, murmure-t-elle tout en détournant le regard. Tu peux descendre ton pantalon ou le retirer complètement. Ce qui te paraît le plus confortable.

Parmi tous les fantasmes que j'ai nourris à propos de Lily, celui-là n'en fait pas partie. Jamais je ne nous aurais imaginés dans une pièce froide et stérile lorsqu'elle verrait mon sexe pour la première fois, et jamais elle n'aurait été tout habillée.

— Je peux le retirer.

Je n'ai jamais été pudique. Garder mon pantalon n'a aucun intérêt. Elle va voir ma queue, de toute façon. Elle va la toucher, aussi. *Merde*. Je n'avais pas pensé à ça. Et si... Je secoue la tête.

— Lily.

— Oui ?

— Que se passe-t-il si je...

Je ravale ma salive, incapable de prononcer le mot. Je n'arriverai jamais à me retenir de bander si elle se trouve à quelques centimètres de moi et a ses mains sur mon corps.

Impossible.

Elle cligne des yeux et a l'air tellement mignonne, innocente... à croquer.

— Si tu quoi ?

Je baisse le regard sur mon entrejambe.

— Et si je me mets à... bander ?

Son sourire est instantané, tout comme le rose à ses joues.

— Ça m'étonnerait, me rétorque-t-elle.

— Je suis sérieux, Lily, je marmonne entre mes dents. Et si je me mettais à bander au moment où tu me touches ?

Elle pouffe de rire comme si j'étais en plein délire.

— Je suis certaine que ça n'arrivera pas.

Elle ne le sait pas encore, mais je mène déjà un combat perdu d'avance.

— Si, crois-moi.

— Si ça t'arrive, ça ne m'empêchera pas de travailler. Ce ne serait pas la première fois. Je sais bien que les membres n'en font souvent qu'à leur tête.

Elle me tapote la cuisse. Ce geste est innocent, mais il produit l'effet exactement inverse de l'intention qu'elle y met. Au lieu de m'apaiser, il envoie les mauvais signaux à ma pine.

— Allez, enlève ton pantalon ! Que je voie à quoi j'ai affaire et que je commence les massages.

J'ai un mouvement de surprise, et mon membre se gonfle un peu plus d'excitation.

— Quoi ?

— Seigneur... Marquages, s'empresse-t-elle de corriger, les doigts tellement resserrés autour de mon genou que ses jointures ont blanchi. Je suis vraiment désolée ! Quand tu es là, je deviens complètement idiote et les mots sortent n'importe comment. Tu me rends nerveuse.

Je pose une main sur la sienne et scrute son visage.

— Moi, je te rends nerveuse ?

Elle hoche la tête et baisse les yeux pour éviter mon regard.

— Depuis toujours.

— Lil, t'as pas à être nerveuse en ma présence. On se connaît depuis tous petits. On est amis. On l'a toujours été et on le sera toujours. Si tu ne peux pas être toi-même avec moi, avec qui d'autre peux-tu l'être alors ?

— Peut-être bien, murmure-t-elle. Mais tu seras toujours ce que je ne suis pas.

— C'est-à-dire ?

Je lui presse les doigts, tâchant d'effacer cette jolie moue de ses lèvres.

Elle relève les yeux, et ils pétillent lorsqu'ils se plongent dans les mieux.

— Cool.

Je ris de bon cœur. J'aimerais pouvoir la prendre dans mes bras et embrasser sa bouche boudeuse.

— Quand on est aussi jolie que toi, Lil, on n'a pas besoin d'être cool.

Elle roule des yeux et retire sa main de la mienne, mettant fin à ce moment d'intimité que je tentais de partager avec elle.

— Tu veux que j'attende à l'extérieur pendant que tu te déshabilles ?

— Tu vas finir par voir ma queue. Autant que tu restes pour le grand déballage.

Elle prend une grande inspiration et sa belle poitrine se soulève, ce qui ne fait qu'empirer la situation dans mon caleçon. Je dois penser à un truc ignoble pour contenir ma queue. Un truc si abominable que ma trique n'aura d'autre choix que de foutre le camp.

— Seulement, parle-moi pendant que je me désape. Essaie de me faire oublier ce que tu vas me faire.

Elle hoche la tête comme si elle comprenait, mais elle n'a vraiment pas idée. Elle a toujours ignoré ce que je ressentais pour elle. Si je l'ai draguée un nombre incalculable de fois, elle n'a jamais percuté. Non pas parce qu'elle est stupide – Lily est brillante –, mais parce qu'elle ne m'a jamais pris au sérieux.

— Alors, tu es retourné vivre chez tes parents ? me demande-t-elle.

Je me lève et saisis mon pantalon de survêtement à la ceinture.

— Pour l'instant. J'essaie de me trouver un appart', mais tout est pris ou trop cher pour moi tant que j'ai pas trouvé un travail.

— Moi aussi, me répond-elle tout en scrutant mes mains comme si elle appréhendait ce qu'elle s'apprêtait découvrir. Gigi et Tamara louent un trois-pièces, et il m'arrive d'y dormir quand Tam est au campus, mais j'aimerais me trouver quelque chose de plus permanent.

— On devrait emménager ensemble, je lance tout en baissant mon pantalon et mon caleçon aux cuisses, la queue en plein dans son visage. On pourrait partager le loyer et devenir colocataires.

Elle regarde mon paquet et cligne lentement des yeux, la respiration à nouveau courte.

— Non, mais sérieux ? souffle-t-elle.

— Pour emménager ensemble ? Il faut que je prenne mon indépendance. Ça fait même pas un jour que je suis chez eux, et je fais déjà le mur. Tu as besoin d'un appart'. J'ai besoin d'un appart'. C'est parfait, non ?

Je dis tout cela, la queue à l'air qui salue Lily comme une vicelarde.

Elle lève les yeux et se mord le coin de la lèvre – ce qui n'arrange pas mon érection –, avant de porter à nouveau le regard sur ma queue.

— Ça fait beaucoup d'un coup.

Elle me tue. J'ignore si elle parle de mon sexe ou de mon idée.

— Quoi donc ?

— Tout !

Elle agite une main en direction de mon entrejambe.

— Ta queue est grosse, rien de surprenant. Mais alors, cette gaule !

Elle ravale sa salive et papillote des yeux, et je me

retiens de rire. Puis, brusquement, elle se met à pâlir, avant de se cacher le visage dans les mains.

— J'ai dit ça tout haut ? lâche-t-elle au creux des paumes. Oh, mon Dieu, je l'ai vraiment dit tout haut. Putain, j'ai envie de mourir.

J'aimerais la réconforter, mais si j'approche encore d'elle, ma queue ne va pas simplement lui remuer sous le nez, elle va lui tapoter la joue.

— Tu n'as aucun filtre, Lily. J'adore. C'est rafraîchissant.

J'ai fréquenté tellement de femmes qui attendaient de moi que je lise dans leurs pensées. Son incapacité à retenir sa langue a quelque chose de fascinant et promet de bons moments. C'est la première fois qu'elle manifeste un véritable intérêt pour moi, même s'il lui faut, pour cela, se retrouver nez à nez avec ma queue.

Le visage toujours dissimulé dans ses mains, elle courbe les épaules jusqu'à ce que ses coudes touchent ses genoux.

— Je ne peux pas vivre avec toi. Je serais une catastrophe ambulante, à sortir des trucs complètement dingues. Tu ne tiendrais pas une journée.

— Jamais tu ne me casserais les pieds.

J'ôte mes tennis, puis mon pantalon de survêtement. Nu comme un vers sous la ceinture, je me tiens devant la fille la plus excitante que je connaisse et que je n'ai jamais pu avoir. La vie est curieuse, quand même.

— Réfléchis-y, Lily.

— Oh, ça, pour y réfléchir, j'y réfléchis ! murmure-t-elle, le visage toujours caché.

— Tu me tues, ma jolie !

Je ris et secoue la tête, tandis qu'elle reste réfugiée derrière ses mains.

Mais qu'est-ce qui me prend de lui proposer d'emménager avec moi ? Tu parles d'une galère.

Je ne pourrais jamais ramener une fille, sachant Lily à la maison. J'aurais l'impression de la tromper, alors même que nous ne sommes pas en couple. Quant à Lily, s'il lui prenait l'envie de ramener un mec, je voudrais, au minimum, coller mon poing dans la poire du pauvre type.

— Je devrais peut-être revenir quand ton père sera là.

Le dos de Lily se redresse, ses mains lâchent son visage et ses yeux s'ouvrent brusquement sur les miens.

— Je sais le faire toute seule. Crois-moi, ce sera pire s'il est dans les parages. Imagine-moi avec ton engin dans les mains et mon père penché au-dessus de moi, en train d'observer ma technique et de critiquer mon travail.

Certes, mais je n'aurais plus à m'inquiéter de cette érection que je n'arrive visiblement pas à faire redescendre, pas même lorsqu'elle me parle de son père occupé à regarder la scène.

— En effet, ce serait gênant.

Elle fait rouler son tabouret jusqu'à la table avant de se retourner pour saisir une paire de gants sur le plateau.

— Allonge-toi. On va y aller tranquillement et on va vérifier que tout te convient avant que je ne fasse quelque chose d'irréversible.

Je grimpe sur le siège, content d'avoir ce répit où elle n'a pas le nez collé à ma queue, et m'en veux d'avoir agi en parfait idiot. *On devrait emménager ensemble.* Quel demeuré. En quoi ça pourrait marcher ? Une chose est sûre : pas quand je fais partie de l'équation.

Lorsqu'elle revient se tenir près de moi, son visage est baigné de lumière et on dirait un ange.

— Raconte-moi un peu ce que tu as fait ces cinq dernières années, pendant que je détermine où on va placer ce piercing et que je procède au marquage pour voir si ça te convient. Après ça, on se mettra au boulot, mais pas avant que tu sois entièrement détendu.

J'opine du chef et ferme les yeux, car, Seigneur Dieu, je ne peux pas la regarder me toucher le sexe. Je ne le peux pas. Je ne tiendrai jamais les minutes qui vont suivre avec la vue de ses doigts sur ma queue.

— Après le camp d'entraînement et l'école navale...

Je m'arrête net et manque de faire valdinguer la table à côté de nous lorsque ses doigts enveloppés de latex touchent mon membre.

— Du calme, tu es entre de bonnes mains, me dit-elle sur un ton réconfortant, mon gland entre ses doigts. Je te promets de faire de mon mieux.

J'expire et repense à mon service dans l'armée, puisant dans ma mémoire d'affreux souvenirs pour oublier mon membre et Lily.

— J'étais en garnison à San Diego. Je suis parti deux fois en mission...

— Où ça ?

Son souffle chaud court sur ma peau lorsqu'elle parle, et mon membre ne fait que durcir.

Je lui jette un regard furtif et, voyant poindre le bout de sa langue entre ses lèvres et sa bouche pulpeuse si près de mon sexe, j'ai toutes les peines du monde à contenir mes mains.

— Moyen-Orient et Asie. Mais je ne suis jamais resté bien longtemps au même endroit.

— Ça devait être palpitant.

Pas autant que ça.

— Ça allait. Les promesses n'étaient pas toutes au

rendez-vous. S'engager dans la marine, découvrir le monde… Le plus gros bobard qu'on m'ait servi.

Je serre le poing de toutes mes forces, comme si c'était un calvaire de sentir Lily me toucher le membre… ce dont j'ai toujours rêvé, mais pas comme ça.

La sensation du marqueur sur ma peau est une forme cruelle de torture. Je me concentre sur ma respiration, pas parce que j'ai peur, mais parce que je suis excité.

— Je pense que c'est le meilleur emplacement compte tenu de la légère incurvation de ton membre. Ouvre les yeux et dis-moi ce que tu en penses.

— Lily ?

Je relève une paupière et la regarde.

— Oui, Jett ?

Elle me sourit et lève les yeux vers moi.

— Peux-tu enlever tes mains avant que je regarde ?

Je retiens mon souffle. Si je baisse les yeux et vois ses mains autour de ma queue, je risque de faire un truc stupide.

Ses mains disparaissent aussitôt.

— Désolée. Parfois, je me fais happer par ce que je fais. Je veux que ce piercing soit à la hauteur de tes attentes.

— Tu ne peux pas te rater, dis-je tout en ouvrant les paupières.

Je me redresse sur les coudes et regarde mon sexe plutôt que de manger Lily des yeux.

— Que dois-je voir ?

Elle tend une main pour prendre ma verge avant de se raviser et de me demander :

— Je peux la toucher ?

Doux Jésus. Avez-vous idée du nombre de fois où j'ai rêvé de l'entendre prononcer ces mots ? J'ai fait un tas de conneries dans ma vie, mais j'ignore si une seule de mes âneries atteint un niveau qui mérite qu'on m'inflige cette drôle de torture. Peut-être suis-je en train de payer pour la manière dont j'ai traité les femmes avec lesquelles j'ai couché.

Elle rougit et baisse les yeux au sol.

— Enfin, est-ce que je peux te montrer l'emplacement et t'expliquer comment on va procéder ?

— Vas-y. Touche autant que tu veux.

Au point où on en est. Ma queue ne peut pas être plus dure.

Sentir ses mains sur moi quand j'avais les yeux fermés est une expérience très différente de celle qui consiste à regarder ses doigts graciles toucher mon sexe, s'enrouler autour de mon gland. Je retiens ma respiration et mon corps se crispe. Il a besoin d'un exutoire.

Elle renverse ma queue, l'aplatissant presque sur mon ventre.

— Le Prince Albert ressortira là.

Elle passe son doigt sur la face inférieure de mon gland, là où se trouve le petit cercle mauve qu'elle a dessiné.

— Ça te va ?

— C'est tout bon.

Je me laisse retomber sur le siège. La vue et l'effleurement de ses doigts sont trop difficiles à supporter.

— Super. Donne-moi une minute, le temps de passer de nouveaux gants et de prendre tout ce dont j'ai besoin, et, en deux temps, trois mouvements, ce sera fini.

Je reste allongé là durant ce qui me paraît être une éternité, à attendre que Lily revienne. Il y a le bruit du métal qu'on déplace, suivi du clappement du latex sur sa peau. Je tourne la tête et l'observe dans son dos, m'imprègne de ses longues jambes hâlées. J'aimerais pouvoir me glisser entre elles et y rester pour toujours.

— Prêt ? me demande-t-elle tandis qu'elle se tourne vers moi, la plus grande aiguille en forme de tube que j'aie jamais vue à la main.

— Euh...

Je lâche un rire nerveux, et ma trique, jusqu'ici incontrôlable, semble soudainement se faner.

— Autant qu'on puisse l'être.

— Prends une grande inspiration quand je te le dirai, et tu ne sentiras rien. Je vais être rapide et rendre ça le moins douloureux possible.

Elle ne le sait pas, mais la douleur, ce tiraillement sourd que je ressens, n'est pas due au trou qu'elle s'apprête à faire à ma queue. C'est elle qui la provoque.

— Bon, s'exclame-t-elle tout en m'empoignant le sexe. Ferme les yeux. Pense à quelque chose de re-laxant, comme la plage, un jour d'été. À présent, inspire...

Elle marque une pause, inspire en même temps que moi.

— ... et expire.

Je suis à deux doigts de haleter lorsque je ferme enfin les yeux et m'imagine Lily, dans un tout petit bikini, allongée sur le sable près de moi tandis que les vagues s'écrasent sur la rive, au loin.

— Inspire lentement et profondément, Jett, et tu ne sentiras rien du tout.

Elle se trompe... je sens tout.

— ARRÊTE TES CONNERIES !
Tamara se couvre la bouche et ses yeux noisette s'écarquillent.

— Tu as vu son membre ?
Je hoche la tête.
— Je l'ai touché aussi.
Le sourire béat sur mon visage ne m'a pas quittée depuis qu'il est reparti du salon hier, un peu chancelant, m'assurant qu'il ne souffrait pas trop et me remerciant abondamment d'avoir fait un travail incroyable.

Il n'a pas pleuré comme le font certains hommes lorsqu'on leur enfonce une aiguille creuse tout droit dans la verge. Le son qu'il a émis oscillait entre un gémissement et un grognement, à la fois excitant et effrayant.

— Tu as touché la queue de Jett Michaels ? me redemande Tamara, comme si elle ne saisissait pas ce que je lui disais.

— Ouep.
Les yeux fixés sur ma bouteille de bière, j'en grattouille l'étiquette à moitié arrachée. Je me garde

d'ajouter que c'est une véritable œuvre d'art, longue et grosse, et que c'est probablement la plus belle queue que j'ai vue de toute mon existence.

En dehors du travail, mon expérience en matière de membre est limitée. J'ai toujours été trop occupée avec l'école ou trop terrifiée à l'idée de terminer en cloque. Quand mes amis étaient à des soirées étudiantes, à boire et à s'éclater, moi, je restais le cul vissé sur ma chaise, dans une chambre d'étudiant, à potasser mes cours et à me tenir à carreau.

— Elle va devoir toucher un tas de bites avec son travail, déclare Gigi, qui nous rejoint à table.

— Ne m'en parle pas ! je grommelle.

Vu de l'extérieur, voir des queues tous les jours peut paraître excitant, mais quand on y fait un trou, cela gâche tout le plaisir. La plupart du temps, les hommes au bout de ces membres ne valent même pas le dérangement.

Tamara secoue la tête.

— Petite veinarde !

Puis elle murmure, comme si elle parlait d'une célébrité :

— Jett Michaels.

— Vous voulez savoir le plus fou de tout ? je lâche pour ne plus avoir à parler de son magnifique membre.

Tamara tâche de retrouver son calme et me dévisage en clignant des yeux, comme si j'avais perdu la tête ou, du moins, que je fabulais.

— Parce qu'il y a plus fou que toi en train de tripoter l'engin de ton coup de cœur du lycée ?

— Jett n'était pas mon coup de cœur, mens-je, ce qui me vaut un regard de remontrance de Tamara. Bon, d'accord. Peut-être qu'il me plaisait un tout petit peu.

— « Un petit peu », se moque Gigi tout en flan-quant un coup de coude à Tamara. Mytho.

J'ignore pourquoi je leur mens. Personne ne me connaît mieux que mes deux cousines. Bien qu'elles se soient toujours accordées à le trouver mignon, elles n'ont jamais éprouvé les mêmes sentiments que moi à son égard. Elles le considéraient trop comme un petit frère et l'idée même de l'embrasser leur donnait des frissons de dégoût.

— Qu'il me plaise ou non, c'est pas le sujet, bande de débiles..., je grommelle en détournant les yeux.

Si je les regarde, elles verront que je craque tou-jours pour ce mec. Peut-être même plus qu'il y a cinq ans, quand il a disparu de la circulation.

Je lève d'abord les yeux sur Tamara, puis sur Gigi, bien consciente qu'elles vont vriller quand je vais le leur annoncer. Je m'arme de courage et pose les mains à plat sur la table, car je sais que ça va brailler dans tous les sens.

— Il m'a proposé d'habiter avec lui.

Gigi recule la tête en clignant des paupières, comme si elle m'avait mal entendue.

— Il a quoi ?

La tête penchée sur le côté, Tamara me regarde avec de grands yeux et tente de traduire mes paroles, puisque je viens visiblement de lui parler dans une autre langue.

— Répète.

— Il m'a proposé d'habiter avec lui.

Les mots qui sortent de ma bouche me paraissent encore incongrus. J'ai repassé en boucle ce moment où il les a prononcés depuis qu'il a quitté le salon.

Pourquoi moi ? Voilà ma plus grande interroga-tion. Pourquoi *le* Jett Michaels voudrait-il vivre en co-location avec moi ? Je suis inintéressante. J'accepte ce fait. Je n'ai jamais essayé d'être ce que je ne suis pas.

Tamara tourne la tête et dévisage Gigi.

— Ai-je bien entendu ?

Cette dernière hausse les épaules.

— Si tu as entendu qu'il voulait emménager avec elle, alors oui.

— Est-ce qu'elle l'a bien entendu ?

Tamara se frotte le front et fronce le nez.

— Parce qu'il y a de fortes chances que non. Là, on parle de Jett Michaels, le gros fêtard, le chaud lapin, et de Lily Gallo, la fille sage qui a toujours le nez plongé dans un bouquin.

Elles parlent de moi comme si je n'étais pas là. Elles pensent peut-être que je délire et que j'ai inventé toute cette conversation.

Sauf que je sais ce qu'il m'a demandé. J'étais aussi abasourdie qu'elles le sont, mais j'ai masqué mon incrédulité avec brio.

Je leur lance un regard mauvais et balance un doigt d'honneur à chacune.

— Je l'ai parfaitement entendu.

Tamara ne rit plus et j'ai, à présent, toute son attention.

— Quels étaient ses mots exacts ?

— « On devrait emménager ensemble. On pourrait partager le loyer et devenir colocataires. »

J'ai répété textuellement ses mots. Ils sont gravés dans ma mémoire et repassent en boucle, parce que, moi-même, je n'arrive toujours pas à croire qu'il les a prononcés.

Toutes deux me regardent en clignant des yeux, comme si elles avaient une poussière dans l'œil dont elles essayaient de se débarrasser.

— Il...

La bouche de Tamara s'est ouverte et refermée, tandis qu'elle me fixe d'un air incrédule.

— Il...

— Bordel de merde, murmure Gigi. Il a vraiment dit ça ?

— Oui.

Je baisse les yeux sur ma bouteille pour éviter leur regard.

— Mais évidemment, je ne vais pas le faire. Vous vous imaginez vivre avec un gars pareil ?

Le silence règne, ce qui n'arrive jamais lorsque Gigi et Tamara sont dans la même pièce. Ces deux-là peuvent parler sans interruption de tout et de n'importe quoi et semblent ne jamais se retrouver à court de sujets. Sauf que, là, elles sont muettes.

Je lève les yeux, sans cesser de tirer sur l'étiquette de ma bière. Elles me dévisagent comme si j'avais deux têtes.

— Quoi ?

Tamara croise les bras tout en secouant la tête, l'air de celle qui n'arrive pas à croire que je m'apprête à refuser cette offre.

— Si tu ne dis pas oui à cet homme et ne lui sautes pas dessus, je vais te frapper.

— Accepte, se contente de me dire Gigi.

— Non, ce serait horrible, je proteste plus pour me convaincre qu'autre chose. Ça n'irait pas.

Gigi pose une main sur mon avant-bras et me le presse tendrement.

— Qu'est-ce qui n'irait pas ?

— Par où veux-tu que je commence ?

Je roule des yeux et soupire.

— Vivre avec un homme. Vivre avec Jett, précisément. Imagine, il ramène une fille à la maison et je dois les écouter faire...

Je laisse ma phrase en suspens et esquisse une grimace lorsque je me le représente en train de s'envoyer en l'air avec une femme dans la chambre voisine.

Tamara tambourine sur la table avec ses longs ongles et je peux entendre l'engrenage s'activer dans sa tête. Elle réfléchit à un plan. Un plan auquel je ne donnerai pas suite.

— Mmh... Tu devrais peut-être fixer des règles. Poser des limites. Genre, pas de femme quand tu es là.

J'éclate de rire.

— Oui, comme si ça pouvait marcher.

— T'as raison, s'exclame Gigi. Continue à faire des allers-retours entre notre canap' et ton lit d'adolescente.

Elle sait exactement les mots à employer pour me rappeler combien je déteste vivre au domicile parental.

— Tes parents adorent t'avoir près d'eux.

Je ne supporte pas d'être retournée chez eux. Ce sont des gens formidables et des parents meilleurs encore, mais ils me traitent comme si j'étais toujours au lycée. J'ai un couvre-feu, et ils ressentent le besoin de savoir où je me trouve à toute heure du jour ou de la nuit. C'est étouffant, surtout après trois ans d'indépendance.

Tamara jette un coup d'œil à son téléphone et sourit en voyant un message non lu.

— Mammoth arrive. Quand nous mettons-nous en route ?

— On peut pas simplement rester ici ? je maugrée.

Je déteste les fêtes, parce qu'il y a toujours bien trop de gens cool et je n'y trouve jamais ma place.

Gigi se lève de table et me prend des mains la bière que je buvais à petites gorgées depuis une heure.

— J'ai déjà dit à tout le monde qu'on se retrouverait à vingt et une heures. Jett aussi ne devrait plus tarder à arriver. Ensuite, on se mettra en route. On ne se décommande pas ce soir. Alors, va te maquiller, change de tenue et prépare-toi à partir dès que ton colocataire sera là.

— C'est pas mon colocataire, je marmonne tout en me frottant les yeux avec la partie charnue de mes paumes.

Gigi me regarde à peine tandis qu'elle range la cuisine, jetant à la poubelle les barquettes pratiquement vides du traiteur asiatique.

— Dans tous les cas, bouge-toi les fesses, bébé. On doit fêter le retour de Jett, toi y compris.

— Pourquoi ?

Gigi lève les yeux vers moi et les plisse.

— Parce que tu fais partie de la bande. Et d'abord, depuis quand es-tu prête à rater une occasion de mater Jett Michaels ?

— Depuis que j'ai seize ans.

Tamara me tire par le bras pour tenter de me lever.

— C'est moi qui te maquille. On va donner à Jett l'envie d'être plus que ton coloc.

Je me libère vivement le bras et me rassieds.

— On ne sera jamais rien d'autre que des colocs. On n'est même pas amis, Tam.

— Ce soir, on va changer ça. Sous ces fringues ringardes que tu t'obstines à porter se cache un putain de corps. On te passe une petite robe moulante, on te maquille, on te coiffe, et il sera bien obligé de te trouver un peu plus...

— Baisable ? glousse Gigi.

— Je n'ai pas envie de le baiser.

C'est un mensonge. J'ai rêvé du moment où Jett me dénuderait et me couvrirait le corps de baisers.

— Oui, bien sûr, commente Tamara, qui me tire à nouveau par le bras, ne voulant rien savoir. Quoi qu'il en soit, on va te rendre un peu plus sexy.

Je baisse la tête pour regarder ma tenue.

— Je suis très bien comme ça.

Je ne suis pas du genre à « m'endimancher ». Le débardeur à volants beige, qui ne dévoile pas mes seins, est ce que j'ai de plus habillé, moi qui préfère le confort d'un legging et d'un tee-shirt XXL.

Ma cousine recule, lâche ma main et parcourt des yeux ma tenue.

— Tu peux pas porter ça à un feu de camp.

— Qu'est-ce qui ne va pas avec mes habits ?

— Du beige ! s'exclame-t-elle, avant de plisser le nez comme si ce simple mot l'offensait. T'es pas une commerciale en assurance ou une bibliothécaire. Il te faut quelque chose de plus... osé.

On frappe à la porte et nous tournons toutes trois la tête pour fixer le panneau de bois.

— Je suis sûre que c'est Jett, déclare Gigi tout en se dirigeant vers la porte. Tu ferais bien d'y aller avant qu'il te voie comme ça.

— Comme ça, quoi ? je demande sur la défensive.

Gigi continue d'avancer, ne se retournant même pas avant d'asséner le coup de grâce.

— Comme si tu allais lui faire sa compta et non une branlette.

Elle place un œil contre le judas et je marmonne dans ma barbe :

— Je vous hais toutes les deux.

— C'est Jett, murmure-t-elle. C'est maintenant ou jamais si tu ne veux pas qu'il te voie comme ça.

— Je vous déteste tellement, je marmonne à nouveau, avant de me glisser hors de la chaise, traversant le couloir en courant presque, tandis que Gigi tend la main pour attraper la poignée de la porte.

Je devrais m'en moquer, je le sais. Je n'ai aucune chance avec Jett. Je n'en ai jamais eu une seule et je n'en aurai jamais. Au mieux, nous sommes amis, et encore. Hormis hier au salon, si on a échangé une centaine de mots dans toute notre vie, c'est déjà beau. Je l'observais de loin, quand lui savait à peine que j'existais.

Je me tiens dans la chambre de Tamara et la regarde fourrager dans son armoire tout en se parlant à elle-même.

— Enfile ça.

Elle me lance un short en jean, qui atterrit droit dans ma figure.

— Ton cul sera super là-dedans.

J'écarte le short de mes yeux et me retourne pour étudier mon derrière dans le miroir plein pied au mur.

— Mon cul est super dans ce que je porte.

Tamara me regarde en clignant des yeux, les lèvres pincées.

— Le beige ne met aucun cul en valeur.

Elle secoue la tête, pousse un long soupir sonore et ajoute :

— Et quand je dis aucun, c'est aucun.

Je me fiche de ce qu'elle dit. J'ai un beau cul dans ce pantalon.

— Bref, je réplique en roulant des yeux.

— Enlève-le. On pourra s'en servir comme du petit bois.

— Sûrement pas, j'affirme tout en déboutonnant mon pantalon, avant de baisser la fermeture Éclair. C'est mon fute préféré.

— Y a que toi pour avoir un fute préféré couleur beige.

Je lui tire la langue et baisse mon pantalon pour l'ôter, puis je le replie soigneusement et le pose sur le lit tout en lui coulant un regard en biais. Je la crois tout à fait capable de me le subtiliser.

— La culotte aussi.

Je lève la tête et la regarde avec de grands yeux

ronds. Elle n'est pas sérieuse.

— Quoi ?

— Avec ce short, tu vas te tripoter les fesses toute la soirée si tu en portes une. Laisse ta culotte pour enfant en coton ici avec ton pantalon. Fais-moi confiance.

— Mais je n'ai jamais...

Je reste plantée là, à la dévisager, un pied dans le short, figée et hésitante.

— Je porte toujours des culottes.

— Comme tu voudras ! Mais je t'aurai prévenue.

Elle n'insiste pas. Victoire. Bien que ça ne me réjouisse pas de porter ce short, au moins je n'ai pas à craindre que le monde voie ma vulve chaque fois que je m'assieds ou me penche.

Ce short en jean me moule terriblement et je me retourne pour constater la différence. Je fais aussitôt la moue lorsque je remarque que le renflement inférieur de mes fesses dépasse de l'ourlet.

— C'est mieux, hein ? me demande-t-elle tout en regardant mon reflet dans le miroir.

Elle me reluque carrément le cul.

— Ça va, mens-je.

Je me penche en avant et grimace au moment où j'aperçois ma culotte rose. À partir de maintenant, je ne pourrai plus me pencher de façon naturelle, puisqu'il est hors de question que je quitte cet appartement sans culotte.

— Tiens.

Elle me lance un haut noir et, cette fois, j'attrape le fichu carré de tissu avant qu'il ne m'atteigne au visage.

— Par contre, pas de soutien-gorge.

Je brandis le morceau d'étoffe et l'examine, bouche bée.

— Ça couvre rien, Tamara.

Elle agite les sourcils.

— Voilà pourquoi tu ne peux pas porter de soutif.

— Ça va pas, la tête ? je lance, interloquée, tout en continuant de fixer le petit haut. Je ne peux pas porter ça en public.

Mon nez se fronce tout seul, parce que, merde, ce bustier est riquiqui.

Elle flanque une main à une hanche, relève une épaule et prend un air arrogant qui en dit long.

— Tu veux que Jett te remarque ?

— Non.

— Mytho.

— Je t'assure. On n'est même pas amis.

C'est la vérité. Pour la seconde moitié. Nous ne sommes pas amis, mais ai-je envie qu'il me remarque ? Peut-être. Je ne sais pas. J'essaie de rester à ma place et, de là où je me tiens, Jett Michaels ne se trouve même pas dans mon champ de vision.

— Pour une fois dans ta vie, fais des trucs de ton âge et amuse-toi un peu. Si tu n'attires pas son regard dans cette tenue, tu ne l'attireras jamais.

— Je pourrais me balader à poil qu'il ne me remarquerait pas, je marmonne tout en ôtant mon débardeur, non sans jeter un regard mauvais à ma cousine. On sait toutes les deux que c'est la vérité sans que j'aie à me ridiculiser ce soir.

— Alors, pourquoi s'enquiquiner avec des habits ? On est entre nous. Sors d'ici avec les nichons à l'air, et on verra bien.

— Je n'aurais jamais cru pouvoir te détester plus que je ne te déteste déjà, et pourtant si.

Elle glousse et m'assène une claque sur les fesses au moment où je lui tourne le dos pour enlever mon soutien-gorge.

— Tu m'adores et tu pourras me remercier une fois que tu auras mis le grappin sur Jett.

Je me couvre les seins à l'aide d'un bras et tends l'autre pour attraper le bustier.

— Je ne peux pas lui mettre le grappin dessus. Et puis, son piercing est tout récent. Il ne peut pas… tu vois, quoi.

Elle se frappe le front.

— Merde. J'avais oublié… Mais ça ne veut pas dire qu'il ne peut pas te satisfaire.

— Ce n'est pas mon genre. Je ne suis pas comme…

— Comme moi ? finit-elle à ma place.

— Je dis pas ça méchamment. C'est juste que je ne fricote pas avec un type sans qu'il y ait quelque chose de sérieux entre nous.

Elle fait une grimace.

— Avec combien de mecs as-tu été au lit, au juste ?

— Avec combien de mecs j'ai dormi ? je demande posément.

— Mais non, Lily, s'énerve-t-elle. Combien de mecs as-tu sautés ?

Je tourne brusquement la tête comme si elle venait de me gifler avec son langage vulgaire.

— Ben, disons que…

Bon sang, je n'ai pas envie de lui dire ça. J'ai toujours noyé le poisson quand Gigi et elle parlaient des mecs. Parce que j'ai fait mes études dans une autre faculté, il m'a été facile de leur dissimuler mes relations ou, devrais-je dire, l'absence d'hommes dans ma vie. Seulement, là, elle me met au pied du mur.

— Aucun, je murmure.

Ses yeux s'écarquillent et sa bouche s'ouvre en grand.

— Sans rire ?

— Oui.

Je lui adresse un sourire hésitant.

— C'est juste que je n'ai trouvé personne qui

vaille la peine que je lui offre ma virginité.

Je hausse les épaules et réalise que je suis à moitié nue, car mes seins font une apparition-surprise derrière mon bras.

— Pourtant, tu as eu tellement de bites en main depuis que tu as commencé à travailler à Inked.

À présent, elle chuchote.

— Comment est-ce possible ?

— J'ai fait des études de médecine. Et puis, c'est pas comme si j'avais jamais vu de pénis avant. C'est juste que j'ai jamais... enfin, tu vois.

Je remue les sourcils, ce signe universel pour évoquer des choses coquines sans avoir à prononcer les mots.

— Ma fille ! On va devoir changer ça, et vite !

— Non, sûrement pas.

Je relève le menton. Je n'aime pas quand elle tente de diriger ma vie. C'est déjà assez pénible de la laisser choisir ma tenue, je ne vais pas non plus la laisser décider qui doit s'introduire en moi et quand.

— Comme tu veux, Lil. C'est ta chatte.

Alors que je passe le bustier, je laisse tomber le soutien-gorge à terre et m'empresse de couvrir ma poitrine.

— Ça arrivera quand ça arrivera. Tu es ce que tu es, et j'aime le fait que tu fasses ce qui te plaît, mais, moi aussi, je suis ce que je suis et je ne couche pas à droite et à gauche. Sans vouloir te vexer.

Elle s'assied au bord du lit et lève les mains.

— Pas de prob' !

— De quoi ai-je l'air ? je demande tout en tirant le bustier vers le haut pour cacher mon décolleté, mais mon ventre se retrouve à découvert.

— Je pourrais te baiser, glousse-t-elle.

— Sérieusement, je te hais.

— Assieds-toi, m'ordonne-t-elle, tandis qu'elle

s'empare de sa trousse à maquillage sur sa commode. Ça va prendre une seconde.

Je m'assieds en silence et la regarde avec un air mauvais appliquer de l'ombre à paupières sur mes yeux. Elle m'assure que c'est le maquillage « smoky » par excellence, avant de passer au rouge à lèvres et au mascara.

Une fois qu'elle a terminé, elle me prend par la main et me tire vers la porte.

— Allez ! Viens. On va voir ce que Jett en pense.

J'essaie de me libérer, mais, bon sang, elle a beaucoup plus de force que moi. Je ne peux pas crier ou faire une scène, car Jett m'entendrait et je passerais alors pour plus craignos que je ne le suis déjà.

— Nous voilà, annonce Tamara sur un ton hypersuave. On vous a manqué ?

Je me décale de derrière son dos quand sa main retombe. Le sourire sur mes lèvres est forcé et éprouvant. Je n'ai qu'une envie : retourner en courant dans la chambre, enfiler ma tenue beige et déguerpir de cet appartement. Seulement, ça ferait de moi une trouillarde, et si Jett me trouvait déjà bizarre, ce ne serait rien comparé à ce qu'il penserait de moi après une comédie pareille.

— Salut, Tamara ! lance-t-il, sans même regarder dans ma direction, tandis qu'il avance vers nous.

— Salut, mon chou.

Elle l'empoigne par les avant-bras, non sans les palper généreusement avant de l'embrasser sur la joue.

— Désolée pour le retard. Lily et moi, on finissait de se préparer.

C'est à ce moment-là que ça arrive. Jett lance un regard dans ma direction, ses yeux s'illuminent, et j'y aperçois un éclat que je n'ai jamais vu auparavant... une possibilité.

LILLY GALLO.

La bûcheuse.

La première de la classe.

La solitaire.

Voilà comment je l'ai toujours considérée. Il n'y a pas eu un jour au lycée, et même avant cela, sans qu'elle ait été seule dans son coin, le nez plongé dans un bouquin. Elle faisait comme si je n'existais pas, et lorsque j'essayais d'avoir son attention, elle détournait les yeux, rabattait une mèche de ses beaux cheveux châtains derrière une oreille et continuait de m'ignorer.

Or, là... Cette Lily, celle en minishort et bustier qui se tient devant moi, c'est autre chose. Elle me regarde sans détour. Un timide sourire, bien qu'effarouché, flotte sur ses lèvres.

— Oh, tu es...

Les mots viennent se loger dans ma gorge et j'ai soudainement conscience du nouvel orifice de ma queue. Je grimace. Impossible d'ignorer la douleur provoquée par la croûte et le sang séché qui tire ma peau.

Son sourire retombe et elle recule d'un pas, le visage pâle.

— Je ferais mieux de me changer.

Elle se couvre le corps avec les mains et se mord la lèvre comme si elle allait éclater en larmes.

— Mais non, voyons ! rétorque Tamara, qui l'attrape par le poignet pour la retenir. Arrête un peu. Tu es très jolie comme ça. Pas vrai, Jett ?

Je repousse la douleur et tente de me concentrer sur la tenue de Lily et non sur le galbe de ses seins et l'harmonie de ses cuisses. Je n'ai pas de bol. Quand je trouve enfin le courage de faire ce piercing, non seulement c'est Lily qui me le pose, mais c'est, en plus, la première nana à me filer le barreau depuis qu'elle a traversé ma queue avec cette aiguille.

— Foutrement jolie, dis-je, mais ma voix s'étrangle.

Elle bat en retraite, les yeux rivés au carrelage.

— Vraiment, c'est pas grave, murmure-t-elle.

— Attends, Lily.

Je m'avance vers elle, et pas avec la plus grande des grâces à cause de cette foutue queue qui me déglingue.

— Ça te va vraiment bien. Simplement, j'ai pas l'habitude de te voir aussi...

J'en perds complètement mes mots, ce qui ne m'arrive jamais avec qui que ce soit, surtout avec les femmes.

— Bordel, ça alors ! lance un homme derrière moi, ce qui m'amène à me retourner et incite Lily à se couvrir un peu plus. Lily ?

Les yeux plissés, il la regarde, bouche bée, depuis la porte d'entrée.

— Mammoth ! piaule Tamara, qui lâche le bras de Lily pour courir vers le type.

L'homme occupe toute l'embrasure. Grand, large, avec un méchant look.

— Tu m'as tellement manqué ! ajoute-t-elle.

L'instant d'après, ses jambes encerclent sa taille et elle l'embrasse goulûment.

— C'est le petit ami de Tamara, m'indique Gigi tout en jetant la main dans leur direction quand le type pétrit les fesses de sa cousine.

— Le mien devrait arriver d'une minute à l'autre. Ensuite, on pourra décoller.

À peine a-t-elle prononcé le dernier mot qu'elle se met à rire.

— Mais pourquoi tes parents t'ont appelé Jett ? ajoute-t-elle, riant de plus belle, une main sur la bouche.

Je secoue la tête, incapable de réfréner mon sourire.

— La véritable question est : mais qui dit encore « décoller », trésor ?

— Attends...

Gigi jette un coup d'œil à la ronde. Hormis nous quatre, la pièce est vide.

— Où est-elle passée ?

— Merde, je lâche, comprenant qu'elle s'est sauvée.

Entre ma grimace et la réaction de la grande brute, nous l'avons fait fuir.

— Je reviens, me dit Gigi avec un sourire, le pouce pointé en direction du couloir. Je vais aller vérifier si tout va bien.

En deux enjambées, je lui barre le chemin et l'écarte.

— Laisse, j'y vais. C'est ma faute. Je dois lui présenter mes excuses.

Le sourire qui se dessine sur les lèvres de Gigi n'est rien de moins que salace.

— Ça comprend la langue ou pas ?

— Tais-toi, espèce de perverse.

Je la plante là, dans le salon, avec Tamara et son petit copain qui se sucent la poire.

— Admets que tu veux la galocher ! murmure-t-elle suffisamment fort dans le couloir pour que je puisse l'entendre.

Je frappe à la seule porte fermée dans l'appartement et souffle.

— Lily ?

— Quoi ?

Sa voix est lasse.

Je n'ai pas besoin de voir son visage pour comprendre qu'elle pleure.

Fait chier. Je suis un crétin. Ajoutez ça à la longue liste des trucs où j'ai tout faux. Chaque fois que Lily est dans les parages, je suis maladroit, et ça me flingue. N'importe quelle autre fille, et je suis cool comme pas permis, mais elle... impossible.

— Je peux entrer ?

— Non !

Je m'adosse à la porte et pose la tête contre le bois.

— S'il te plaît, Lily. J'ai besoin de te montrer un truc.

Bon sang, ce que c'est gênant. C'était déjà suffisamment embarrassant de bander avant qu'elle me fasse ce piercing, mais là c'est pire. Or, je suis prêt à me sacrifier. Parce que c'est Lily. Je suis prêt à absolument tout pour la consoler, même si je dois me ridiculiser pour ça.

Elle n'ouvre pas la porte, mais sa voix s'est rapprochée.

— Qu'est-ce que tu veux me montrer ?

— Mon piercing m'inquiète.

Les mots ont à peine franchi mes lèvres que la porte s'ouvre à la volée.

— Qu'est-ce qui ne va pas ?

Son regard ne vise pas mon visage, il est solidement ancré à mon entrejambe.

— Tu t'es blessé ? ajoute-t-elle tout en relevant les yeux.

L'inquiétude se peint sur son visage.

— J'en sais rien. Par contre, ça me fait un mal de chien, et je sais pas trop si c'est censé être aussi...

Je grimace à nouveau lorsque mon regard capte brièvement le renflement de ses seins.

— ... enflé.

Elle me tire par la main et claque la porte derrière nous sitôt que je ne bouche plus le seuil.

— Doucement, dis-je, n'ayant jamais atteint une telle vitesse de marche depuis l'événement majeur d'hier. Je n'avance pas encore aussi vite.

Elle se mordille la lèvre et ralentit le pas, les yeux passant de mon visage à mon bassin.

— Désolée. Laisse-moi voir.

Ce n'est pas de cette manière que je voulais que Lily voie mon sexe. Pas aujourd'hui, et certainement pas hier. Plus d'une fois, j'ai fantasmé sur elle, surtout en mission. Tante Suzy m'avait envoyé quelques clichés de Noël et, au premier plan, bien au centre, se trouvait Lily. Je me suis branlé tellement de fois sur cette photo qu'elle a fini en sale état, ne me laissant rien d'autre que mes souvenirs.

— J'ai juste besoin de savoir ce qui est normal ou non.

Elle se met à genoux et porte les mains à ma braguette.

— Putain, je murmure, ravalant la douleur qui enfle aussi vite que ma queue.

Je lui prends les mains et l'arrête dans son geste.

Bordel, si elle ne ralentit pas, je vais finir aux urgences. J'ai toujours rêvé de la voir dans cette position, mais jamais ainsi.

— Attends.

Elle lève ses grands yeux bleus qui percent mon âme.

— Je dois regarder pour pouvoir t'aider. Allons, Jett. Ce n'est que moi. C'est pas comme si je voyais ton membre pour la première fois.

Je pousse un juron et laisse retomber mes mains. D'une façon ou d'une autre, elle arrivera à ses fins. Le bon côté de la chose ? Elle ne pleure plus pour ce qu'il s'est passé dans le salon.

— Je souffre le martyre. C'est pour ça que j'ai fait une grimace tout à l'heure.

Je fixe le mur droit devant moi, incapable de la regarder en train de défaire mon jean à la hâte.

— Doucement, ma jolie.

Bon sang, ce qu'elle se dépêche. En d'autres circonstances, je pourrais penser qu'elle a envie de ma queue.

— Pardon.

Ses joues rosissent et sa langue balaie sa lèvre inférieure. Elle est concentrée et s'applique, mais, bordel, elle ne fait qu'empirer les choses.

— J'irai très lentement.

Elle prend même le temps de détacher chaque syllabe du mot, portant avec une extrême lenteur les mains à ma ceinture.

De la torture, voilà ce que c'est.

— Tu peux aller un peu plus vite.

— Et autoritaire, avec ça, murmure-t-elle dans mon entrejambe.

— Si tu savais, ma jolie.

Je garde les yeux rivés au mur derrière elle, car, d'ici, tout ce que je vois, ce sont des seins.

Les incroyables seins de Lily, pour être plus précis.

Quelques douloureuses secondes plus tard, j'ai le jean aux genoux et ses mains se déplacent vers l'élastique de mon boxeur.

— Ça va ?

Je baisse les yeux et serre les dents.

— Comme sur des roulettes.

— Tu es tout pâle.

— Ma queue, Lily. Elle me défonce.

Je me garde d'ajouter que c'est en partie de sa faute. Franchement, ne pouvait-elle pas rester quelques jours de plus en pantalon beige et ménager ma queue ?

Ses yeux s'écarquillent et une lueur d'inquiétude s'allume dans son regard.

— C'est pas bon du tout. Tu devrais peut-être t'allonger pour que je puisse mieux regarder.

J'ignore pourquoi Dieu me déteste autant, mais, au moment où je vous parle, personne ne me convaincra du contraire.

— Je suis bien debout.

J'ai cessé de la regarder. Je n'en suis plus capable. Ses doigts se fraient un chemin dans mon caleçon, et je ferme les yeux pour penser à des trucs épouvantables. Les pires horreurs capables de filer des cauchemars aux gens. Les pires horreurs qui ne me donneront assurément pas la gaule. Surtout pas les seins et les fesses de Lily qui débordent de ses vêtements ou de mes mains.

— Saloperie.

Elle se fige.

— Je t'ai fait mal ?

— Non.

Je suis un putain de menteur. Seulement, il est hors de question que je lui dise ce que je ressens. Je ne suis pas un type pour elle. Elle mérite tellement mieux. Il y a longtemps, je me suis fait la promesse de ne jamais la souiller : jamais je ne salirai sa pureté avec mes obscénités. Jusqu'à hier, j'avais prévu de tenir cette promesse.

— Je peux continuer, alors ?

— Sors ma queue, Lily.

J'ai toujours rêvé de prononcer ces mots. Je n'aurais jamais imaginé le faire dans un tel contexte.

— Oui, pardon. Ta queue.

Sa voix a quelque chose de particulièrement indécent lorsqu'elle dit des obscénités. Quelque chose qui me file un frisson dans la colonne vertébrale, qui me donne encore plus envie de la toucher.

Je presse les paupières et retourne à mes horreurs. Quoi que ce soit qui m'empêche de poser les mains sur elle ou de la regarder. Elle est rapide. Ses doigts manipulent avec précaution les bandages jusqu'à ce que l'air frais enveloppe mon sexe enflé et avide.

— Bon sang, murmure-t-elle. Elle est énorme.

Je renverse la tête et maudis tout bas l'être perché là-haut qui doit se marrer comme une baleine devant mon tourment.

— C'est censé être comme ça ? je demande.

Elle ne me touche pas la peau, mais je peux sentir la chaleur de son souffle.

— Je peux téléphoner à mon père et le lui demander. Il saura, lui.

Je manque de m'étouffer avec ma salive et ouvre brusquement les yeux.

— Non.

Je prends ses mains et l'aide à se relever.

— C'est pas une bonne idée.

— Pourquoi ?

Elle me fait ses foutus yeux de biche. Ce regard

innocent qu'elle arbore sans arrêt. Celui qui m'a toujours excité.

— De nous deux, c'est lui qui a le plus d'expérience et qui saurait nous dire si c'est normal ou non.

— Lily, dis-je tout en m'efforçant de sourire en
dépit de ma détresse, on ne peut pas téléphoner à ton
père et lui dire que tu as de nouveau mon sexe sous
les yeux.

Elle glousse, laissant ses mains dans les miennes.

— Il comprendra, Jett. Mon père est un amour, et
il veut ce qu'il y a de mieux pour nos clients.

Je n'en doute pas, mais pour ce client-là, celui qui
fantasmait, queue en main, sur sa petite fille chérie,
ça m'étonnerait.

On frappe à la porte.

— Qu'est-ce qui se passe, là-dedans ? demande
Gigi dans le couloir.

Les yeux rivés à Lily, je la supplie de... je ne sais
trop quoi.

— N'ouvre pas, je lui chuchote.

— Arrête un peu, me réplique-t-elle tout bas.
C'est Gigi.

— Et al...

— Jett est inquiet pour son piercing ! crie Lily tout
en soutenant mon regard. Désolé.

— Oh, merde ! s'exclame Gigi, suffisamment fort
pour que le son réussisse à traverser les trois centi-
mètres de bois. C'est grave ?

— J'en sais rien, répond Lily avec un haussement
d'épaules alors que ses yeux retournent à ma queue.
C'est pas terrible, je crois. Elle est rouge et toute
grosse.

J'aimerais qu'elle arrête de dire à quel point ma
queue est grosse.

— Elle va bien, je grommelle. Ma queue va bien.

— Attendez ! s'écrie Gigi. Mammoth a un Prince Albert, lui aussi. Je vais lui demander si c'est normal.

— Fantastique, je marmonne, ce qui fait glousser Lily.

Le son est si délicieux que mon agacement, quel qu'il soit, s'envole. Comment être fâché contre Lily ? Elle n'a pas une once de méchanceté en elle.

— C'est quoi, le problème ? demande la voix bourrue.

La poignée de la porte se met à tourner.

— N'entre pas ! je crie tout en levant les yeux au ciel tandis que je saisis la ceinture de mon jean avec ma main libre.

— À quel point était-ce gonflé après ton piercing ? lui demande Gigi, qui débat dans le couloir, si bien que tout le monde est au courant à présent.

— C'est pas mal vénère durant quelques jours, indique le type qui roulait des pelles à Tamara. Tant qu'il n'y a pas de pus ni de sang à gogo, c'est tout à fait normal.

Je pousse un soupir et suis soulagé de savoir que ma queue, bien qu'énorme, n'a rien de grave.

— Simplement, faut pas que t'aies la trique ou tu vas souffrir le martyre. Serre bien les bandages, aussi. T'as pas envie que ce bazar joue les pendules dans ton pantalon toute la journée.

Lily est prise d'une crise de rire.

— Il te l'a drôlement mieux expliqué que moi, ça, c'est sûr. Je m'excuse.

Hier, lorsqu'elle énonçait les soins nécessaires à la cicatrisation et ce à quoi je devais m'attendre, elle est passée par toutes les nuances de rouge et a eu bien du mal à s'exprimer. Quant à moi, j'étais trop occupé à contempler son joli minois pour vraiment l'écouter.

— Ma queue va bien. C'est tout ce qui compte.

— Tu veux que je jette un œil ? me demande le type.

— Non, ça va ! je crie.

Je n'ai pas besoin d'un public.

— Bordel, Dieu merci, murmure-t-il, avant que le bruit de ses pas lourds s'éloigne dans le couloir et finisse par s'effacer.

— Pas de trique pour vous, monsieur, plaisante Lily, qui essaie d'être mignonne et me plante son index dans le torse.

J'aime son espièglerie, mais pas aux dépens de mon sexe.

— Trésor, je murmure et prends une grande inspiration pour tenter de stabiliser mon pouls. On peut arrêter de parler de ma trique, dis ?

Son rire s'arrête, mais le sourire sur son visage reste.

— Oui. Fini de parler de ta trique. Reçu.

Lorsque son regard se porte sur le côté, je réalise que je l'ai gardée arrimée à moi durant tout ce temps.

— Pardon.

Je relâche son poignet et aimerais que tout soit différent.

— Tu veux que te fasse le bandage ? me demande-t-elle tout en rabattant derrière une oreille cette mèche de cheveux qui semble toujours se faire la malle. Ce sera peut-être plus simple si je t'aide.

— Je peux le faire tout seul.

Ma réponse est immédiate et me vaut un regard blessé de sa part.

— J'en ai pour deux secondes. Vas-y. Je m'en occupe.

— Tu es sûr ?

— Oui, ma jolie. Certain.

Un sourire s'affiche l'espace d'un court instant sur son visage, avant de s'effacer. Elle se tourne vers la porte et ses seins disparaissent de l'équation, mais ces jambes et ce cul sont un problème bien plus grand encore. Elle jette un regard par-dessus son épaule et me surprend en train de la reluquer.

— Je peux encore te donner un coup de main. C'est ta dernière chance.

— J'en suis sûr.

Je hoche la tête, pointe le menton en direction de la porte et ajoute :

— Je gère.

Son regard baisse d'un cran et je me rappelle tout à coup que j'ai la queue à l'air et que je ne fais rien pour la cacher.

— Appelle-moi si tu changes d'avis et si tu as besoin d'aide pour ranger tout ça dans ton pantalon.

— Lily, la reprends-je, au bord de l'implosion.

Elle le fait exprès ou quoi ? A-t-elle seulement idée de l'effet qu'elle me fait ? À quel point ça m'affecte ? Peut-être éprouve-t-elle un malin plaisir à me tourmenter, à me provoquer avec sa beauté et, dans ma situation, sa faculté à me filer la gaule.

Elle hausse les épaules, mais ne sourit pas. Je me rappelle alors pourquoi je suis entré ici au départ et mets de côté mon embarras pour lui donner le sourire.

— Lily, je l'interpelle avant qu'elle ouvre la porte.

— Oui ?

Elle me lance son regard bleu par-dessus une épaule.

— Tu es ravissante ce soir. Tu l'as toujours été.

Ses joues prennent une teinte rose clair et un sourire apparaît à la commissure de ses lèvres. Elle sort sans dire un mot, me laissant le pantalon aux chevilles, le sexe à l'air et nul espoir de rassasiement en vue.

— QUELLES SONT tes intentions envers notre Lily ? demande à côté de moi le chevelu couvert de tatouages des pieds à la tête, une bière à la main, tandis qu'il contemple le feu de camp.

Je me redresse, pose ma bouteille sur une cuisse et jette un coup d'œil de part et d'autre de moi à ces deux types que je ne connais pas.

— *Votre* Lily ?

— Disons que c'est notre protégée. Il faut bien que quelqu'un veille sur elle. Si c'est pas nous, qui le fera ? m'explique l'autre gars tout en caressant sa barbe.

Lui ne regarde pas le feu de camp, il me fixe, moi.

— Je connais Lily depuis toujours.

Je suis sur la défensive. Je ne devrais pas l'être. Elle n'est pas ma petite amie et ne le sera jamais.

— Rappelle-moi ton nom ? je demande, parce que discuter de Lily m'oblige à savoir au moins comment le type s'appelle.

Cette conversation n'a rien de léger et, allez savoir pourquoi, j'ai l'impression de me faire cuisiner par son père et non par un parfait inconnu.

— Mammoth.

Je ne peux m'empêcher de sourire.

— Tu déconnes ?

— Il te raconte des salades. C'est son surnom de biker. Son vrai nom est Saint.

J'écarquille les yeux devant cette révélation.

— Et Anthony n'a rien dit sur le fait que sa petite fille chérie sorte avec un biker ?

— Non, pas plus que Joe, réplique Mammoth, le motard, qui pointe le menton en direction de l'autre type à côté de moi. Pike vient du même club.

— Attendez, là.

Je secoue la tête, interdit. Suis-je entré dans la quatrième dimension ? Mais que s'est-il passé en cinq ans ? Je n'aurais jamais imaginé Joe et Anthony laisser leurs filles sortir avec qui que ce soit, encore moins avec des gars issus d'un club de motards.

— Leurs paternels sont d'accord avec ça ?

— Je bosse à Inked, répond celui qui est ici avec Gigi, tout en levant sa bière. Et pour ta gouverne, j'ai jamais officiellement fait partie de ce club. J'ai juste vécu quelques piges au QG. En revanche, Mammoth...

Il pointe la tête en direction de l'autre type.

— ... lui, il est toujours un Disciple.

Je me passe la main sur le visage, à court de mots.

— Eh ben, merde, je murmure pour moi-même. J'aurais jamais cru ça possible.

Je me racle la gorge quand je réalise avoir parlé plus fort que je ne l'aurais voulu.

— Plus pour longtemps, Pike, lui réplique Mammoth. Encore quelques mois, et je serai aussi libre qu'on puisse l'être, vu les circonstances.

Pike hoche lentement la tête tandis qu'il lève la bière à ses lèvres et la tient en suspens devant sa bouche.

— Ça va pas être de tout repos.

— Ça l'est jamais, mon frère, murmure Mammoth. Ça l'est jamais.

Les yeux de Pike sont de nouveau sur moi.

— Tu surgis de nulle part et, tout à coup, Lily porte des fringues minuscules. Visiblement, elle essaie d'attirer ton attention. Alors on veut savoir si tu es un type recommandable ou si tu es juste en quête d'une paire de fesses.

Je penche la tête en direction des trois filles assises au loin sur le hayon du pick-up de Gigi, qui discutent et jettent de temps à autre un regard vers nous.

— Regardez-la, dis-je, souriant à Lily lorsque ses yeux me trouvent. Est-ce qu'elle a l'air d'une paire de fesses ?

J'ai fait de mon mieux pour éviter de la regarder durant toute la soirée. Chaque fois que je lui jette un coup d'œil, la vue de cet excès de peau me coûte. La fois où elle décide d'exhiber son corps est la seule où je ne peux pas me permettre d'être excité.

La vie est parfois injuste et ironique.

— Dans cette tenue, si, rétorque Mammoth. Mais une paire de fesses douce et fragile. Je ne veux pas devoir te botter le cul parce que tu lui as brisé le cœur, mais je le ferai si nécessaire.

Un autre aurait fait dans son froc à ce stade. Moi, non. Des types comme Mammoth, j'en ai toujours connu et, grâce à l'armée, je sais comment m'y prendre avec des gaillards qui aboient encore plus fort que leur ego est gros.

— Je n'ai pas l'intention de lui briser le cœur.

— Gigi raconte que tu as proposé à Lily d'emménager avec toi, commente Pike, qui m'étudie du regard. C'est un sacré pas pour une fille comme elle.

Seigneur. On se croirait à un interrogatoire Gallo, mais sans les Gallo. Anthony et Joe ne pouvaient qu'aimer ces deux types, parce qu'ils leur ressemblent : protecteurs, rentre-dedans, et ils n'ont pas peur de dire ce qu'ils pensent.

— J'ai besoin d'un pied-à-terre, et Lily avait l'air lasse de vivre chez ses parents. Je me suis dit qu'on pourrait prendre un appart' ensemble, partager le loyer pour des raisons pratiques, et...

— Et comme ça, t'aurais une nénette à portée de main ? ajoute Mammoth.

Je secoue la tête.

— D'après vous, vous connaissez Lily. Alors j'imagine que vous savez aussi qu'elle ne coucherait pas avec n'importe qui. C'est pas son genre, et l'idée n'était pas d'en faire mon esclave sexuelle.

Les doigts de Pike se resserrent autour de la bouteille qu'il tient.

— Peut-être que tu cherches juste à avoir une bonne pour nettoyer derrière les nénettes que tu prévois de ramener au bercail.

— Écoutez...

Je me frotte la nuque. Cette conversation prend un tour qui ne me plaît pas.

— ... je ne veux pas de « bonne », non plus. Je suis un grand garçon et j'ai besoin de personne pour faire mon ménage, seulement j'ai pas envie de vivre avec un type bordélique qui cherche juste à faire la fête. Je veux une personne fiable, que je connais et en qui j'ai confiance.

— C'est tout elle, concède Mammoth sur un ton bourru.

— Je connais aussi suffisamment son père pour savoir qu'il n'aimerait pas que sa fille vive seule. Je me suis dit que c'était gagnant-gagnant.

— Tu lui plais, tu sais, me lance Pike, qui fait fi de tout ce que je viens de lui dire. Je n'ai jamais vu quelqu'un lui plaire autant.

— Tu crois ?

— Elle s'est toute pomponnée pour toi, renchérit Mammoth, un sourire sincère aux lèvres. Je dirais même qu'elle en pince grave.

Je regarde de vieux amis qui boivent et dansent au son de la musique, sous un ciel d'encre tacheté d'étoiles. Est-ce que je lui plais ? Elle ne s'est jamais tellement intéressée à moi. Le peu de fois où l'on a échangé, elle n'a jamais flirté avec moi ni même laissé entendre que j'avais une chance avec elle.

— Ne fais pas le con, et on s'entendra bien, marmonne Pike. Même si tu lui plais, c'est pas une fille comme ça.

— Je sais, dis-je sur un ton frustré, avant de poser ma bière sur la pelouse. Bon, si vous voulez bien m'excuser, messieurs. J'ai une fille à aller voir.

— Doucement, la gaule, me lance Mammoth avec un rire.

Je lève un pouce et esquisse un sourire forcé. Je peux difficilement oublier ma queue et j'aimerais qu'il arrête de m'y faire penser dès qu'il en a l'occasion.

— Coucou, je lance lorsque j'arrive à quelques mètres des trois filles.

— Coucou, réplique Gigi, qui me fait un signe du menton, une lueur trouble dans le regard. Je ferais bien de rejoindre mon mec pour voir comment il va.

Tamara glousse et pose sa bouteille vide sur le rebord du hayon avant d'en descendre d'un bond.

— Oui. Allons voir nos mecs. Lily peut te tenir compagnie.

Lily a l'air d'une biche prise dans les phares d'une voiture. Figée, les yeux écarquillés, elle me regarde en papillotant des yeux comme si je m'apprêtais à la percuter.

Je réfléchis à un sujet qui ne tournera pas autour de ma queue et demande :

— Ça roule ?

Elle hoche la tête et se croque la lèvre pour en mâchouiller la chair délicate.

— Oui. Ça roule. Et toi ?

Bon Dieu, ce qu'elle est belle en cet instant avec le clair de lune qui tombe sur sa peau. Si belle qu'en d'autres circonstances, j'aurais tenté une approche pour voir si je lui plaisais vraiment. Seulement, je ne peux pas prendre ce risque. Pas maintenant. Pas quand mon sexe est en furie.

— Oui, super, mens-je pour dissimuler ma détresse.

— En tout cas, tu as plein d'amis, commente-t-elle tout en faisant de son mieux pour ne pas me regarder.

— Tu sais comment ça se passe ici. T'organises une fête et tout le monde rapplique. Ce n'est pas pour moi qu'ils sont là, c'est pour la bière gratos.

Elle rit, et c'est le son le plus merveilleux qu'il m'ait été donné d'entendre sur cette terre.

— Ils sont venus pour toi. Tu étais le garçon le plus populaire de l'école. Toutes les filles avaient envie de toi, et les mecs rêvaient d'être à ta place.

— Et toi, tu avais envie de moi, Lily ?

Son rire s'éteint tandis que son regard glisse vers moi. Même au clair de lune, je peux voir le rose teinter ses joues.

— Jett, murmure-t-elle, les yeux brillants. Je...

— Moi, j'ai toujours eu envie de toi, lui dis-je ouvertement.

— Je...

Ses dents sont de nouveau sur ses lèvres et mordillent cette peau que j'ai toujours rêvé d'embrasser.

— Tu avais envie de moi ?

Elle fronce son joli petit nez, incrédule et immobile.

Je hoche la tête et lui dévoile la vérité :

— Oui.

Elle balaie ma réponse d'un geste de la main, l'air désinvolte.

— Tu avais envie de toutes les filles. Et tu as fait ton possible pour coucher avec elles.

Elle m'envoie balader, me renvoie à la figure le comportement minable que j'ai eu au lycée. Certes, je couchais avec n'importe quelle nana à l'époque, peut-être plus encore lorsque j'étais dans la marine, mais elles ne m'ont jamais contenté. Ces femmes n'étaient rien pour moi et elles ne comblaient pas ce vide laissé par une fille en particulier.

Je me frotte la nuque, cherchant à dissimuler mon agitation.

— On va faire un tour ? Je connais une grotte pas très loin d'ici, et avec la pleine lune...

Je renverse la tête et regarde le ciel dégagé.

— ... le lac sera magnifique.

— Il y a des grottes, par ici ?

J'acquiesce d'un hochement de tête. J'en connais certaines comme ma poche. Elles ont toujours été mon échappatoire lorsqu'être en société devenait in-supportable. Ces grottes étaient le seul endroit où je pouvais me cacher sans qu'on me trouve, toute petite que cette ville était.

— Quelques-unes, mais la plus jolie est tout près.

Elle jette un regard autour d'elle, l'index aux lèvres.

— Tu es sûr que ça ne craint rien ?

J'opine du chef. J'espère que la grotte sera iden-tique à la dernière fois où je l'ai visitée.

— Ça ne craint rien, et c'est paisible, aussi, je la rassure avec un sourire.

Je sais que Lily préfère le silence aux soirées ta-pageuses.

— On y va, on reste un peu, et si tu n'aimes pas, on rentre.

— J'en sais trop rien. C'est ta fête. On devrait vraiment rester.

— Tout le monde s'en fiche. Ils ne font même pas attention à nous. J'ai jamais montré cet endroit à qui que ce soit. Ça a toujours été mon petit coin secret, et j'aimerais te le faire découvrir. Allez, Lily ! File en douce avec moi.

Elle relève la tête et un sourire s'étire sur son visage.

— Je serai la première à le voir ?

— La première et l'unique, ma jolie, promets-je, parfaitement sincère.

Elle hoche la tête et descend du hayon d'une poussée des bras. Elle se tient maintenant plus droite et est, d'une certaine façon, plus belle encore.

— Montre-moi ça, me dit-elle.

Je lui fais signe de me suivre, ce qu'elle fait.

— Reste près de moi. C'est à cinq minutes de marche, mais ça fait longtemps que je n'y suis pas retourné dans le noir, et je n'ai pas de revolver et pas de couteau si on croise un truc dans les bois.

Comme je n'entends aucun bruit derrière moi, je jette un coup d'œil en arrière et vois qu'elle s'est figée.

— Un truc dans les bois ? murmure-t-elle, le regard tourné vers l'obscurité devant moi.

— Trésor, on est en Floride. Il existe un tas de trucs qui aimeraient te manger.

Notamment moi, ce que je me garde de dire. Les prédateurs sont partout, ici. Des alligators, des ours, des coyotes, mais rien qui ne soit plus dangereux pour Lily que moi.

— C'est pour ça que je suis pas une fille de la nature.

Je me retourne, reviens quelques mètres en arrière et m'arrête à sa hauteur.

— Jamais je ne laisserais quoi que ce soit te faire du mal. Crois-moi, si un animal s'en prend à nous, il devra me passer sur le corps avant de pouvoir t'atteindre.

Je lui tends une main.

— Tu me fais confiance, Lily ?

Elle baisse les yeux et fixe du regard ma paume.

— Je te fais confiance, Jett, murmure-t-elle tout en glissant sa main veloutée dans la mienne.

Ses paroles me submergent et m'enveloppent de cette douceur qui est la sienne. Je referme les doigts autour des siens. C'est la première fois que je la touche réellement. Sans rien dire, je pointe la tête en direction de la pénombre. Ce moment n'a pas besoin de mots.

Je l'entraîne par la main et nous quittons en silence le brouhaha de la musique et des gens derrière nous. Plus l'on s'éloigne, plus le calme s'installe. Seuls le bruissement d'animaux dans les fourrés, la respiration de Lily et les battements de mon cœur emplissent l'air.

C'est alors que je remarque que je n'ai jamais tenu la main d'une fille. C'est drôle, tout de même. Avoir une petite amie ne m'a jamais attiré. L'attachement, c'est trop d'engagement pour un type comme moi. Seulement, là, en cet instant, rien ne me paraît plus naturel.

— C'était quoi, ça ? demande Lily, qui ralentit le pas lorsqu'une branche craque au loin.

— Un lion, peut-être, mens-je tout en lui serrant les doigts. Colle-toi à moi ; comme ça, on passera pour une seule et même personne, et il nous croira trop grands pour attaquer.

À petits pas, elle se rapproche de moi et plaque son corps contre le mien.

Putain, je suis un gros débile. *Colle-toi à moi.* Que m'est-il passé par la tête ? Je n'ai pas réfléchi, c'est bien ça le problème. Je ne peux pas me permettre d'avoir une érection, mais me voilà en train de conseiller à cette jolie fille, dont la moitié du corps est dénudée, de se plaquer contre moi. C'est malin. Vraiment malin. Manifestement, j'aime me torturer, sans quoi je n'aurais pas ouvert mon clapet.

— T'es sûr que ça va marcher ? me murmure-t-elle.

Je sens son souffle chaud glisser sur mon épaule.

— Plus que tu ne le crois, dis-je tout en me remettant à avancer pour m'empêcher de l'attraper par les hanches et de l'embrasser.

Lorsqu'on atteint l'entrée de la grotte, elle s'arrête et me tire par le bras.

— T'es sûr que ça craint rien là-dedans ?

Elle observe attentivement l'ouverture dans la roche comme si une bête allait en jaillir pour la croquer.

— Il n'y a rien à craindre. J'y suis entré des milliers de fois. Et puis, l'eau du lac est trop froide pour les alligators.

— Me voilà rassurée, marmonne-t-elle sur un ton ironique.

— Je vais t'aider, je propose, avant de descendre la petite dépression, tâtonnant du bout du pied le terrain plongé dans la pénombre.

Je me tourne et tends les bras pour lui attraper, cette fois, les deux mains et l'aide à se faufiler à l'intérieur tout en veillant à ce qu'elle ne glisse pas.

— C'est un sacré endroit, me dit-elle, comme si elle m'avait suivi jusqu'ici sans vraiment me croire.

— Bien sûr. Je ne te mentirais pas.

Je fais attention à elle et continue de la tenir plus qu'il ne le faut. C'est plus fort que moi.

— Le lac est par là.

La lune disparaît et les ténèbres nous enveloppent l'espace d'un instant, tandis que nous nous avançons en direction de la lumière devant nous. En toute autre circonstance, je me serais jeté sur Lily pour goûter à ses lèvres après une vie entière de privations.

— Waouh ! s'exclame-t-elle à côté de moi lorsque nous trouvons le lac à ciel ouvert, son eau bleue et luminescente à la lueur nocturne. C'est le truc le plus beau que j'aie jamais vu.

— Pas vrai ? renchéris-je.

Seulement, ce n'est pas l'eau que je contemple. Je ne regarde qu'elle.

Je me tourne alors vers elle et penche la tête, prêt à l'embrasser, mais elle se dérobe et s'éloigne.

— Comment se fait-il que je ne connaisse pas cet endroit ?

Je fais courir une main dans mes cheveux, cherchant à contenir ma frustration.

— Peu de gens le connaissent.

Lily s'agenouille au bord de l'eau et en caresse la surface du bout des doigts.

— C'est tellement paisible, ici.

La musique de la fête n'est plus qu'une douce vibration. Pas de voix. Pas de circulation. Personne. Nous sommes totalement seuls. C'est la raison pour laquelle je viens ici pour réfléchir et fuir le monde quand je me sens submergé par la vie ou quand j'ai besoin de m'isoler.

Je la regarde contempler les eaux, en étudier la profondeur.

— C'est mon échappatoire.

Elle tourne la tête et me fixe, le visage illuminé par le clair de lune qui miroite à la surface du lac.

— Une échappatoire ? Pour fuir quoi ?

Je m'accroupis à côté d'elle et admire sa beauté lorsqu'elle se remet à contempler les profondeurs bleues.

— Tout et rien.

— C'est pour ça que je lis, m'explique-t-elle sans quitter des yeux l'eau du lac. C'est mon échappatoire à moi. Je peux être qui je veux, faire ce que je veux, vivre la vie des personnages au lieu d'être prisonnière de mon existence.

— Prisonnière ? Tu te sens prisonnière ?

Ses mots me surprennent. Je n'ai jamais considéré Lily comme prisonnière de quoi que ce soit. J'ai toujours su qu'elle aimait lire et ne l'ai jamais vue sans un livre à la main.

Elle hausse les épaules, sans cesser de fixer le vide droit devant elle.

— Parfois, mais pas autant qu'avant.

Elle tourne la tête pour me scruter un long moment, mais détourne les yeux dès qu'elle remarque la façon dont je la regarde.

— Quand j'ai abandonné la fac, j'ai senti qu'on m'ôtait un poids énorme des épaules. Mais, des fois...

Elle déglutit et marque une pause.

— Des fois, j'ai l'impression que rien n'a changé quand je regarde autour de moi. Je réalise que je suis de retour à la maison et que je vis chez mes parents comme à l'époque où j'étais au lycée.

— J'étais sérieux quand je t'ai proposé d'habiter avec moi.

Je me retiens de la toucher, bien que j'en meure d'envie.

— On se connaît à peine, murmure-t-elle. Pourquoi voudrais-tu vivre avec moi ?

— Et pourquoi pas ?

Elle hausse les épaules.

— Je suis inintéressante, Jett, et on ne se connaît pas si bien que ça.

— Bien sûr que si, la contredis-je.

— Pas tellement. On n'a jamais eu une conversation aussi longue que ce soir. Je suis la personne la moins intéressante que tu connaisses. Je préfère rester chez moi et me blottir dans un fauteuil pour lire un bouquin, plutôt que de boire et faire la fête.

Visiblement, Lily me voit encore comme ce garçon de dix-huit ans qui a quitté la ville, cinq ans plus tôt, pour faire ses classes. Je ne suis plus cette personne, tout comme elle n'est plus cette fille de seize ans, effrayée à l'idée même de me regarder.

— Je ne veux pas boire et faire la fête. J'ai vécu suffisamment d'aventures dans la marine et en bourlinguant à travers le pays l'année dernière. Je veux du calme. Je veux m'ennuyer. Je te veux, toi, Lily.

Elle relève brusquement la tête, les yeux ronds.

— Tu me veux, moi ?

Eh merde. Oui, je la veux, elle, mais je n'ai pas envie de la faire fuir. Ce n'est pas pour la mettre dans mon lit que j'ai proposé à Lily d'habiter avec moi. Si ça arrive, tant mieux. Simplement, je ne voyais personne, à part elle, en colocataire calme et respectueux. Maintenant, si elle décide de se promener dans la maison en petite tenue, ce sera un plus.

— Évidemment, sinon je ne te l'aurais pas proposé.

— C'est vrai, murmure-t-elle, je veux partir de chez mes parents, Jett.

Mon nom a une sonorité paradisiaque dans sa bouche.

— Dans ce cas, dis oui ! je l'implore tout en lui prenant la main. Dis-moi au moins que tu viendras visiter quelques appartements avec moi et que tu y réfléchiras. Tu pourrais quitter le nid et tu n'aurais pas à vivre seule. C'est gagnant-gagnant.

— Peut-être, souffle-t-elle tout en baissant les yeux sur nos mains jointes.

Je lui presse les doigts.

— Promets-moi d'y réfléchir.

Bon sang, si ma queue n'était pas toute pétée, je serais déjà sur elle, en train d'embrasser sa peau douce et ses jolies lèvres. Or, là, le simple fait d'être agenouillé à côté d'elle et de lui tenir la main est douloureux. Chaque fois qu'elle se trouve près de moi, mon sexe veut me rappeler combien il se sent seul et à quel point cette idée de piercing était stupide.

— J'y réfléchirai, Jett, m'assure-t-elle, et me voilà heureux comme un pape.

Je lui presse une nouvelle fois les doigts.

— Ce serait si terrible de vivre avec moi ?

Elle secoue la tête.

— Je n'ai jamais...

Elle ravale sa salive et tourne les yeux vers l'eau du lac pour éviter mon regard.

— Je n'ai jamais vécu avec un homme.

— Eh bien, je n'ai jamais vécu avec une femme non plus, on est donc à égalité.

Elle ricane doucement, et son rire résonne dans le petit espace telle une douce mélodie.

— T'es un peu cinglé.

Je souris sans pouvoir me retenir, car Lily est absolument adorable.

— On m'a traité de bien pire, et j'ai jamais prétendu être normal.

— Être normal, c'est surfait, murmure-t-elle tandis qu'elle se lève et me regarde dans les yeux. J'imagine qu'on ferait de bons colocataires et je me sentirais plus en sécurité avec toi que si je vivais seule.

— J'espère bien ! Un malheur n'arriverait pas avec moi. Y a rien de mieux qu'avoir un homme chez soi.

— J'ai un pistolet, Jett, et je n'ai pas peur de m'en servir.

Elle ne cille même pas lorsqu'elle me dit cela. Moi, oui. Je n'aurais jamais cru que Lily était le genre de femme à posséder une arme à feu, mais, connaissant sa famille et son père, je ne suis pas complètement surpris.

— Bon, eh bien, j'imagine que ce sera toi qui me protégeras.

Je ris de bon cœur, sans parvenir à détacher le regard de ses grands yeux bleus.

— Ne t'en fais pas, me lance-t-elle tout en se penchant vers moi, et je retiens mon souffle, pensant qu'elle s'apprête à m'embrasser.

Elle pose une main sur mon torse et me sourit.

— Je ne laisserai personne te faire du mal.

Seulement, une question demeure : qui me protégera de Lily ?

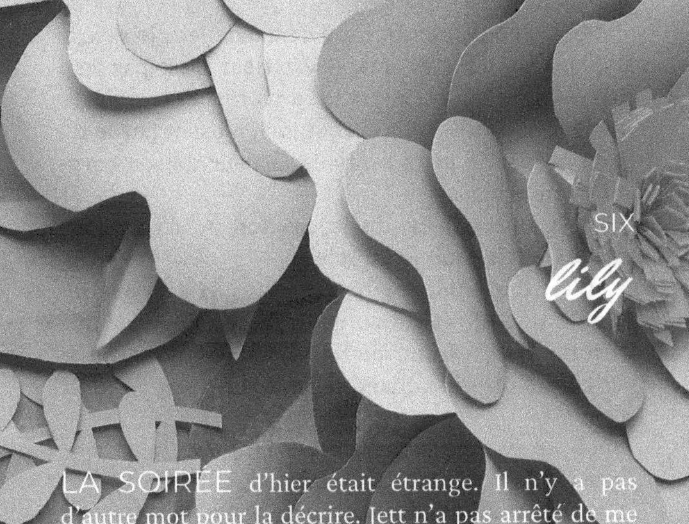

LA SOIRÉE d'hier était étrange. Il n'y a pas d'autre mot pour la décrire. Jett n'a pas arrêté de me regarder bizarrement et, chaque fois que je l'ai cru sur le point de m'embrasser, il ne l'a pas fait. J'ai peut-être surinterprété ses compliments. Il a toujours été un mec sympa. Ai-je confondu sa gentillesse avec autre chose ? C'est possible.

Je n'ai jamais su cerner les gens. Toujours gauche et lourdaude en société, jamais je n'ai été extravertie comme Gigi ou Tamara, trouvant la foule épuisante et oppressante. Avec mes cousines, je ne suis pas timide et je ne leur cache pas entièrement ma singularité. En revanche, en présence des autres, Jett y compris, je suis une vraie ringarde.

Ce que je fais là, debout, près de lui, les yeux levés vers une grande maison jaune, me dépasse. Il a appelé. Je suis venue. C'est aussi simple que ça. Hier soir, il m'a de nouveau demandé si je voulais emménager avec lui, mais je restais persuadée qu'il plaisantait. Pourquoi aurait-il voulu habiter avec moi quand la plupart des gens en ville auraient accepté sans la moindre hésitation de vivre avec lui ?

— Qu'en penses-tu ? me demande Jett. Je sais, la couleur est à gerber, mais l'extérieur n'est pas trop mal et l'intérieur est... Attends de voir pour le croire !

Je fixe le vide droit devant moi, n'osant pas le regarder, mais je peux sentir la chaleur de son corps contre mon bras.

— Ça va, encore, dis-je, m'efforçant d'être optimiste. C'est la couleur du soleil.

C'est tout moi. Toujours positive, jamais une remarque désobligeante sur quoi que ce soit ou qui que ce soit. C'est fatigant, parfois, mais pourquoi voir le verre à moitié vide quand il est assurément à moitié plein ?

— En voyant les photos sur internet, j'ai su que cette maison était faite pour nous.

J'aime quand il dit *nous* comme si nous étions un couple, quand, en réalité, nous ne sommes même pas amis.

— On peut la visiter, mais je reste persuadée que ce n'est pas une bonne idée.

Je n'ai pas terminé ma phrase que son bras est autour de mes épaules, sa main caressant ma peau.

— Garde l'esprit ouvert, d'accord ?

J'acquiesce d'un hochement de tête, incapable de trouver les mots parce qu'il me touche. La chaleur de son corps pressé contre moi me brûle autant que le soleil au-dessus de nos têtes.

La porte de la maison s'ouvre et une femme grande et svelte en sort, une chemise à rabats sous un bras.

— Monsieur Michaels, s'exclame-t-elle, le visage rayonnant et les yeux avides.

J'ai vu des millions de fois ce regard à l'adresse de Jett. Pour ces femmes, il n'est pas une personne, mais un morceau de viande. Une expérience à vivre, et non une relation à nouer. Un orgasme latent, prêt à poindre pour peu qu'elles captent son regard. Cette femme, bien qu'elle soit de plus de vingt ans son aînée, ne fait pas exception.

— Mademoiselle Monroe. Merci d'être venue au pied levé.

Je renifle d'un air moqueur, ce qui me vaut un regard interrogateur de la part de Mlle Monroe et une petite pression sur le bras de la part de Jett.

— Je vous présente Lily, mon amie.

Vient-il d'appuyer sur le mot *amie* ? Essayait-il de lui faire passer un message ou voulait-il me rappeler que nous ne sommes et ne serons jamais rien de plus que cela ?

Mlle Monroe ne lance même pas un regard dans ma direction. Elle est trop occupée à le lorgner. Aujourd'hui, il porte un marcel, et ses bras musclés et entièrement tatoués reluisent sous le soleil éclatant de Floride.

— Attends de voir l'étage, me chuchote-t-il à l'oreille, et un frisson me parcourt la peau, comme si une masse d'air froid venait de s'installer.

Le sourire que je lui adresse est crispé. Je ne devrais pas être ici. Nous ne devrions pas être ici. Je ne peux absolument pas habiter avec Jett. Premièrement, mon père va péter une durite. Deuxièmement, il lui bottera probablement le cul. Troisièmement, ce type est un Casanova, et la queue qui se formera devant chez nous sera plus longue que ce que je suis en mesure de supporter.

Jett m'entraîne vers la porte, les yeux affamés de Mlle Monroe toujours rivés à son corps et son visage. Je suis invisible pour elle. Même si Jett et moi étions en couple, je suis certaine qu'elle le verrait quand même comme une belle tranche de steak et non un mec déjà pris.

Nous entrons dans le vestibule, un escalier face à

nous, ainsi qu'une pièce ouverte et une vue directe sur le pignon arrière de la maison. Au fond, des baies vitrées offrent une vue imprenable sur le golfe du Mexique.

— De combien est le loyer ?

Je lève les yeux vers Jett, toujours nichée sous son bras, et déglutis. Cet endroit doit coûter une fortune. Obligé. Aucune maison de bord de mer n'est donnée, même si elle est située tout au nord de la ville, au beau milieu de nulle part.

— Mille huit cents par mois. Une bouchée de pain.

Je le regarde, bouche bée.

— C'est quoi, l'embrouille ? C'est bien trop bon marché.

Il me fait un clin d'œil.

— T'en fais pas, Lily. Y a pas d'embrouille.

Il y a toujours une embrouille quand on fait des affaires, mais c'est Jett, et je ne vais pas discuter.

— Ici, vous avez la cuisine.

Mlle Monroe tend un bras sur le côté, que je suis des yeux, et je découvre une grande cuisine équipée d'un électroménager en acier inoxydable, d'un plan de travail en granite et de placards blancs.

— Elle a été entièrement réaménagée et modernisée.

Cette maison est renversante. Du moins, son rez-de-chaussée. Pour que ce soit une telle affaire, c'est peut-être la catastrophe à l'étage, avec une vieille moquette bleue. Ou quelqu'un est mort ici. Ça reste une possibilité et une raison de louer un bien en dessous des prix du marché. Personne ne veut habiter une scène de crime.

— Quelqu'un est mort ici ? je demande, incapable de garder cette idée sordide pour moi.

— Non, s'empresse de répondre Mlle Monroe, qui

me regarde comme si j'étais déséquilibrée. Bien sûr que non.

— Ah, OK, je marmonne.

Le pouce de Jett frôle la bretelle de mon débardeur, me rappelant que ses mains sont encore sur moi.

— Nous aimerions visiter l'étage, annonce-t-il à Mlle Monroe.

— Bien entendu.

Elle sourit et se dirige vers l'escalier. Son téléphone se met à sonner et, sitôt qu'elle le sort de sa poche et regarde l'écran, elle nous dit :

— Je dois décrocher.

Elle fait un mouvement du menton en direction de l'escalier, et nous montons, la laissant à son appel.

— Tu n'es pas obligé de me tenir, Jett, dis-je, tandis que nous grimpons les marches, puisque son bras est toujours sur mes épaules. Je ne vais pas m'enfuir.

— Je le sais, mais...

Il baisse les yeux sur moi et un sourire pointe au coin de ses lèvres.

— ... ma teub me fait encore mal et tu m'aides à marcher.

Je manque de trébucher au mot *teub*, mais j'arrive, je ne sais comment, à rester droite et à ne pas dégringoler dans l'escalier.

— Si je comprends bien, je suis une béquille, je m'empresse de demander, faisant mine de ne pas avoir été à deux doigts de me rétamer sur les marches.

— Je n'oserais pas.

Je me tourne pour lui faire face et laisse sa main retomber de mon épaule. J'ai *besoin* qu'elle retombe de mon épaule. Nous sommes trop proches, et puisqu'il n'y a pas de « nous » et qu'il n'y aura jamais de «

nous », ça ne me semble pas approprié de rester en contact plus que de raison.

— Tu veux que j'y jette un œil ?

— Non, lâche-t-il tout de go, pâlissant presque. C'est bon.

— Elle est toujours aussi grosse ?

Jett lève un sourcil, un sourire suffisant aux lèvres.

— Est-ce jamais trop gros ?

Je ne relève pas.

— Je voulais dire, est-ce que c'est encore enflé ?

— Pas autant qu'hier.

— C'est bon signe. Tu guéris. Tu pourras bientôt reprendre du service et ravoir une activité normale.

Je souris. Je ne trouve pas du tout bizarre de discuter de son membre.

Pourtant, je devrais. Il n'est pas question ici d'un doigt boursouflé, mais de sa virilité. D'aussi loin que je m'en souvienne, je n'ai jamais autant parlé à un homme de son corps et je prie pour que ça n'arrive plus jamais.

— Bon, s'exclame Jett, qui s'éclaircit la voix et détache son regard de moi. Je me suis dit que tu pourrais prendre la suite parentale. Elle a une salle de bain incroyable avec une énorme baignoire en îlot.

Je cligne des yeux et me demande d'où sort ce type.

— Tu veux me donner la suite parentale pour la baignoire ?

Il hoche la tête et se frotte la nuque.

— Ben, oui. C'est ce qu'il y a de plus logique, et je suis sûr que tu feras un meilleur usage de cette salle de bain que moi.

— C'est pas très juste, je murmure, fascinée par les muscles de son bras qui fléchissent à chaque mouvement.

Ça me démange de le palper pour voir s'il est aussi dur qu'il en a l'air.

— J'insiste, affirme-t-il, avant de pointer le menton en direction de la pièce derrière moi. Entre et dis-moi ce que tu en penses.

Je tourne la tête et fixe l'espace vide face à moi. Je ne sais pas trop si je dois regarder. Et si la chambre me plaisait ? Je ne veux pas aimer cette maison. Je ne veux pas aimer *être* dans cette maison avec Jett. Ce serait comme jouer au papa et à la maman avec un garçon dont je me suis languie, mais que je n'ai jamais pu avoir.

— Allez.

Il me pousse doucement, mais je ne bouge pas.

— Je sais que tu vas l'adorer.

Je m'écarte de Jett, car j'ai besoin d'un peu d'espace et de répit. Si la chambre est nue, elle reste incroyable sans meubles. Elle est très lumineuse, le plancher est fait d'un bois sombre et une banquette flanque la fenêtre tout au fond. L'endroit est parfait pour se blottir avec un bon livre. J'avance un peu plus dans la pièce et mes yeux se posent sur une salle de bain dont je tombe instantanément amoureuse. Sur un côté se trouve une baignoire en îlot gigantesque, tout comme Jett me l'a dit, surplombée d'une large fenêtre donnant sur le golfe.

— Waouh.

— Je savais que tu allais l'adorer, lance-t-il depuis le couloir.

Je me penche en arrière et lui souris, mais ce n'est pas moi qu'il regarde. Il a les yeux rivés au sol et se parle à lui-même. Peut-être remet-il, lui aussi, toute cette idée en question et regrette de m'avoir amenée ici et de m'avoir fait tomber amoureuse de cet endroit.

— Je me vois carrément bien dans cette baignoire.

Son visage se crispe, ainsi que les muscles de ses bras.

— Moi aussi, répond-il, les yeux toujours rivés au sol.

En serai-je capable ? Habiter avec lui sans qu'aucune relation amoureuse n'ait la chance de voir le jour entre nous ? Cette chambre me séduit à elle seule, mais vivre avec Jett est une complication que je n'aurais jamais cru affronter un jour.

— Cette maison est faite pour nous.

Et voilà qu'il remet ça. Nous. Je devrais le reprendre. Or, je ne le fais pas et n'en suis pas capable. J'aime ces mots dans sa bouche, même s'il ne l'entend pas dans le sens que je voudrais.

— Oui, je murmure, bouche bée devant la salle de bain, ne rêvant que de me prélasser dans cette baignoire après une longue journée de travail.

— Tu veux voir le meilleur ?

J'ai passé la tête dans la penderie et mes yeux s'arrondissent lorsque je remarque qu'elle est plus grande que ma chambre d'étudiante à la fac. Que faire de tout cet espace ? Ma garde-robe tout entière ne remplirait même pas le quart de ce placard, sans parler de tout le reste.

— Il y a mieux que ça ?

— Bien mieux.

Sa voix est plus forte et rapprochée.

Je me retourne et trouve Jett occupé à m'observer depuis le seuil de la chambre, ses yeux sur mes jambes et non mon visage.

— Le deuxième étage est le meilleur de tous.

— Le deuxième étage ? je répète, interloquée.

Il lève enfin les yeux et cesse de fixer les deux quilles qui me tiennent debout.

— C'est pour cette raison que tu aimeras la maison et que tu ne pourras pas me dire non.

Je serais, de toute façon, bien incapable de refuser sa proposition, peu importe ce qui se trouve au dernier étage. Voilà pourquoi que je reste tout le temps seule. Je suis proprement incapable de dire non à qui que ce soit, et Jett ne fait pas exception. Je veux toujours faire plaisir aux autres et m'efforce de rendre tout le monde heureux, sauf moi. C'est pour ça que j'ai gaspillé trois ans de ma vie à suivre des études pour devenir médecin, quand c'était le dernier métier que je voulais exercer jusqu'à la fin de mes jours.

— Montre-moi, dis-je, séduite par sa façon de me sourire.

Je n'ai pas fait le premier pas que son bras entoure mes épaules. Il prétend avoir besoin de mon aide pour monter l'escalier, mais je suis certaine qu'il ment. Je sais que le piercing doit lui faire mal et qu'il est enflé, mais Jett reste un mec.

Au moment où l'on arrive en haut, je la vois. Cette vue panoramique sur le golfe du Mexique depuis la véranda et la grande terrasse extérieure.

— Je me suis dit qu'on pourrait mettre du mobilier cosy ici. Tu pourrais lire au soleil ou sous les étoiles.

Je me libère de son étreinte car, une fois encore, c'est trop dur pour moi.

— Et que feras-tu pendant tout ce temps ?

— Je serai là, aussi.

— Hmm, hmm ! je lance sur un ton moqueur et me couvre aussi la bouche, car le son qui en est sorti était plus nasillard que je ne l'aurais voulu.

Son sourire s'élargit et un scintillement pique ses prunelles.

— Je suis sûr que je trouverai une occupation.

Je tâche d'ignorer les visions de femmes nues sous lui qui papillotent dans mon esprit. Il a grandi et, bien qu'il ne cesse de nous qualifier de *nous*, nous ne sommes pas un couple. Je ne peux pas exiger de lui qu'il soit célibataire si nous venons à vivre ensemble. Devrais-je aborder le sujet avec lui ? Pas question ! Tu parles d'un truc gênant. Je préfère encore discuter de son membre boursouflé que de ses coucheries aléatoires.

— J'adore la maison, Jett, je murmure, fixant au loin le soleil qui rebondit au gré des vaguelettes. Mais je ne peux pas.

— Pourquoi ?

Il se tient bien trop près de moi, dans mon dos.

— Je ne pense pas qu'on puisse vivre ensemble.

— Pourquoi ? me répète-t-il.

Il s'est rapproché et la chaleur de son torse contre mon dos est prégnante.

Mon nez commence à me picoter alors que je m'efforce d'effacer de mon esprit les images de moi vivant ici, lisant à ce même endroit.

— Je ne suis pas la colocataire qu'il te faut.

— Tu es parfaite, Lily.

Bon sang, ce que j'aimerais qu'il le pense. Pas seulement comme colocataire, mais comme autre chose. Quelque chose de plus grand. Sauf qu'on parle de moi et de Jett. La binoclarde et le don Juan. Une association impossible au quotidien comme en amour.

— Jett, je suis d'un ennui mortel.

Malgré ma petite voix, je dis ce qui doit être dit :

— Tu ne veux pas vivre avec quelqu'un comme moi.

Il place ses mains sur mes épaules, sa poigne puissante mais empreinte de douceur.

— Il n'y a que toi, me murmure-t-il.

Les picotements dans mon nez se font plus forts et ma vision se brouille.

— S'il te plaît, dis oui.

Ses pouces passent sous les bretelles de mon débardeur et caressent mes omoplates si tendrement que les larmes me montent aux yeux.

— Je t'en prie, me supplie-t-il.

Je peux entendre Tamara et Gigi me reprocher de faire ma trouillarde et me dire de profiter de la vie, pour une fois. Après avoir abandonné la fac, je m'étais promis de sortir de mon cocon.

« *Vas-y !* » L'énervante voix de Gigi résonne dans ma tête.

— Oui.

Je sais que je vais le regretter si je n'abdique pas, mais je comprends aussi que vivre avec lui me rendra probablement malheureuse.

— Oui ?

— Oui, je murmure tout en me tamponnant les yeux, ravalant mes larmes avant qu'il les voie. Je ne peux rien te refuser.

Il presse le torse contre mon dos et, passant les mains devant moi pour les joindre sur mon ventre, il m'enveloppe de ses bras pour m'étreindre.

— Tu fais de moi le mec le plus heureux de la terre, Lily.

Je retiens ma respiration et m'imprègne de sa chaleur, de sa force et de son odeur. Mon estomac se noue lorsque son menton effleure mon épaule, ses lèvres touchant presque ma peau.

— Tellement heureux, murmure-t-il. Tu ne vas pas le regretter.

Sauf que... je le regrette déjà.

MA MÈRE CLIGNE d'abord des yeux, puis me regarde avec un drôle d'air, le front plissé, les sourcils abaissés, comme il lui arrivait de le faire chaque fois que je faisais un truc idiot.

— Non.

Je me frotte la nuque et lui rends son regard.

— Non ?

Elle secoue la tête, les lèvres pincées.

— Non.

Je prends un air renfrogné, incapable de contenir mon dégoût pour ce mot.

— Pourquoi ?

Je ne lui demandais pas la permission. Je pensais simplement l'informer que Lily et moi avions signé le bail de la maison et que je déménagerais dès que le propriétaire aurait validé notre dossier.

— Tu ne peux pas emménager avec elle.

Elle lève les mains à ses tempes et, du bout des doigts, masse en petits cercles la peau.

— Comment peux-tu te dire que c'est une bonne idée ?

— En quoi ça ne le serait pas ?

Mon père choisit ce moment pour faire son entrée.

— Que se passe-t-il ? s'enquiert-il, tandis qu'il nous regarde tour à tour assis à la table. Je connais ce regard, Sophia.

Maman jette une main dans ma direction et lève les yeux au ciel.

— Kayden, ton fils, ce génie...

Elle secoue la tête et ne termine même pas sa phrase.

— Dis-le-lui, toi.

Je lève la mienne et regarde mon père d'en bas.

— J'emménage avec Lily.

Ses yeux s'écarquillent.

— Lily qui ?

— Gallo, je soupire.

— Lily Gallo ? répète-t-il, la tête penchée sur le côté.

— Oui.

— Hum... non.

Il secoue la tête, un peu chancelant.

Non, mais sérieux ? Voilà que mon père s'y met aussi.

— Ce n'était pas une question, lui dis-je, redressant la tête pour voir ma mère me lancer un regard de reproche.

Il s'assoit sur une chaise entre elle et moi et se tient la tête.

— J'aimerais avoir une descendance.

— C'est dans mes plans, papa. Un jour, j'aurai plein d'enfants, mais pas tout de suite.

— Pas si tu emménages avec Lily, grommelle-t-il.

Mes parents n'ont jamais été de nature à dramatiser, mais, là, ils réagissent comme si je m'acoquinais avec la fille de Satan.

Je me gratte la barbe, dérouté.

— Je ne pige pas. Je pensais que vous seriez contents, tous les deux. J'emménage pas avec un type qui fait la fête H24. Lily n'est ni une droguée ni une excentrique. C'est une fille fiable, et vous connaissez sa famille depuis toujours.

Mon père se passe la main sur le visage comme si je venais de lui annoncer que je l'avais mise en cloque. Ce que je n'ai pas fait... Pas encore, du moins.

— Ça fait plus de vingt ans que je connais son père, Jett. Vingt ans !

— Et le problème est... ?

— Mike va d'abord te tuer, toi, puis il me tuera, moi, en second. Voilà le problème !

Papa frappe du poing sur la table, l'écume se formant presque au coin de ses lèvres.

Je renverse la tête, fatigué. Mike a beau avoir été boxeur professionnel, il ne l'est plus. Il a vieilli, il est plus lent, et je suis persuadé qu'il sera content quand il apprendra que sa fille va habiter avec quelqu'un qui veillera sur elle.

— Pourquoi ?

— Aucun homme, tout charmant qu'il soit, n'a envie que sa petite fille chérie vive avec un autre homme. Encore moins si tu es cet homme.

— Je suis un bon gars, papa. Mike m'aime bien. Je l'ai croisé l'autre jour, quand je suis passé au salon pour faire...

Je referme aussi sec la bouche. Je ne veux pas que mes parents apprennent pour mon piercing. En réalité, je ne veux pas que *ma mère* le sache, car elle perdrait les pédales et c'est horriblement embarrassant.

Elle me fait les gros yeux.

— Quand tu y es allé pour faire quoi ?

Elle tambourine de l'ongle sur la table, le regard dur et les lèvres pincées.

— Rien, mens-je, et je lui adresse mon plus beau

sourire, celui qui la contente toujours. On a discuté. Il était content de me voir.

— Moi aussi, je serais content de te voir... jusqu'à ce que tu t'apprêtes à dormir sous le même toit que ma seule et unique fille.

— Suis-je si horrible que ça ?

Je sais que j'ouvre la boîte de Pandore, mais, au moins, ils ne me demandent pas ce que j'ai été faire à Inked.

— Chéri, commence ma mère tout en posant une main sur la mienne. Tu es un garçon merveilleux. Si généreux et aimant...

Elle me sourit pour la première fois depuis que je lui ai appris la nouvelle.

— Parfois trop aimant, et envers beaucoup trop de femmes. Tout le monde en ville sait que tu es un coureur de jupons, y compris le père de Lily.

Je porte une main à mon torse et fais mine d'avoir été offensé, mais j'ai déjà essuyé pire insulte.

— Je ne suis pas un coureur de jupons.

Ma mère rit à gorge déployée.

— Si, et tu n'en as même pas honte. Tu es comme ton père avant que je le rencontre.

— Je n'ai connu personne avant toi, mon amour, lui lance mon père, avec une caresse sur le bras. Absolument personne.

Elle pose une main sur son visage et ses doigts lui effleurent tendrement la joue.

— Tu es un horrible menteur, chéri. Notre fils tient de toi et, s'il a une bonne étoile, Mike ne l'étripera pas quand il apprendra la nouvelle.

Je m'adosse à ma chaise et me gratte le ventre.

— Je ne suis pas inquiet.

J'esquisse une grimace au moment où mon jean appuie sur ma queue et me rappelle comment tout ça a démarré.

Je n'ai jamais eu l'intention de demander à Lily d'emménager avec moi. Ce n'est pas pour cette raison que je suis allé à Inked. Je me suis rendu là-bas pour un piercing. Seulement, après avoir discuté avec elle, j'ai compris qu'elle était la meilleure personne à laquelle je pouvais demander ça. J'avais besoin d'un colocataire, et je ne voyais pas mieux qu'elle pour m'apporter un peu de sérénité sans être tout le temps sur mon dos. Après avoir quitté la marine, j'étais en quête de liberté, de calme et d'espace, ce que je ne pouvais pas avoir chez mes parents ou avec n'importe qui d'autre que Lily.

— Attends, s'exclame ma mère, avant de sortir son téléphone et de tapoter l'écran. Voyons voir ce qu'en dit Suzy.

— Elle trouvera que c'est la meilleure idée du siècle. Tante Suzy m'adore.

Je souris d'un air suffisant. Je suis son petit protégé. Elle est ma marraine et a toujours été dingue de moi, d'aussi loin que je m'en souvienne. Ma mère et elle étaient copines de chambrées et ont toujours été amies.

— Allô !

Lorsque la voix de Suzy retentit dans le haut-parleur, je manque de tomber de ma chaise, mais parviens à conserver mon sang-froid. Je pensais que ma mère me baratinait, qu'elle ne l'appelait pas réellement, mais, une fois encore, je me suis trompé.

— Salut, Suzy ! Vous faites quoi de beau, ce soir ?

Ma mère me sourit d'un air complaisant.

— On était en train de faire du pop-corn et on allait s'installer devant un film avec les filles. Et vous ?

— Pas grand-chose. On discute tranquillement avec Jett.

— Coucou, mon chou ! s'exclame Suzy à mon

adresse, la voix mielleuse. Tu me manques. Quand vais-je voir ta jolie bouille ?

— Quand tu veux, tatie !

Je tire la langue à ma mère, car je sais que je vais remporter cette bataille.

— Viens donc dîner chez mamie, dimanche ! Je suis sûre que la famille sera heureuse de te voir.

J'adore quand Suzy appelle Mme Gallo « mamie » lorsqu'elle me parle. Ce n'est pas ma grand-mère, évidemment. Nous n'avons aucun lien de sang, mais ça ne les a jamais empêchés de me donner la sensation de faire partie de la famille quand j'étais là.

— C'est une bonne idée, dis-je en croisant les bras.

Je souris à ma mère.

— En parlant de famille...

Ma mère s'éclaircit la voix.

— Jett vient de signer un bail. Il déménage déjà.

— Ne vient-il pas tout juste de rentrer ? demande Suzy.

— Si, il y a quelques jours.

— Joe m'a dit qu'il était passé au salon pour faire...

— Tu voudras bien être ma partenaire de dîner ? je m'empresse de demander à Suzy, faisant mon possible pour changer de sujet.

Je ne vois pas d'inconvénient à parler de Lily ; en revanche, ma queue, c'est niet.

— Attends un peu, intervient ma mère tout en me jetant un regard noir. Pourquoi s'est-il arrêté à Inked ?

Elle lève une main aussitôt que j'ouvre la bouche et son regard devient glacial.

— Je veux la vérité.

— Oh, eh bien...

Tante Suzy pouffe de rire.

— Tu ferais peut-être mieux de le lui demander.

Ma mère penche la tête, les yeux plissés.

— Jett ?

Je hausse les épaules et me tais, car je connais tante Suzy, et elle ne saura pas garder le secret. Elle crache toujours le morceau.

— Oh, pour l'amour du ciel ! crie Joe en arrière-plan. Le môme s'est fait percer la pine.

Mes yeux s'arrondissent, et ceux de ma mère aussi.

L'enfoiré.

J'aurais dû me douter que Suzy avait mis le haut-parleur et qu'oncle Joe me balancerait.

— Lily a fait son piercing, ajoute-t-il, ce qui ne fait qu'aggraver mon cas.

Ma mère se couvre le visage et pousse un grogne-ment excédé dans ses paumes.

— Lily a touché son membre ? murmure-t-elle.

Papa me donne à l'épaule un petit coup de poing qui ressemble davantage à des félicitations qu'à une correction.

— Tu as pleuré ? me demande-t-il, ce qui lui vaut un regard assassin de ma mère par-dessus ses mains.

— Arrête, lui souffle-t-elle. Tu ne m'aides pas.

— C'est généralement comme ça que ça marche, ma grande, explique Joe, qui répond à la question de ma mère. Tu fourres pas une aiguille là-dedans sans te salir les mains.

Ma mère se laisse aller en arrière sur sa chaise, une main toujours sur le visage, à la fois gênée et horrifiée.

— Je n'en reviens pas. Mais à quoi te servirait un nouveau trou dans le membre ?

Je hausse les épaules.

— J'ai toujours trouvé que c'était stylé. Ça faisait longtemps que je voulais en avoir un, mais je n'ai jamais trouvé le temps de le faire quand j'étais dans la marine.

— Et les femmes n'ont rien à voir là-dedans ? me demande mon père, qui me flanque un coup à l'épaule, un sourcil arqué. Il paraît que ces dames sont friandes d'un peu de quincaillerie.

— Vous feriez bien de la fermer, tous les deux, grommelle maman.

Cette conversation ne prend pas le tour qu'elle aimerait.

Je pousse un petit rire tout en secouant la tête.

— Tant que je n'ai plus à parler de ma queue avec mes parents !

— Mon fils, on l'a vue un nombre incalculable de fois, me lance mon père pour alléger mon malaise, sauf que ça n'arrange rien. Crois-moi, on la connaît bien.

Ma mère opine du chef comme si toute cette conversation était normale. Elle ne l'est absolument pas. Si je pouvais me mettre dans un trou de souris et ne jamais plus discuter de ma queue avec mes parents, je le ferais sans hésiter. Seulement, j'ai bien l'impression que le sujet n'a pas fini de revenir sur la table.

— Je n'en reviens pas que Mike ait laissé Lily toucher le membre de Jett, murmure Suzy sur le même ton choqué que celui de ma mère.

Je me penche au-dessus du téléphone et fixe des yeux son nom qui apparaît à l'écran.

— Hé, tatie, on pourrait discuter d'autre chose que de mon engin, s'il te plaît ?

Elle éclate de rire.

— Je l'ai vu aussi, chéri. Il n'y a pas à être gêné. Tous les hommes en ont un.

Je renverse la tête et ferme les yeux tandis que je murmure :

— J'ai envie de mourir. Vous avez tous une case en moins.

— On te gardait tout le temps quand t'étais petit, Jett, me lance Joe. Sois fier, gamin. T'es pas trop mal monté.

Alors là, c'est le pompon.

« Pas trop mal » ?

Joe est à côté de la plaque.

Mon chibre est mastoc.

Je le sais.

Il le sait.

Et ma foi, mes parents le savent.

Putain, la moitié de la ville le sait, à voir comment les femmes me reluquent.

Même si je suis fier de ce foutu machin, je ne tiens toujours pas à passer la soirée là-dessus.

Ma mère se remet à tapoter la table du doigt.

— Revenons au déménagement de Jett.

— Oui, quelle nouvelle ! s'exclame Suzy, l'optimiste de la bande. Je me souviens à quel point j'ai angoissé quand Gigi m'a annoncé qu'elle allait prendre un appart', mais, honnêtement, c'était la meilleure chose à faire pour elle.

Joe pousse un rire franc et sonore.

— Pour nous aussi !

— Joe, arrête un peu ! le gronde-t-elle. Quoi qu'il en soit, ne panique pas, Sophia. Il est grand, maintenant. Allons, il a servi dans la marine et a passé plusieurs mois en mer, à une époque. Il se débrouillera comme un chef, j'en suis sûre. Ce garçon a besoin d'espace pour déployer ses ailes.

— Il emménage avec Lily, lâche ma mère, qui crève directement l'abcès.

Suzy étouffe un cri d'exclamation, avant de toussoter.

— Il quoi ?

Ma mère me décoche un sourire suffisant avec un regard qui signifie radicalement « je te l'avais bien dit », pendant que je croise les bras, indifférent.

— J'ai dû comprendre de travers. J'ai cru que tu avais dit que Jett emménageait avec Lily, poursuit Suzy.

— Tu m'as bien entendue. Ils ont signé le bail *ensemble* ce matin.

— Oh, putain, murmure en arrière-plan Joe, qui n'en perd pas une miette. Ne viens pas dîner demain, Jett. Mike sera là, alors si tu veux vivre, fais-toi oublier.

— Qu'y a-t-il de mal à ce que Lily et moi, on habite ensemble ? je lui demande, l'incluant dans la conversation puisqu'il s'y est déjà immiscé.

Joe éclate de rire.

— Tu te fous de moi, là ?

— Ben non, j'oserais pas, je marmonne. Je suis un bon gars. Pourquoi Mike refuserait que Lily vive avec moi ?

Le rire de Joe est si fort qu'il mugit presque.

— Ignore-le, me dit Suzy, bien qu'elle pouffe encore de son côté – doucement, certes, mais elle pouffe. Jett, tu es un bon garçon, mais...

— J'ai pas l'intention de coucher avec elle. Merde, quoi !

Je lève les mains en l'air, désabusé. Si seulement ma famille pouvait m'accorder un peu de crédit.

— Vous connaissez le Jett du lycée, mais pas l'homme je suis aujourd'hui. Je suis peut-être pas un coureur de jupons comme maman le dit.

— Oh, mon chéri, s'exclame tante Suzy. Tu as été et resteras un coureur de jupons.

La spontanéité avec laquelle les mots lui sont venus me fiche un coup.

— Je ne laisserais jamais Gigi vivre avec toi, poursuit-elle. Et pourtant, je sais que tu ne tenterais rien avec elle. C'est une sœur pour toi. Mais je te connais par cœur. Tu es comme ton père.

Je dévisage mon paternel, me demandant ce que j'ignore sur lui que tout le monde semble savoir.

— Papa est franchement l'être humain le plus rasoir de la planète.

— Eh ben, mon vieux ! Vous lui avez farci le mou, à ce gamin, réplique Joe. Demande-lui de te parler du lavabo, Jett.

Les yeux de papa s'arrondissent aussitôt.

— Rien qu'un problème de plomberie.

— Pipeau, lance Joe à la dérobée.

Mon père esquisse un sourire qu'il tente de dissimuler avec sa main.

— Lily sera en sécurité avec moi. Elle voulait déménager et, moi, j'avais besoin d'un colocataire. On fait d'une pierre deux coups. Je gagne une coloc calme, elle sa liberté, et je peux veiller sur elle et m'assurer que rien ne lui arrive.

— Mais qui te surveillera pour s'assurer que tu te conduis bien ? glisse Suzy.

— Elle pourrait faire pire que moi, tu sais ? dis-je.

— Lily est tout innocente, mon poussin.

— Toi aussi, quand on s'est rencontrés, chérie, nuance Joe. Faut voir ce que ça a donné.

J'ai un haut-le-cœur en les imaginant baiser. Erk.

— C'est ce que je dis. J'étais pure, douce et innocente. Il a suffi d'un seul bad boy pour me dépraver pour le restant de mes jours. Jett, tu vas dépraver Lily. Ça, tu peux me croire.

— Premièrement, lance maman avec un rire, tu n'étais pas pure et innocente. Soyons francs, Suzy, t'étais une cochonne qui cherchait un mec qui te laisserait vivre tes fantasmes. Mais tu as raison. Il t'a dépravée et Jett pourrait faire de même avec Lily. Il pourrait même finir par lui briser le cœur.

— Lily est plus chaste que je l'aie jamais été, ajoute Suzy. Faut dire, elle n'a même jamais couché avec qui que ce soit.

Un poing invisible entre en contact avec mon estomac et expédie tout l'air hors de mes poumons. *Une vierge.* Lily Gallo, cette fille hypermignonne, n'a jamais couché avec qui que ce soit ? J'ai du mal à le croire. Je ne pensais pas que c'était encore possible à notre époque et à cet âge. J'ai su qu'elle avait eu un petit ami ou deux au lycée, et j'avais supposé qu'ils l'avaient fait.

— Chérie, lance Joe sur un ton de reproche, je ne crois pas que ç'ait été de notoriété publique ni que tu pouvais en parler

— Oh, mince ! Bon, vous n'avez rien entendu.

Comme si je pouvais balayer ça de ma mémoire.

— Faites comme si je n'avais rien dit.

Rien ne pourra effacer cette connaissance de ma tête. Rien. Aucune quantité d'alcool ou de drogue ne réussirait à me faire oublier que Lily Gallo est intacte. Qu'on ne lui a jamais fait l'amour. Qu'elle n'a jamais senti un homme aller et venir en elle.

— Eh bien, ce fut très instructif, déclare ma mère, qui m'observe toujours de ses yeux plissés. Je vais profiter du temps qu'il me reste avec mon fils avant que Mike ne le tue demain.

— C'est trop mignon, m'man, dis-je en riant, mais ça ne l'est pas.

— Bonne idée. Et, Jett...

Suzy attend que je lui réponde.

— Oui, tatie ?

— Tu devrais peut-être reconsidérer le dîner de demain. Même si tout le monde aimerait te voir, avec Lily qui va annoncer la nouvelle à la famille, ce n'est peut-être pas le bon moment pour passer dire bonjour.

— Oui, tu as raison.

— Quel âne, murmure mon père. Il va nous faire tuer tous les deux.

— Tous les deux ? je demande, un sourcil levé.

— Je ne peux pas te laisser te prendre une volée par Mike sans essayer, au moins, de te défendre. Je vais y rester par ta faute. Je savais que ça arriverait un jour, mais je pensais pas que ce serait aux mains d'un Gallo.

Je ris pour me moquer de lui. Or, on saura demain s'il avait raison.

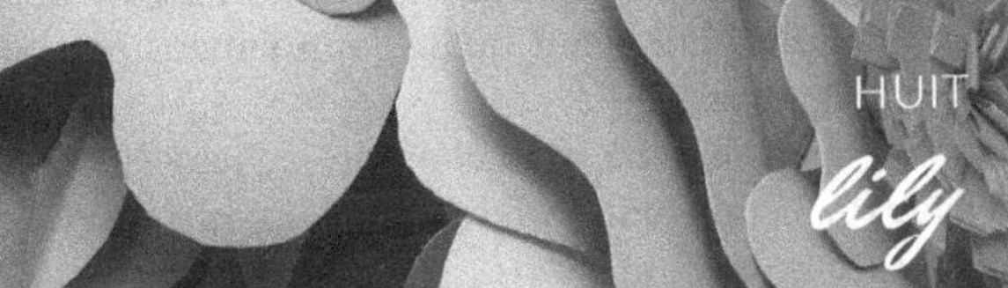

MAIS OÙ AVAIS-JE LA TÊTE ? Ailleurs, visiblement, sans quoi je n'aurais pas signé ce bail qui me fait emménager avec Jett.

Je voulais absolument partir de chez mes parents. C'était la seule chose qui me trottait dans la cervelle quand j'ai pris ce stylo pour gribouiller mon nom sur la ligne vierge, juste en dessous de celui de Jett.

Depuis toujours, je suranalyse tout. Je peux mettre des semaines, voire des mois avant d'agir. Manifestement, pas avec lui, et pas à la perspective de devenir sa colocataire.

— Tu dois le leur dire aujourd'hui.

Gigi me regarde fixement, les bras croisés, un sourire radieux fiché sur les lèvres.

Elle se délecte de la situation. Tamara aussi. Hormis le jour où j'ai appris à mes parents que j'abandonnais les études, j'ai toujours tout fait pour les contenter et me faire oublier. J'étais la « fille sage » par excellence, ce qui signifie en bon français « inintéressante et prévisible ».

Je me tiens le ventre et me plie en deux pour fixer des yeux le ciment sous mes pieds.

— Ça peut attendre.

Tamara est allongée sur une chaise longue, vêtue de son bikini blanc préféré, les lunettes de soleil relevées sur la tête.

— Non, ça ne peut pas attendre. Tu dois le leur dire aujourd'hui avant qu'ils l'apprennent par quelqu'un d'autre.

— Personne n'est au courant, je lâche sur un ton bourru. Il faut que je fasse machine arrière. C'était une grosse erreur.

— Chérie, mes parents sont au courant, m'annonce Gigi. Ceux de Jett les ont appelés hier soir et leur ont tout balancé.

— Le fumier, je murmure contre mes genoux.

Je connais tante Suzy. Elle ne sait pas garder un secret.

— T'es vraiment une trouillarde, se moque Tamara tout en secouant la tête. Tes parents ne diront rien. Ça ne les a pas dérangés que tu arrêtes tes études, toi qui pensais qu'ils n'accepteraient jamais ton choix.

— Mais ça, c'était pour l'école. Ici, on parle de vivre avec un garçon.

Gigi pouffe de rire et se couvre la bouche aussitôt que je la fusille du regard.

— Jett n'est pas un garçon, Lily. C'est un homme, et à voir les regards qu'il te lance, il a des vues sur toi.

Je fronce le nez.

— Non.

— Si.

— Meuf, ce mec a envie de te ken, ajoute Tamara tout en s'éventant d'une main. La façon dont il te regarde...

Elle secoue la tête et pousse un soupir lascif.

— C'est chaud bouillant.

— Vous délirez complètement.

J'ai vu la façon dont il me regardait. Comme une créature étrange, une énergumène avec laquelle il ne sait pas comment s'y prendre. C'est vrai, il m'arrive de penser qu'il y a une étincelle entre nous, mais dès qu'elle se met à briller, elle vacille presque aussi vite.

Tamara rabat ses lunettes de soleil devant ses yeux et s'étale de tout son long pour accueillir les rayons du soleil.

— Je connais les hommes, et je sais reconnaître le désir. Et ce mec-là, il louche grave sur toi.

— Vous êtes sûres qu'on parle du même type ? je demande tout en me balançant au bord de la chaise longue où est allongée Gigi.

— Elle est naïve, soupire Tamara. Comment, après toutes ces années à traîner avec nous, as-tu pu ne rien apprendre ?

Je me courbe en avant et presse la poitrine contre les genoux, le regard toujours fixé au même endroit sur le ciment du patio.

— J'ai retenu des choses. Seulement, j'ai jamais rien mis en œuvre.

J'ajoute, sur la défensive :

— Moi aussi, je connais les hommes.

— Ceux dans les livres ne comptent pas, marmonne Tamara. Ils n'existent pas.

Gigi se redresse et pose une main dans mon dos.

— Et si on pimentait tout ça ?

— À quoi tu penses ? demande aussitôt Tamara, qui adore ma détresse.

Par-dessus mon épaule, je lance un regard assassin à Gigi, qui était ma cousine préférée, mais qui est en train de perdre à toute vitesse son titre.

Elle sourit et me décoche un clin d'œil.

— Si Jett ne t'embrasse pas ou ne finit pas au lit avec toi d'ici un mois, on finance ton budget bouquin pour un an.

— Tu as conscience que ça représente un paquet d'argent, je l'avertis, un sourcil levé. Je lis un livre par jour.

— C'est des mecs que tu devrais te farcir tous les jours plutôt que des bouquins, commente Tamara, comme si c'était simple.

— J'ai pas besoin de me *farcir* des mecs tous les jours.

Je fais mine de vomir. Mais qui dit des trucs pareils ?

Ma cousine.

— Oh, que si ! renchérit-elle. Et bien comme il faut, chérie. Tu serais moins tendue. T'as besoin d'un mec qui te baise à t'en faire oublier tous tes soucis.

Je me tourne sur le siège pour faire un doigt d'honneur à chacune.

— Allez bien vous faire foutre.

Gigi étouffe un cri de surprise, avant d'éclater de rire.

— Oui, elle a vraiment besoin d'un bon coup de queue.

Je la regarde avec de petits yeux.

— T'es censée être de mon côté.

Son sourire s'agrandit.

— Oh, mais je le suis. C'est pour ça que je m'accorde à dire que t'as besoin d'un mec.

— L'homme n'est pas le complément de la femme, mais une complication, rien de plus, je grommelle, me recroquevillant à nouveau sur mes jambes. Et j'ai pas besoin de sexe, non plus. Je me porte bien toute seule.

— Tu auras de l'arthrite dans les doigts avant l'âge, déclare Tamara avec le plus grand des sérieux. T'as besoin d'un mec pour préserver tes articulations.

— J'utilise pas tout le temps mes doigts. Et vlan !

j'assène tout en tirant la langue, et je regrette aussitôt mes paroles.

Le sourire de Tamara est immédiat et drôlement grand.

— Alors comme ça, tu t'es enfin servi du vibro que je t'ai acheté à ton anniv' ?

Elle me regarde par-dessus ses lunettes de soleil, un sourcil arqué.

— Je refuse de parler de masturbation avec toi.

— Tu sais ce qui est chaud ? continue Tamara, ignorant ma remarque. Regarder un mec se donner du plaisir. Je te jure, ça démonte.

Je la regarde, bouche bée. Comment se peut-il que nous soyons de la même famille en étant si différentes ?

— T'as vraiment un problème, je murmure en roulant des yeux.

— Non, je dois bien admettre que je suis d'accord avec elle. La façon dont les mains d'un mec se déplacent le long de sa queue, ça m'excite. C'est ultraérotique, encore plus quand il te fixe des yeux en sachant que tu le regardes.

— Contrairement à quoi ? je demande, la bouche grande ouverte, surprise que Gigi soit d'accord avec Tamara sur ce coup.

Mes deux cousines sont des cinglées. Comparée à elles, je suis Mère Teresa. Je l'ai toujours su, mais cette façon qu'elles ont de parler librement de sexe me fout un peu les jetons. Avant, on cancanait, on se demandait à quoi ça ressemblerait. Seulement, maintenant, elles ont le vécu suffisant pour confirmer nos suppositions. Quant à moi ? Je suis restée cette fleur virginale avec quelques branlettes et une pipe ratée à mon actif.

— Contrairement aux fois où tu joues la curieuse et les surprends en plein acte. Bon, ça reste sexy.

Quand ils ignorent que tu es là, en train de les regarder par le trou de la serrure pendant qu'ils caressent leur grosse queue.

Elle prononce le mot *queue* avec emphase, comme si le simple fait de penser à un membre l'excitait au plus haut point.

— T'es perverse, je murmure.

— Tu verras, me lance Tamara. Tu vivras avec un homme, bientôt. Ça arrivera forcément. Tu es en train de me dire que si tu surprends Jett en plein acte, tu t'en iras et tu le laisseras tranquille ?

— Évidemment ! je lâche.

— C'est ça, se moque Gigi.

— Vraiment. Je n'envahirai pas son intimité comme ça.

— Si tu le surprends en train de se taper une queue, je sais que tu regarderas. T'es une chaudasse, Lily. Tu te caches derrière les pages de tes livres, mais tu es notre cousine et tu es aussi cochonne que nous, aussi vicieuse que nous. Sauf que t'as jamais levé l'étendard. Une fois que tu auras goûté à ça, tu seras accro, comme si c'était une drogue, et tu manqueras pas une occasion de sauter sur le bâton de pèlerin.

J'ouvre grand la bouche et la referme, tandis que je plisse le front. Qu'est-ce qui ne tourne pas rond chez elle ? Personne ne dit *bâton de pèlerin*, et je ne suis pas une chaudasse. Elle, peut-être. Qu'est-ce que je raconte ? Je sais qu'elle l'est. Mais, moi, certainement pas.

— Les filles, le dîner est bientôt prêt ! crie ma mère par la baie vitrée donnant sur la terrasse de mes grands-parents.

J'attrape ma tunique de plage et enfile l'étoffe légère par la tête pour couvrir mon modeste maillot une-pièce.

— Il faut qu'on te trouve un bikini, suggère Tamara alors qu'elle se lève et s'étire, exhibant son corps de dingue.

— Pas de bikini, dis-je, les yeux baissés sur la tenue extralarge qui m'arrive aux genoux. J'expose déjà suffisamment de peau avec ça.

— Tu aurais dû être une amish, me raille Gigi, qui tire sur le tissu fin pour qu'il épouse ma silhouette. Tu as un corps parfait et tout ce que tu trouves à faire, c'est le cacher.

Je tire sur le tissu pour le lui enlever des mains et plante mes cousines là, les laissant débattre de ma pudibonderie dans le patio.

Je n'ai pas passé les deux jambes à l'intérieur de la maison que ma tante Suzy m'attrape par le bras et m'entraîne à l'écart.

— Tu ferais bien de le leur dire tout de suite, me conseille-t-elle, tout en regardant autour de nous comme si elle ne voulait pas que quelqu'un nous entende.

— Après manger.

Un nœud se forme dans mon estomac. Chaque seconde passée me rapproche de mon inévitable dé-ballage.

Ses yeux s'écarquillent.

— Il est là, me chuchote-t-elle.

Je penche la tête sur le côté, l'air interrogateur. Pourquoi est-elle si bizarre ?

— Qui ?

— Jett, lâche-t-elle d'une petite voix aiguë, por-tant rapidement une main à sa bouche.

C'est à mon tour d'écarquiller les yeux.

— Impossible.

Suzy fait une grimace. On dirait qu'elle va se mettre à pleurer – ou rire, peut-être. Tout est possible avec elle. C'est une excentrique, comme moi.

— Disons que je l'ai peut-être invité, me murmure-t-elle.

— Quoi ? je piaille, la panique me prenant aux tripes.

— J'ignorais que vous emménagiez ensemble.

Tante Suzy me chuchote le dernier morceau de la phrase, son regard balayant une nouvelle fois la pièce.

— Comme il venait de revenir, j'ai pensé que tout le monde aimerait le voir.

Avec une main sur la bouche, j'étouffe une exclamation de désarroi et tente de contenir le vomi qui remonte dans ma gorge.

— Pourquoi t'as fait ça ?

— On l'a toujours invité quand il revenait en permission, mais, chaque fois qu'il était là, tu étais au campus.

— La barbe, je marmonne.

— Comme tu dis, acquiesce-t-elle, et l'on se regarde durant quelques secondes sans se parler. Bon, tu ferais mieux de le leur dire avant qu'ils l'apprennent par accident.

— Merde, je souffle.

Il n'y a plus de temps à perdre et ça ne me plaît pas.

Les trois plus grandes pipelettes de la famille le savent, et maintenant que Jett est ici, il risque de faire une gaffe et de tout raconter à ma famille avant que j'aie le temps de le faire. Je sais que mes parents vont péter un plomb, mais il vaudrait mieux qu'ils l'apprennent par moi que par quelqu'un d'autre.

— Ils sont dans la cuisine avec mamie. Vas-y et annonce-le-leur maintenant. Ils ne s'énerveront pas trop si elle est là.

Curieusement, elle parvient à me dire tout cela avec un visage impassible et pose les mains sur mes épaules pour me tourner vers la cuisine.

— Fais-le maintenant. Avant que ce soit trop tard.

Elle sait exactement comment mon père est, surtout quand il est question de moi. Il en fait toujours des caisses et monte tout en épingle, mais ajoutez-moi au cocktail et il devient tout bizarre. Tout grand et baraqué qu'il soit, papa est une vraie gonzesse, parfois.

— Tu peux le faire, me dit-elle lorsqu'elle voit que je ne bouge pas.

— Je peux le faire, je répète pour tenter de me convaincre que je peux bel et bien le faire et m'en sortir en un seul morceau. Je peux le faire.

Je fais un premier pas vers la cuisine et j'ai les doigts engourdis. Je secoue les mains, inspire longuement et doucement, et ferme les yeux avant de relâcher mon souffle et de recommencer.

— Je peux le faire.

Lorsque j'entre dans la cuisine, le visage de ma mère s'illumine.

— Chérie ! m'interpelle-t-elle. Regarde qui est là !

Elle tend le bras vers l'autre côté de la pièce.

Mes yeux suivent son mouvement et s'arrondissent illico.

Je suis accueillie par les beaux iris bleus de mon futur colocataire.

— Coucou.

Son timbre grave et suave m'enveloppe tout entière.

— Coucou, je gazouille d'une petite voix tout en balayant une mèche qui me barre le visage, les joues brûlantes.

Mon père se racle la gorge pour nous rappeler qu'il est dans la pièce.

— C'est toujours un plaisir de te voir, Jett. J'espère que la journée sera moins mouvementée que la dernière.

Ma mère lui donne une tape sur la poitrine et lui lance un regard de remontrance.

— Ça suffit, Michael. C'est toi qui as insisté pour qu'elle apprenne le métier et soit ton apprentie. Tu ne peux pas t'attendre à ce qu'elle s'occupe juste des clients qu'elle ne connaît pas ou de ceux à ton goût. Ça ne peut pas être que des tétons ou des oreilles.

J'adore ma mère. Elle sait que mon père peut se montrer idiot parfois et est toujours prompte à voler à ma rescousse. Elle m'a toujours soutenue, même quand je leur ai annoncé que je quittais la fac de médecine. C'est mon père qui a craqué, qui a eu besoin de temps pour se faire à l'idée que jamais je ne deviendrais médecin.

— Tu parles, marmonne-t-il dans sa barbe.

Dans sa jeunesse, mon père était un vrai dur à cuire. Quand il a rencontré ma mère, il était boxeur professionnel et avait même remporté les championnats d'Amérique, ce dont il parle encore aujourd'hui. Il avait l'habitude d'arriver à ses fins, en raison de sa taille, principalement, et parce que la plupart des gens craignaient de se prendre une dérouillée s'ils ne lui donnaient pas ce qu'il voulait.

Or, je connais l'autre pan de sa personnalité. Celui du type tendre. Celui qui le pousse à se mettre en quatre pour ceux qu'il aime et qui est généreux et plein d'abnégation. Pour autant, il lui arrive de se montrer puéril, mais ma mère sait comment lui faire entendre raison.

Je tourne le regard et vois que Jett a les yeux rivés sur moi. Mon sourire est immédiat et crispé.

— Elle aura à toucher quantité de vagins et de membre avec ce métier. Comme toi.

Mon père se bouche les oreilles et grommelle :

— Tais-toi. Je ne veux pas parler de ma fille et de membre.

Ma mère esquisse un sourire. Elle adore l'embêter, allez savoir pourquoi.

— Un tas de membre, renchérit-elle.

Si je pouvais me tapir dans un trou de souris et clamser sur-le-champ, je le ferais. Je n'ai pas envie d'écouter mes parents parler de vagins et de membre, et encore moins de moi en train de les toucher.

— J'emménage avec Jett, je lâche de but en blanc.

Je me dis que la conversation ne peut pas devenir plus gênante qu'elle ne l'est déjà et, au moins, je n'aurai plus à entendre mes parents prononcer le mot « membre ».

Mon père devient raide comme une planche de bois et ma mère tourne brusquement la tête vers moi. Ils me dévisagent.

— Tu quoi ? me demande ma mère tout en tendant l'oreille, comme si elle avait mal entendu la première fois.

— J'emménage avec Jett. Enfin, pas emménager, emménager. Genre, on n'est pas en couple, mais on sera colocs.

Je parle sans discontinuer, espérant tenir suffisamment longtemps pour qu'ils finissent par se calmer. Si je m'explique en long, en large et en travers, ils comprendront peut-être et nous pourrons ressortir d'ici vivants.

— Ça fait un bout de temps que je veux déménager, mais j'ai jamais réussi à trouver l'appart' idéal. Or, Jett cherchait un colocataire, et il est tombé sur cette maison magnifique en bord de mer, mais il lui fallait quelqu'un avec qui partager le loyer. Il m'a proposé d'emménager avec lui et, moi, je me suis dit : « Ben oui, pourquoi pas. » Alors, youpi ! Je déménage.

Je reprends mon souffle. J'ai déversé les mots d'une seule traite, sans même m'arrêter pour respirer.

Mon père pousse un grognement et fait un pas en

direction de Jett, quand ma mère tend une main et l'attrape par le poignet.

— Attends, lui ordonne-t-elle, mais elle a les yeux rivés sur moi.

Il lui lance un regard par-dessus l'épaule, l'écume aux lèvres.

— « Attends » ? lâche-t-il, outré.

Elle acquiesce d'un hochement de tête, sans regarder dans sa direction, et me demande :

— Ma puce, c'est un peu soudain, non ?

Je secoue la tête et, d'un regard, supplie Jett de mettre les voiles.

— Non, ça fait un mois que j'épluche les annonces et je n'ai rien trouvé. L'immeuble où habite Gigi est complet, et c'est sur liste d'attente. Je comptais déménager un peu plus au sud dès que j'aurais trouvé un logement propre dans un quartier sûr.

— La maison est très jolie, madame Gallo. Et il va de soi que Lily sera en sécurité, car je serai là pour veiller sur elle et m'assurer que rien ne lui arrive. Elle est entre de bonnes mains.

— Tu as intérêt à courir, fiston, parce que j'ai pas envie de voir ma fille entre tes mains, et j'hésiterai pas à te les arracher pour éviter que ça arrive.

J'étouffe une exclamation, une main sur la bouche.

— Papa, voyons !

Ma mère lui lance un regard de reproche et resserre les doigts autour de son poignet.

— Michael Salvatore Gallo, arrête ton cirque tout de suite.

Elle a dégainé le second prénom. Elle ne plaisante pas et n'a jamais eu peur de le remettre à sa place.

— Lily est une jeune femme de vingt et un ans, intelligente, attentionnée et qui a du cœur. Je suis certaine qu'elle a longuement réfléchi avant de prendre sa décision. Notre fille ne foncerait pas tête baissée, à moins d'être sûre de son coup.

Je ne suis pas stupide au point de la contredire. Si déménager était mûrement réfléchi, emménager avec Jett ne l'était pas. Il me l'a proposé, et je n'ai pas pu refuser. Pas parce que je me demandais quel goût avaient ses lèvres ou à quoi ressemblaient ses gémissements au lit, mais parce que je l'aime bien et que je me sens en sécurité avec lui.

— Tu préférerais peut-être qu'elle vive toute seule, loin de nous ? poursuit-elle. Imagine-la rentrer tous les soirs dans un appartement miteux d'un quartier malfamé. Tu préfères qu'elle fasse ça plutôt qu'elle habite avec lui ?

Ma mère se montre rationnelle, mais mon père n'est pas connu pour être doté de cette qualité. Il a toujours été du genre à agir d'abord, pour s'excuser ensuite et supplier qu'on le pardonne.

— Ça part d'une bonne intention, monsieur, explique Jett, qui tente d'apaiser les craintes et la colère de mon père.

Je ne suis pas certaine que Jett ait compris à quel point il frôle la mort en ce moment même. S'il en avait conscience, il aurait décampé juste après que j'avais jeté le pavé dans la mare.

— Lily et moi avons toujours été amis, et quand elle m'a dit qu'elle cherchait un logement, je me suis dit que ce serait parfait.

— Ça, j'en doute pas, grogne mon père.

Nous avons toujours été amis ? Si le regarder avec des yeux de merlan frit de l'autre côté de la pièce pendant qu'il faisait comme si je n'existais pas, c'est de l'amitié, alors on était les meilleurs potes du monde.

— J'ai confiance en toi, Lily, m'assure ma mère, et elle pousse un soupir. Tu as toujours eu la tête sur les épaules, chérie. Toi aussi, tu as confiance en elle, Mike. Pas vrai ?

Elle soutient son regard et attend que le grand nigaud revienne à la raison.

— J'ai confiance en elle, Mia. Elle a toujours fait preuve de discernement.

Mon père tourne les yeux vers Jett et le regarde des pieds à la tête.

— C'est en lui que j'ai pas confiance.

Jett lève les mains devant la poitrine.

— Je me comporterai en parfait gentleman. Je vous le promets.

Je renifle d'un air moqueur et trois paires d'yeux courroucés se tournent vers moi, alors je dois rétropédaler.

— Il ne se passera rien. Juré. Ohé ! C'est moi, rappelez-vous.

Je roule des yeux, car on parle ici de l'archétype de la fille inintéressante.

— Je suis la voix de la raison dans cette famille.

— Si tu la touches ou lui fais du mal, je te ferai regretter d'être né, lance mon père, son gros index charnu pointé en direction d'un Jett Michaels loin de sembler inquiet. Je t'arracherai les membres un par un en commençant par ton spaghetti, fils.

Maman rit doucement lorsque Jett blêmit.

— Chéri...

Elle se plaque contre le bras de mon père et lui caresse le dos.

— ... ne t'en fais pas. Il vient tout juste de faire un piercing. Il lui faudra des semaines, voire des mois, avant même de pouvoir commencer à penser au sexe.

Jett enfonce les mains dans les poches avant de son jean tout en détournant les yeux.

— Tout à fait, madame Gallo, marmonne-t-il, visiblement contrarié qu'on le lui rappelle. Le processus de guérison est long.

— Superlong, renchéris-je.

Je me balance sur les talons tandis que je sens le poids de l'annonce s'estomper.

— Long comme pas possible, je murmure. Et mastoc.

— Quoi ? rugit mon père, qui tourne brusquement la tête vers moi.

J'écarquille les yeux, me fige et demande d'un air innocent :

— Quoi ?

— Michael, tu comptes rester planté là ou bien tu vas emporter ce gros plat à lasagnes derrière toi dans le salon ? lance ma grand-mère, qui me décoche un clin d'œil, comme si elle savait qu'elle me sauvait les fesses. Tout le monde attend pour dîner.

— Tout de suite, m'man, grommelle-t-il tout en me faisant les gros yeux avant de tourner le dos et de saisir le plat en question.

Maman me sourit et, la tête inclinée, elle me chuchote :

— Plus de surprises.

D'une main sur le cœur, je lui en fais la promesse.

— On a eu chaud, me lance Jett une fois que tout le monde a quitté la pièce, non sans que mon père l'ait pratiquement bousculé d'un coup d'épaule en passant.

— Heureusement que ton membre est hors d'état de marche, sinon ça se serait passé complètement différemment.

Je ris et lui flanque un petit coup de coude dans le bras.

— Oui, concède-t-il tout bas avec un sourire peiné. Tout serait très différent.

Je me demande ce qu'il a voulu dire, mais me

garde de le questionner. Je préfère ne pas le savoir. Vraiment. J'aime mieux penser qu'il ne m'a pas choisie comme colocataire que par commodité, même si j'ai conscience de la réalité et que ça me fait mal au cœur.

Je réussis tant bien que mal à garder le sourire et lui demande :

— Tu as faim ?

Ses yeux détaillent les traits de mon visage, puis il passe la langue sur sa lèvre inférieure tout en battant des paupières.

— Je suis affamé.

Et voilà que j'ignore s'il parle de son estomac ou de son membre.

UNE SEMAINE A PASSÉ depuis que nous avons annoncé la nouvelle à nos parents. Une semaine depuis que le père de Lily ne m'a pas écrabouillé la tête avec son poing, et à mes yeux, c'est une victoire. Tous, y compris ma mère, étaient convaincus que je finirais entre quatre planches ou, au minimum, aux urgences. Ils se trompaient.

— Tu devrais mettre ton lit au dernier étage, ma puce, conseille M. Gallo tout en hissant sur son dos le grand matelas de sa fille, comme s'il ne pesait rien. La vue est plus jolie.

— Papa, je ne peux pas dormir dans le patio. Sois réaliste un instant.

Elle lui donne une tape sur le bras et lui sourit avec une telle tendresse que je comprends pourquoi il se montre si protecteur envers elle.

Lily appartient au meilleur du genre humain. Elle est bienveillante quand les autres ne le sont pas. Elle est gentille quand elle n'a pas à l'être. Elle a une bonté en elle qui n'a rien d'acquis. Cette bonté est génétique. Lily la tient de sa mère, à la différence que Mia sait aussi mener son monde à la baguette, principalement son mari.

— Mike, notre fille ne dormira pas dans le patio.

— Il y a des fenêtres, rétorque-t-il, poussant un grognement lorsque le matelas se met à glisser de son dos. C'est une véranda, pas un patio.

Je me précipite vers lui pour l'aider, mais lorsque ses yeux croisent les miens et se rapetissent, je me ravise. Les mains levées en signe de capitulation, je bifurque vers l'interminable pile de cartons.

Lily fait courir une main le long de sa queue de cheval, lissant les cheveux qui lui descendent jusqu'aux coudes.

—Je garde la suite avec baignoire.

Elle est tellement belle ainsi. Au naturel, sans maquillage. En petit short de sport et brassière, laissant bien peu de place à l'imagination.

— Et cette vue depuis la baignoire ! renchérit Mia, du même avis que sa fille, ce qui énerve un peu plus Mike.

Je me tais pour ne pas lui donner une raison de me haïr davantage. Je comprends son point de vue. Moi aussi, je me détesterais. Ce môme un peu fiérot qui a couché avec la moitié du corps étudiant quand il était au lycée, remplissant son tableau de chasse dès le plus jeune âge. Je n'étais pas le genre de mec que les nanas aimaient ramener chez elle, parce que, bon... les mamans me couraient autant après que leurs filles.

— Tu l'as sévère, mec, me lance Pike tout en secouant la tête au moment où je franchis le seuil de la maison avec trois cartons dans les bras.

—Comment ?

Je ne prêtais pas attention à lui, trop occupé à imaginer Lily dans cette baignoire et la vue. Je ne parle pas de l'océan.

Il penche la tête sur le côté, un sourire complaisant aux lèvres.

— À la bonne, précise-t-il. Elle le sait ?

Je fais « non » de la tête et tends les cartons vers lui.

— J'arrête pas de lui envoyer des signaux, mais, pour l'instant, je dirais que non.

— Des « signaux »...

Il pousse un rire et me prend sans hésiter les cartons des bras.

— Il faut plus que des signaux avec une fille comme elle.

Je tourne la tête et la regarde discuter avec ses parents dehors. Mike porte toujours le matelas sur son dos, Mia est à ses côtés et sourit, quant à Lily... Elle parle, et tous deux l'écoutent, complètement captivés.

— Si elle te plaît, dis-le-lui. Ne tourne pas autour du pot. Sois direct et honnête, mais...

Il attend de ravoir mon attention et, lorsqu'il l'a enfin, il reprend :

— Si tu te sers d'elle ou lui brises le cœur, il n'y a pas qu'à Mike que tu auras à rendre des comptes.

— Pourquoi tout le monde est persuadé que je vais lui briser le cœur ? C'est peut-être elle qui brisera le mien.

Pike éclate de rire, la tête renversée, l'émail de ses dents étincelant dans sa barbe foncée.

— Andouille. Cette fille ne ferait pas de mal à une mouche.

Je ne suis pas d'accord, mais ne le contredis pas, d'autant qu'il nous aide à emménager dans notre nouvelle maison. Lily est tout à fait le genre de fille à pouvoir briser le cœur d'un homme, même le mien. C'est comme ça que ça fonctionne avec les âmes douces et pures. C'est l'unique raison pour laquelle je l'ai toujours évitée.

— Cette maison est dingue ! s'émerveille Tamara, qui déboule de l'escalier, Mammoth à sa suite. C'est à moi que tu aurais dû proposer d'emménager avec toi.

— Oui, certainement pas, marmonne Mammoth, qui me lance un regard mauvais, comme si j'avais fait quelque chose de mal.

Elle ricane et roule des yeux.

— J'aurais adoré avoir une salle de bain comme la sienne, et puis on a toujours été amis, Jett. Pourquoi tu me l'as pas demandé ?

Tâchant d'ignorer le regard assassin de Mammoth, je hausse les épaules et passe une main dans mes cheveux.

— Lily voulait déménager, alors je me suis dit que c'était parfait.

— Tu sais ce qui aurait été parfait ? me demande Tamara.

— Quoi ?

— Mes petites fesses dans cette baignoire avec cette vue sur l'océan.

Elle sourit et ne prête pas attention à Mammoth, qui est pratiquement plaqué contre son dos et grogne, les lèvres retroussées.

— Je suis sûr que Lily te laissera l'utiliser de temps à autre.

— C'est pas pareil, bougonne-t-elle.

En toute honnêteté, je ne pourrais jamais habiter avec Tamara. Bien qu'on soit amis depuis toujours, elle parle beaucoup trop à mon goût. Je ne me rappelle pas avoir été dans une pièce avec elle sans qu'elle bavarde en permanence à propos de tout.

— Tu veux une maison comme celle-là ? lance Mammoth tout en passant les bras autour de sa taille. Je t'obtiendrai une maison comme celle-là.

Elle se laisse aller tout contre lui, les paupières closes et le sourire aux lèvres.

— Si tu m'en offres une comme celle-là, je...

— Bouge, aboie Mike derrière moi, réduisant au silence je ne sais quelle obscénité qui allait sortir de la bouche de Tamara.

Il me passe devant avec un grommellement, remarquant à peine les autres dans la pièce. Pike, Tamara, Mammoth et moi le regardons monter les marches quatre à quatre, le matelas sur le dos, comme s'il faisait ça tous les jours.

— Flippant, ce gars, murmure Pike. La plupart du temps, il est doux comme un agneau, mais il peut te broyer comme une cannette s'il le veut. Je serais pas tranquille à ta place.

Une heure plus tard, une fois tous les meubles et cartons dans la maison, la famille de Lily lui fait ses adieux comme si elle partait faire son service militaire.

Mike l'embrasse sur la joue.

— Appelle-nous demain, ma puce. Ou même ce soir. Donne-nous des nouvelles.

— Ce sera fait, papa, répond-elle sans une once d'agacement dans la voix. Mais tout ira bien. Jett y veillera.

Un poids se loge à nouveau dans mon estomac lorsque Mike tourne des yeux étincelants de colère vers moi.

— Génial, je marmonne, car je sais que Mike et moi devrons nous expliquer un jour ou l'autre.

— J'ai contrôlé le verrou dans ta chambre. Il marche bien. Sers-t'en, ma puce.

Il lui tient les bras comme s'il souffrait de partir.

— Promets-le-moi, ajoute-t-il.

— Je te promets que je verrouillerai la porte de ma chambre. Content ?

Elle lui sourit, un rire dans la voix.

— Non, réplique-t-il tout en remontant les mains le long de ses bras pour la serrer contre lui. Pas tant que tu ne seras plus sous mon toit. Je ne comprends pas pourquoi tu ne pouvais pas rester vivre à la maison avec nous.

— Fiche-lui la paix, Michael, intervient Mia.

Elle tire sur son marcel pour tenter de l'arracher à Lily.

— Arrête de la culpabiliser alors qu'elle veut juste grandir. Laisse-la vivre un peu.

— Pas trop, quand même, réplique-t-il tout en humant les cheveux de sa fille, comme s'il tenait un nourrisson dans les bras.

Je continue de déballer un carton de vaisselle dans la cuisine, la porte d'entrée en ligne de mire.

— Sois sage, lance Gigi face à moi tandis qu'elle récupère son sac à main sur le plan de travail. Ou plutôt... l'inverse.

— Je ne...

Elle se courbe en avant, le sac en main, et me regarde droit dans les yeux.

— Garde ça pour ceux qui ne te connaissent pas, Jett. T'es dingue de cette nana, mais je vais te dire un truc...

Elle penche la tête en avant et baisse la voix.

— Si tu n'agis pas vite, tu vas passer à côté de la meilleure chose qui puisse t'arriver dans la vie.

— En quoi passerais-je à côté ? je demande tout en déballant une assiette, avant de la poser sur le plan de travail avec les autres.

— Une fille comme Lily ne reste pas célibataire bien longtemps, surtout ici. Les requins sont à l'affût, mon ami, et si tu attends trop et continues de jouer les imbéciles, c'est eux qui la mangeront tout cru, pas toi.

Elle se met à rire de sa blague. Gigi a toujours été bon public avec ses propres blagues.

Je lève les yeux au ciel.

— Elle me plaît, Gigi, je l'admets, mais je ne suis pas sûr d'être le mec qu'il lui faut. Elle est tellement...

— Douce ?

Je hoche la tête.

— Innocente ?

Je hoche la tête.

— Pure ?

Je hoche la tête.

— Elle rêve qu'un mec lui ravisse tous ces titres, Jett.

Je relève la tête et manque de lâcher l'assiette que j'ai en main.

— Tu dis n'importe quoi.

Gigi redresse les épaules et lève les mains.

— Si tu le dis, me rétorque-t-elle tout en lançant un regard en direction de Lily. Pense ce que tu veux, mais, crois-moi, tu vas t'en mordre la quéquette si tu ne fais rien.

— C'est physiquement impossible.

— Tu n'en restes pas moins un crétin, me raille-t-elle.

— Je lui ai envoyé des signaux et j'ai rien eu en retour. Je crois que je lui plais pas, chérie. En tout cas, pas de cette façon-là.

Gigi porte une main au visage et se couvre les yeux.

— Pourquoi les hommes sont-ils aussi stupides ?

Par « homme », elle me vise, et je me vexe.

— Je suis pas stupide.

— T'as jamais eu de mal à cerner les filles. Pourquoi tu galères autant avec elle ?

— Je connais aucune fille comme elle. Je nage en territoire inconnu.

Lily ne ressemble à personne. Durant toutes ces années passées loin de chez moi, de toutes ces femmes que j'ai rencontrées, aucune ne l'a égalée. Sa beauté ou l'attraction qu'elle exerce sur les hommes lui échappent. Elle pourrait me briser avec un seul de ses regards, et ça me fout une trouille d'enfer.

— Tu dois faire le premier pas, Jett, ou il ne se passera jamais rien. Les mecs comme toi lui sont étrangers. Tu te souviens du gros relou au lycée ?

Je maugrée en repensant au binoclard avec son cardigan et son froc beige, toujours à reprendre la grammaire des uns et des autres, comme s'il était le plus intelligent de la planète.

— Comment oublier ce connard ?

Il était un peu plus jeune que moi et se trouvait dans la classe de Lily, mais il était connu de tous les élèves de notre petit lycée.

— Il a été le premier mec de Lily.

Je fais mine de vomir.

— Raconte pas de conneries.

— William lui a couru après et n'a pas attendu qu'elle capte les signaux.

Les paumes pressées contre mes orbites, je tente de chasser l'image de William et de Lily ensemble.

— Arrête. Ça me dégoûte.

— Ils se sont embrassés, rien de plus, m'assure-t-elle, comme si ça pouvait me réconforter. Lui, au moins, il a eu les couilles de lui dire ce qu'il ressentait pour elle.

Je baisse les mains et la fusille du regard.

— Arrête de me prendre pour un dégonflé. J'ai jamais eu les jetons avec les femmes.

— Oui. Continue de te mentir. Tu flippes à mort à l'idée de dire à Lily que t'as envie d'elle.

— C'est pas vrai.

On dirait un môme.

— Si tu le dis.

Elle croise les bras et, la tête penchée vers l'avant, me regarde par-dessus l'îlot de cuisine.

— On verra bien, ajoute-t-elle avec un petit sourire narquois. Lily me raconte tout.

J'arque un sourcil.

— Tout ?

— Ouep. Je suis pleinement familiarisée avec ton zigouigoui à présent, même si je ne l'ai jamais vu.

— Elle t'a parlé de ça ?

Le sourire réapparaît sur ses lèvres.

— Elle semblait plutôt impressionnée.

Je me frotte la nuque, embarrassé. J'ai le visage en feu.

— Ben, je...

— On y va, ma belle ? crie Pike, qui se tient dans l'entrée avec Tamara et Mammoth. On a des trucs à faire.

— Je viens ! hurle Gigi sans les regarder, avant de baisser la voix. Espérons que ce soit bientôt le tour de Lily aussi.

J'attrape une boule de papier journal, lui jette à la tête et la rate.

— Je suis hors d'état de marche. Tu te rappelles ?

Je baisse les yeux et pointe un doigt vers mon entrejambe.

— Mais ça veut pas dire qu'elle l'est aussi, me réplique-t-elle avec un clin d'œil tout en s'éloignant de l'îlot.

— Quelle vie de merde, je bougonne.

Dix minutes plus tard, toute la famille de Lily est partie et le calme règne dans la maison. Seuls ses pas légers résonnent au-dessus de ma tête, alors qu'elle défait ses valises et s'installe dans sa nouvelle chambre.

— T'as faim ? je crie dans l'escalier lorsque je réalise que nous n'avons rien mangé de l'après-midi.

Les pas se rapprochent jusqu'à ce que je voie apparaître en haut des marches une paire de jambes. De jolies jambes lisses et hâlées.

— Oui. Tu veux que je nous cuisine un truc, vite fait ? me demande-t-elle.

— Non, je m'en occupe.

Je tâche d'ignorer le chatoiement de sa peau.

— Je t'appellerai quand ce sera prêt.

— D'accord.

Elle se frotte une jambe à l'aide d'une main et je suis fasciné, incapable de quitter le mouvement des yeux.

— Je file sous la douche. Je me sens toute collante.

Je me mords la lèvre. Si seulement je pouvais vérifier cette affirmation. *Je ne vais pas bander. Je ne vais pas bander.* Je me répète cette phrase en boucle, me rappelant que je vais souffrir si je me laisse aller à l'imaginer nue et ruisselante.

— Bonne idée, dis-je, et je baisse les yeux pour briser le charme.

— Je descends dans cinq minutes, crie-t-elle dans l'escalier tandis que je retourne à la cuisine.

— Prends ton temps !

Je m'en veux d'avoir pensé que tout ceci était une bonne idée.

D'un côté, j'ai envie de dévergonder Lily et, de l'autre, j'aimerais me prélasser à tout jamais dans sa douceur et la protéger des connards comme moi. Comment un homme peut-il composer avec une telle dualité ?

Je comprends que la seule solution est de passer à l'action et de prendre les rênes. Bien que je n'aie jamais été en couple, Lily est peut-être celle qui me fera changer, celle que j'ai attendue toute ma vie.

Mes sentiments sont ambivalents en ce qui la concerne et je suis incapable de prendre une décision. D'un côté, je reste « le bon copain » et, de l'autre, je ne demande pas mieux que d'en faire ma petite amie.

C'est curieux, vraiment.

Je n'ai jamais ressenti ça pour une femme.

Ce besoin à la fois de la protéger et de la revendiquer est tellement accablant que j'ai peine à ne pas grimper les marches quatre à quatre pour faire de tout ceci une réalité. Et puis, je me rappelle que c'est impossible. Ce n'est pas l'envie qui m'en manque. Seulement, ma queue est hors d'état de marche.

Les ramens et la salade sont sur la table lorsque Lily entre dans la cuisine, une paire de leggings noirs et un débardeur à fines bretelles pour seuls habits.

— Coucou ! me lance-t-elle avec un sourire, et je manque de m'étouffer avec ma langue.

Ses mamelons pointent et sont parfaitement visibles sous l'étoffe fine qui recouvre ses seins.

— Coucou, je lâche de cette voix étranglée d'un lycéen en pleine crise de puberté.

— Ça a l'air trop bon.

— Succulent, je souffle à demi-voix, sauf que je ne parle pas du plat.

Elle tire une chaise, s'assied et remonte un genou contre la poitrine, couvrant, Dieu merci, un sein.

— Tu t'assois pas ? me demande-t-elle lorsqu'elle voit que je ne bouge pas, trop occupé à contempler son corps.

— Pardon.

J'essaie de paraître détendu en esquissant un sourire, alors qu'intérieurement, je brûle.

— Comment était la douche ? je demande tandis que je m'installe en face d'elle, les yeux baissés sur mon bol plutôt que tournés vers sa peau moite.

— Exquise !

Je lève les yeux et m'imprègne de sa beauté. Je sais que, dès que je le pourrai, je partirai à la conquête de son cœur.

— Je suis bien d'accord, je murmure.

— COMMENT ÇA SE PASSE ? me demande Gigi.

J'active le haut-parleur pendant que je me maquille. Je ne tiens pas vraiment à sortir de ma chambre le visage nu. Quand j'habitais avec une autre étudiante au campus, je me fichais de mon apparence, mais il faut dire que son opinion m'importait peu.

— Bien, je dirais. Bizarre.

— C'est ton deuxième prénom, Lily.

— Pas du tout, je soupire.

J'ouvre grand les yeux et me rapproche du miroir pour ne pas finir avec du mascara partout.

— **Le truc, c'est que j'ai envie de me faire jolie pour lui.** Je ne me suis jamais comportée comme ça avec qui que ce soit.

— Il t'a toujours plu. Toujours. Dans mes souvenirs, t'as jamais autant aimé quelqu'un.

J'agite les mains devant mes yeux pour que mon mascara sèche plus vite.

— Je sais, mais j'aurais jamais pensé qu'un jour je vivrais avec lui. Qu'est-ce qui m'a pris ?

— Ben, je pense que t'as vu sa queue, et ton coup de cœur s'est transformé en autre chose.

— Ça n'a rien à voir avec son membre, Gigi.

Je lève les yeux au ciel, sens mes cils toucher ma peau et pousse aussitôt un bougonnement.

— Putain, je sais pas me maquiller. Comment se fait-il que je n'arrive pas à appliquer du mascara sans m'en mettre partout ?

— C'est parce que tu es trop jolie. Ton visage refuse le maquillage.

Je regarde le téléphone et, même si elle ne peut pas me voir, je lui fais toute sorte de grimaces.

— N'importe quoi.

— Revenons à son « membre », comme tu dis. Tu l'as revu ?

— C'est pas joli-joli, Gigi. Je n'avais jamais vraiment vu les suites d'un piercing. On dirait qu'on lui a flanqué un coup de marteau, le pauvre.

Je blêmis lorsque je me remémore l'apparence que son sexe avait quand il me l'a montré avant qu'on parte à la soirée. Son machin était tout rouge.

— Tu devrais peut-être lui faire un bisou magique pour que ça aille mieux.

Je l'entends glousser.

— Je suis certaine que ça fera plaisir à Jett, ajoute-t-elle.

Je me penche au-dessus du meuble de salle de bain et m'humidifie les doigts pour nettoyer le mascara sur ma paupière.

— Ne sois pas ridicule. Jett ne m'aime pas de cette façon.

— T'es aveugle ou quoi ?

— Non, je rétorque sur ton tranchant.

— Je t'ai toujours prise pour la plus brillante de nous trois, mais, visiblement, je me trompais. Jett t'aime de *cette* façon. Il t'aime de toutes les façons.

— J'arrête pas de me dire qu'il va m'embrasser, mais il ne se passe rien.

— Tu lui en as parlé ?

— Bien sûr que non.

— Quelle nouille, murmure-t-elle.

— Je vais pas faire pression.

Je redresse les épaules et me regarde dans le miroir. Ça y est, je suis maquillée comme il faut.

— De toute façon, je dois te laisser. J'ai promis de l'accompagner faire quelques courses pour la maison.

— Déjà un vieux couple.

— Pas du tout ! je rétorque, offusquée par sa remarque. Il m'a dit qu'il sortait acheter deux ou trois trucs et qu'il passait en coup de vent à ALPHA pour voir avec oncle Thomas et James s'ils avaient un travail à lui proposer.

— ALPHA ? s'étonne Gigi. Lily, ils trempent dans des affaires dangereuses.

Je m'empare du téléphone sur le meuble et emporte Gigi avec moi dans la chambre pour prendre mes chaussures.

— Je sais, mais c'est ce qu'il souhaite faire.

— Essaie de l'en dissuader. Je suis sûre qu'il peut trouver autre chose.

Je pouffe de rire lorsque je m'imagine en train de le dissuader de faire quoi que ce soit, alors lui déconseiller de se mettre en danger, n'en parlons pas.

— Comme si c'était facile.

— C'est con qu'il ne sache pas dessiner autre chose que des bonshommes allumettes, sinon je lui aurais proposé de travailler à Inked.

Je passe les pieds dans mes sandales et me regarde dans le miroir sur pied à côté de la porte.

— Des bonshommes allumettes ?

— Il a le talent artistique d'un gosse de cinq ans. C'est pathétique.

— C'est pas comme si j'étais Picasso, je lance avec autodérision.

— Chérie, j'ai vu tes dessins. Tu peux concurrencer Pablo avec tes gribouillages.

— Lily ! crie Jett dans l'escalier. T'es prête ?

— Je descends !

— Sous la ceinture ? commente Gigi tout en riant comme une imbécile. Ça soulage les tensions.

Je secoue la tête, désabusée. J'aimerais bien qu'elle arrête de me pousser dans les bras de Jett. Ce n'est pas si simple, contrairement à ce qu'elle croit.

— Arrête un peu. Je t'appelle plus tard.

— Ne fais pas quelque chose que je ne ferais pas.

— Et comme quoi, hein ? je demande, penchée vers le miroir pour vérifier une dernière fois mon maquillage. Il ne doit pas rester grand-chose sur la liste.

— L'anal.

Je fronce le nez.

— Je vois qu'au moins, tu as des limites, dis-je pour la taquiner pendant qu'elle se bidonne. J'étais pas certaine qu'il t'en reste.

— N'importe quoi. Envoie-moi un message après.

— Byeeee.

J'étire le mot jusqu'à ce que je raccroche et fasse taire son rire.

Jett est au pied de l'escalier et fait tournoyer ses clés de voiture autour d'un doigt. Lorsqu'une des marches se met à grincer, il relève la tête. Ses yeux me parcourent entièrement et notent le short qui m'arrive aux genoux et mon petit haut sans manches. Sans un mot, il referme la paume sur ses clés. Il m'observe dans un silence presque assourdissant.

— Qu'est-ce qui ne va pas ?

Je baisse les yeux sur ma tenue.

— Je dois me changer ?

Il secoue la tête sans me quitter des yeux et répond d'une voix rauque :

— Non. Reste comme ça. Tu es...

Je m'arrête à mi-chemin dans l'escalier. Je me demande bien de quoi j'ai l'air à ses yeux.

— Je me suis dit qu'il valait mieux enfiler un truc décontracté pour notre sortie, mais je devrais peut-être...

Je recule d'une marche, prête à filer dans ma chambre pour passer mon pantalon à pinces beige.

Il cligne des yeux et semble à court de mots, ce dont je ne l'aurais jamais cru capable.

— Tu es absolument magnifique, Lily, finit-il par me dire lorsque je monte une marche supplémentaire.

Son compliment me fait chaud au cœur et je ne peux contenir le sourire bête qui s'étire sur mes lèvres.

— Merci.

Le mot est sorti avec une curieuse désinvolture. Pourtant, mon estomac fait de drôles de cabrioles, comme si je faisais un tour de grand huit.

— Où allons-nous en premier ?

— Allons à ALPHA d'abord. J'ai dit à James que je passerais avant midi. Ça nous laissera le reste de la journée pour nous.

Je lui passe devant et sens son regard me suivre lorsque je sors de la maison.

— Tu es sûr que c'est une bonne idée ? Ça peut être dangereux de travailler à ALPHA. Disons que tu pourrais trouver un boulot où tu ne risques pas de te faire tirer dessus.

Voyant qu'il ne me répond pas, je me retourne et le surprends en train de fixer mes fesses des yeux. Son regard lubrique et surpris remonte brusquement sur mon visage.

— Certain ! Il me faut un travail et je n'ai aucune qualification. Sans diplôme, difficile de dégotter un boulot bien payé. Et puis, je les connais depuis que je suis tout petit et j'ai parfaitement conscience de ce qu'ils font. Je pense que c'est dans mes cordes.

— Tu penses ou tu sais ?

Je remonte le décolleté de mon débardeur, car je me sens tout à coup à moitié nue. J'aurais dû mettre un polo et mon pantalon à pinces beige au lieu de me laisser pervertir par Tamara question habits.

Il referme la porte et la pousse pour s'assurer qu'elle est bien barrée.

— Je sais que c'est dans mes cordes. Je me suis déjà pris une dérouillée et je suis pas mauvais à l'arme à feu.

Je presse le pas pour que mon derrière disparaisse vite de sa vue. Arrivée à la voiture, la main sur la poignée, j'attends qu'il déverrouille les portières et lui demande :

— Est-ce que tu en possèdes une, au moins ?

Il secoue la tête depuis l'autre côté de la voiture.

— Non, mais je vais m'en procurer une.

— Tu peux te servir de la mienne.

Il écarquille les yeux.

— Tu as vraiment une arme à feu ? murmure-t-il. Je croyais que tu plaisantais.

Je souris. J'adore quand les gens sont choqués d'apprendre que j'ai un pistolet et que je sais m'en servir.

— J'en ai vraiment un et je suis plutôt bonne tireuse, moi aussi.

— Mmh, murmure-t-il avec un sourire. Tu es pleine de surprises, mon chou. Pleine de surprises.

— Je peux t'apprendre à tirer si tu ne sais pas comment faire.

Il rit tout en secouant doucement la tête.

— J'ai été militaire, ma jolie. Je sais tirer.

Je renifle d'un air moqueur. Il n'y a pas que des tireurs d'élite dans la marine.

— On pourrait aller au stand de tir, un de ces quatre, je propose, tandis que je me glisse sur le siège passager de son pick-up flambant neuf.

— Ça te dirait de pimenter l'expérience ? s'enquiert-il, tourné vers moi sur le siège conducteur, le poignet sur le volant.

Je me tords les doigts. Il me fixe du regard comme s'il allait fondre sur moi. En ai-je envie ? Oh que oui, sauf que fricoter avec Jett serait un désastre assuré.

J'ai aimé ce garçon dès que mes hormones se sont mises en éveil. J'ai rêvé qu'on formait un couple qui vivrait heureux à tout jamais. La réalité ? Nous deux, ça ne marcherait jamais. Il est Jett dans toute sa splendeur : sûr de lui, insouciant et débridé. On s'oppose à tous les niveaux. Cela dit, je ne suis vraiment pas du genre à me défiler devant un pari, surtout quand je sais que j'ai mes chances de le gagner.

Je hausse un sourcil, les yeux plongés dans ses iris bleus.

— Qu'as-tu en tête ?

— Si je tire mieux que toi, on va en rencard, toi et moi. Je parle d'un vrai rencard, pas un bidon. Je te veux en robe et talons aiguilles.

Je déglutis. Ai-je envie de m'engager sur ce terrain-là ? D'un autre côté, je sais qu'il n'a aucune chance de me battre au stand. Mon père a commencé à m'y emmener dès que j'ai été suffisamment grande pour voir au-dessus du comptoir.

— Et si je gagne ?

Avec un haussement d'épaules, il appuie sur le bouton-poussoir pour démarrer la voiture.

— À toi de me le dire. Tout ce que tu voudras.

— J'ai besoin de temps pour réfléchir.

Je tourne la tête et regarde droit devant moi. J'ai deux options. Soit je choisis un truc bidon, soit j'y vais fort. Qu'y a-t-il au-dessus d'un rencard avec Jett ? Je ne parierai pas ma virginité, même si je suis plus que jamais prête à la perdre. Je pourrais aussi truquer le match, mais je n'ai jamais été du genre à perdre pour faire plaisir à un garçon. Mon père m'a appris à ne jamais donner à un homme l'occasion de se sentir supérieur en me rabaissant.

— Prends le temps qu'il te faut. Ça n'a pas d'importance pour moi. Tu peux voir grand, parce que je sais qu'au bout du compte, tu te retrouveras assise face à moi, en robe et talons aiguilles.

— Ce qu'il est présomptueux, je murmure.

— Ce n'est pas être présomptueux quand c'est la vérité.

Je sourire et remue une main devant moi.

— Avance, grande gueule. Mes oncles attendent.

— Voilà qu'elle est pressée, marmonne-t-il.

Il lève un bras et pose sa main sur mon appuie-tête.

Je me tourne vers lui et nous nous observons un long moment. Je cligne des yeux. J'ai la gorge sèche et le corps brûlant. Il ne me regardait pas de la même façon avant. J'ai toujours été invisible pour lui, mais cela remonte à cinq ans, quand j'avais à peine des seins et ne me trouvais jamais aussi près de lui. Aujourd'hui, j'ai l'impression qu'il me regarde constamment, mais pas de manière louche. D'une manière qui laisse à penser que tout est possible.

Je me dandine un peu sur mon siège au moment où il me décoche un sourire en coin, avant de détourner les yeux et de regarder droit devant lui tandis qu'il fait marche arrière dans l'allée. Lorsqu'il laisse retomber sa main de mon siège, ses doigts frôlent mon épaule et ma peau se couvre de chair de poule.

Miséricorde. Je suis trop nulle. Le type me touche de la manière la plus innocente qui soit, et mon corps réagit comme si on s'apprêtait à baptiser le siège avant de son rutilant pick-up noir.

— ALPHA ? me demande-t-il.

L'air est lourd.

J'acquiesce d'un hochement de tête, n'osant parler, le visage tourné vers le pare-brise pour ne pas regarder Jett. Je ne peux plus nier qu'il a envie de moi autant que j'ai envie de lui. Ça ne veut pas dire qu'écouter nos besoins soit une bonne idée, pour l'un comme pour l'autre. Même nous embrasser changerait tout et, dans la mesure où nous vivons ensemble, cela pourrait rimer avec désastre.

Je ne l'embrasserai pas. Je ne l'embrasserai pas. Mais, bon sang, ce que j'en ai envie. Je me demande à quel point ses lèvres, sa langue, sont douces. À quoi ressemblerait le sexe avec lui ? Serait-ce doux et long ou bien court et emporté ? Et puis, il y a ce piercing. Je n'arrive toujours pas à comprendre pourquoi un homme voudrait ajouter un bijou à son sexe, même si c'est censé donner plus de plaisir aux femmes.

Je secoue la tête pour empêcher mes pensées de s'égarer.

— Ça va ? me demande-t-il tout en posant une main sur mon genou.

J'écarquille les yeux lorsqu'il presse ce même genou.

— Bien, je lâche d'une petite voix étranglée.

— Tu as l'air perturbée.

Son pouce caresse ma peau, et les frissons que j'ai ressentis tout à l'heure ne sont rien comparés à ceux-là.

— Non, je vais on ne peut mieux, je lâche de but en blanc, et je ne sais plus où me mettre, car, bon sang de bonsoir, mon ton sonnait plutôt grivois.

— Tant mieux, me répond-il, sans retirer sa main, la laissant là comme si c'était un geste habituel. Tu es en train de réfléchir à ce que tu voudrais en cas de victoire ?

Je hoche la tête sans prononcer un mot. Bonté divine, il me touche toujours. Je me concentre sur ma respiration, tâche d'inspirer et d'expirer à une cadence normale pour ne pas me retrouver en hyperventilation. Le trajet jusqu'à ALPHA, qui d'ordinaire est rapide, prend une éternité, et j'ai les yeux rivés sur la route et l'esprit à la main de Jett qui s'attarde sur mon genou.

À peine s'est-on garés sur le parking que je sors en trombe du pick-up et me dirige vers les bureaux comme si j'étais sur le point de faire pipi dans ma culotte. Le pas lourd de Jett suit à quelques mètres derrière moi.

— Je ferai vite, lance-t-il dans mon dos.

— Rien ne presse, dis-je, sans le regarder.

Au moment où je tends la main vers la porte, il parvient je ne sais comment à s'intercaler et saisit la poignée avant moi.

— Après toi, me dit-il en parfait gentleman.

Une raison de plus pour capituler et cesser de lutter contre cette folle attirance que j'ai pour lui.

Je lève les yeux et me mords la lèvre pour m'empêcher de me jeter au cou de cet apollon et de le supplier de prendre ma virginité.

— Chérie ! me lance tante Angel à peine la porte ouverte, rompant ce moment de gêne. J'espérais que Jett embarquerait ta jolie frimousse avec lui aujourd'hui.

— Tata ! je m'exclame avec joie, chassant les tensions que la proximité de Jett semble instiller en moi. Je suis si contente que tu sois là.

Elle contourne le bureau, les bras tendus.

— Viens me donner un peu d'amour !

Je lui saute pratiquement dans les bras, tandis qu'elle pose le menton sur mon épaule et regarde Jett.

— Tu es le suivant, lance-t-elle.

Son rire est si fort que mon corps tremble avec le sien.

— Tata ! je la sermonne gentiment, un sourire irrépressible aux lèvres.

— Oh, tais-toi donc. Je ne compte pas faire du gringue à ton homme.

— Jett n'est pas…, je commence à protester, mais elle me tapote le dos, sa façon à elle de me dire de la boucler.

— Jett.

La voix d'oncle Thomas me fait sursauter. Je ne l'avais pas vu arriver. C'est une habitude chez lui, et je n'ai jamais réussi à comprendre comment il faisait.

Angel s'écarte de moi et se tourne vers son mari avec un sourire.

— Tu es prêt à le recevoir, mon beau ? lui demande-t-elle en battant des cils.

Oncle Thomas sourit et observe sa femme d'une façon proprement dégoûtante. J'ai vu maintes fois cette expression sur le visage de mon père lorsqu'il regarde ma mère. À quel âge les gens arrêtent-ils de penser au sexe ? J'ai toujours imaginé que les personnes âgées avaient peu de libido. Or, à en juger par l'attitude de mes grands-parents, il semble que je me sois trompée sur toute la ligne.

Oncle Thomas passe une main dans ses cheveux bruns et souffle un bon coup, comme pour calmer ses ardeurs.

— On ne sera pas long, Angel. Toi et moi avons un déjeuner qui nous attend.

À la façon dont il prononce le mot « déjeuner » et

dont ma tante rougit, je dirais que pas le moindre gramme de nourriture ne franchira leurs lèvres.

Tante Angel enroule une de ses mèches rousses autour de son index.

— J'attends.

Elle lui fait un clin d'œil.

— Erk, je murmure.

Je me sens encore plus mal à l'aise de les regarder que lorsque j'étais dans le pick-up avec la main de Jett sur mon genou.

— Par là.

Oncle Thomas montre à Jett le long couloir qui mène à son cabinet.

Tante Angel passe un bras autour de ma taille et m'entraîne vers son bureau. Une chaise est déjà placée à côté de la sienne et n'attend plus que moi.

— Viens donc t'assoir avec moi pendant que les garçons bavardent et profitons d'être seules pour discuter toutes les deux.

Jett lance un bref regard dans ma direction, avant de suivre Thomas dans le couloir et de disparaître de mon champ de vision. Je tire sur le col rond de mon débardeur. Il fait chaud, même dans ce bureau climatisé.

— Ce qu'il est tendu, ce garçon, me dit-elle alors que mon derrière n'a pas encore atteint la chaise.

Je m'arrête à mi-chemin et la regarde avec de grands yeux ronds.

— Pardon ?

— Il a méchamment envie de toi.

Je la regarde, interloquée, et m'assieds lentement.

— Je pense pas, dis-je tout bas. Enfin, il me drague un peu, mais c'est Jett. J'essaie de ne pas trop me faire d'idées.

— Il te regarde tout le temps comme s'il allait te dévorer ?

Je hoche la tête et ravale bruyamment ma salive.

Elle me prend la main et referme ses doigts sur les miens.

— Ma fille, ce garçon t'a à la bonne. Maintenant, la question est : que vas-tu faire ?

Je hausse les épaules, baisse la tête et contemple nos mains.

— Rien, tata. Je peux pas.

Avec douceur, elle me relève le menton et me force à la regarder.

— Pourquoi donc, mon enfant ?

— J'ai toujours eu des sentiments pour lui, et s'il se passe quelque chose entre nous et que ça finit mal...

Elle m'adresse un sourire contrit et me presse la main.

— Écoute, ma chérie. Je n'ai peut-être pas fait de grandes études, mais je connais les hommes. Celui-là en pince sévèrement pour toi. Quant à la probabilité que ça se termine mal, personne ne sait prédire l'avenir. Tu ne peux pas laisser la peur de l'inconnu t'empêcher de foncer pour avoir ce que tu veux.

— Et s'il me brisait le cœur ? je murmure.

— La vie, c'est prendre des risques. On ne peut jamais être certain du lendemain, mais il faut bien vivre. Je ne voudrais pas qu'un jour tu regardes en arrière et te demandes ce qui aurait pu se passer, tout ça parce que tu t'es laissée guider par la peur. On n'a qu'une vie, ma puce. Tu es jeune. Amuse-toi, laisse-toi aller, et suis tes envies. Tu te préoccuperas des conséquences plus tard, s'il y en a.

— Ça a l'air si simple dans ta bouche, je marmonne.

— Lily, il n'y a rien de plus facile que d'aimer une personne. C'est se libérer de ses propres contraintes qui est dur.

— NOUS DEVONS ÉTABLIR DES RÈGLES, me lance Jett, qui entre d'un pas nonchalant sur la terrasse.

Il ne porte pas de chemise.

— Des directives qu'on devra suivre tous les deux, poursuit-il.

Je retourne à mon livre pour éviter de poser les yeux sur son torse nu. Cela fait cinq jours que nous habitons ensemble et rien n'a été simple.

— Genre, « Les vêtements ne sont pas facultatifs », je marmonne derrière mes pages, les yeux rivés aux lignes d'encre.

L'assise se creuse près de mes pieds. Je ne lève toujours pas les yeux.

— Comment veux-tu que je peaufine mon bronzage avec un tee-shirt ?

Je hausse les épaules, lèche un doigt et tourne la page sans en avoir lu le contenu.

— J'en sais rien, mais tu te promènes à moitié à poil la plupart du temps, et pas seulement quand tu prends un bain de soleil.

Il éclate de rire et pose une main sur mes cous-de-pied.

— Mon corps te révulse ?

— Non, dis-je un peu trop spontanément, et je sais que je dois faire marche arrière. Ton corps est très bien. Par « très bien », je n'entends pas « sexy », parce que je ne te regarde pas de cette façon-là.

La vache. Je mens et je le fais mal, à m'emmêler les pinceaux comme je le fais sans réussir à m'arrêter de parler.

— Il est agréable... Merde.

Je pousse un grognement et cache mon visage dans une main.

— Je voulais dire qu'il n'est pas repoussant.

Putain.

J'aurais pu simplement répondre non, mais il a fallu que je développe. J'ai ce problème chaque fois qu'il se trouve dans les parages. C'est comme si je n'avais plus aucun filtre, et ce qui sort de ma bouche est bien souvent inapproprié et va totalement à l'encontre de ma nature.

Le rire de Jett fait trembler la chaise longue. Il ne retire toujours pas sa main de mes pieds.

— Le tien est pas mal non plus.

Je passe le regard par-dessus la tranche de mon livre.

— J'ai jamais prétendu qu'il était spécial.

Un muscle tressaille à sa mâchoire et ses yeux remontent mes cuisses pour s'arrêter sur mon ventre.

— T'es sérieuse ?

— Quelles règles veux-tu mettre en place ?

Je retourne à mon livre. Je n'ai plus envie de parler de mon corps avec lui.

Je n'ai jamais été particulièrement complexée, mais j'ai conscience de ne pas être aussi belle que certaines femmes. Mon ventre n'est pas ferme et ne le sera jamais. Mon cul, bien que correct, n'est ni haut ni rebondi. Mes nichons peuvent remplir les mains de certains hommes, mais sont loin d'être gros. Je suis ordinaire à tous les niveaux et, même si j'avais un corps ultracanon, je n'en ferais pas étalage. Ça n'a jamais été mon style, et je n'ai aucune envie d'être remarquée pour autre chose que ma cervelle.

Il baisse mon livre et rend toute dissimulation impossible.

— Pas si vite. T'as conscience d'être grave sexy, non ? me demande-t-il, les sourcils froncés.

— Mais bien sûr.

Avec un sourire, je tente de relever mon livre, en vain.

— Je suis correcte, reprends-je. Pas grave sexy, mais pas horrible.

Il se mord la lèvre et me dévisage comme si j'étais fêlée.

— Pas horrible ?

J'acquiesce de la tête.

— Ben, oui, je suis correcte.

Je tâte mon ventre du bout de l'index à travers mon maillot de bain une-pièce et ajoute :

— Je pourrais être mieux, mais je pourrais être pire aussi.

— Putain, les femmes.

Il secoue la tête d'un air désabusé, ses doigts toujours sur ma peau.

— Vous êtes vaches avec vous-mêmes. Tu sais ce que je vois quand je te regarde, moi ?

Mon visage s'empourpre et, ne supportant plus son regard, je préfère poser les yeux là où nos corps se touchent.

— On peut changer de sujet ? je murmure.

J'aimerais me tapir dans un trou de souris.

— Non. Il faut que tu comprennes ce qu'un

homme pense et voit quand il te regarde. Est-ce que tu en as la moindre idée ?

Je hausse les épaules, une moue aux lèvres.

— Je n'y ai jamais vraiment réfléchi. En même temps, c'est pas très grave. J'ai pas envie qu'on m'aime uniquement pour mon corps.

Il me caresse la cheville et des frissons remontent mes jambes jusqu'à cet endroit de mon corps que personne n'a touché jusqu'à présent.

— Lily, ton intellect est ce qu'il y a de plus beau chez toi.

— Merci.

J'esquisse un sourire et tâche de garder mon calme, même si ses caresses m'envoient tout un tas de signaux inconvenants.

— C'est le plus beau compliment qu'on m'ait jamais fait.

— Il faut vraiment que tu sortes avec des types mieux que ça.

Je lève les yeux et lui adresse un sourire mitigé.

— Je sais. J'ai jamais été très douée avec les mecs. Regarde tous les trucs sans queue ni tête que je t'ai sortis depuis qu'on a commencé à habiter ensemble. Je deviens complètement sotte.

— Tu es loin d'être sotte et j'adore tous les trucs sans queue ni tête que tu me sors. C'est mignon.

Je fais la moue.

— Pas tellement, Jett. C'est la honte.

À présent, ses deux mains tiennent mes chevilles et ses doigts balaient ma peau en de douces caresses régulières.

— Je trouve ça attachant.

— Les petites vieilles sont attachantes, je marmonne.

— Bordel, ce que t'es dure. Je te fais un compliment et, toi, t'arrives encore à déformer mes paroles.

Je pose mon livre et croise les bras. D'une certaine façon, je sens que je vais devoir m'armer pour cette conversation. J'ignore pourquoi je suis tant sur la défensive. Jett s'est toujours montré gentil avec moi. Peut-être trop. J'imagine qu'il ne tient pas à fâcher ma famille et qu'il me cire les bottes, parce qu'il a toujours été ainsi... avec les autres, du moins.

— Je n'ai pas déformé tes paroles.

— Quand j'affirme que t'es belle, qu'est-ce que tu te dis ?

Je le regarde, interdite, et resserre les bras contre mon corps.

— Je me dis que tu mens.

— Si je te disais que tu m'attires, que dirais-tu ?

— J'ai vu quel genre de fille te plaisait, Jett. Tu n'es pas très regardant.

Il lève les yeux au ciel, et le soleil vient baigner son visage.

— Voilà qu'elle fait de l'humour.

— Ce n'est pas de l'humour. C'est la réalité. Tu as cette réputation.

— Avais, Lily. Avais. Je ne suis plus ce gars.

— Oh, mais bien sûr, dis-je sur un ton sarcastique tout en hochant la tête.

— Je suis devenu plus sélectif. Il ne s'agit plus seulement de sexe. J'ai eu mon quota pour une vie entière.

Mon visage tout entier se chiffonne comme si je venais de fourrer un citron dans ma bouche.

— Ton quota pour une vie entière ?

Il soupire, sans pour autant arrêter ses caresses. Je sais que je devrais retirer mes pieds, seulement je n'y arrive pas. J'aime beaucoup trop la sensation de sa peau qui glisse contre la mienne pour arrêter Jett.

— Je vieillis, Lily. Les priorités changent avec le

temps. Toi, tu n'es plus la même personne qu'au lycée, si ?

Je fais une estimation à la louche dans ma tête. Je suis restée plutôt proche de la Lily que j'étais à l'époque. Toujours autant le nez dans les livres. Toujours autant inintéressante. Toujours autant vierge.

— Non, je suis restée la même.

Il m'étudie longuement et finit par me décocher un sourire en coin.

— La Lily du lycée ne serait pas assise là, à côté de moi, à me laisser la toucher comme ça. Alors, moi, je dis que tu as changé.

— La moi du lycée t'aurait laissé la toucher comme ça, si tu avais su qu'elle existait à l'époque.

Il écarquille les yeux.

— Qu'est-ce que tu racontes ? Je savais que tu existais. Allons, je te voyais tous les jours !

— Tu ne m'as jamais adressé la parole.

Bon sang, je passe pour une pleurnicharde en manque d'affection, tout ce que je déteste.

Son visage se froisse.

— Bien sûr que si ! Quand nos familles se réunissaient, on parlait ensemble.

— Je n'ai pas les mêmes souvenirs.

— T'avais toujours le nez dans un bouquin, alors tu réalisais peut-être pas que je te parlais.

Je me mords la lèvre et, les yeux plissés, étudie son beau visage.

— Parfois, la fiction vaut mieux que la réalité.

— Lily.

— Jett.

— Je t'observais à l'école. Je te voyais, la tête plongée dans les livres, à toujours m'ignorer.

Est-ce que je lui dis la vérité ? Lui avoue que, moi aussi, je l'observais, le voyais avec toutes les autres, et que jamais je ne l'ai surpris en train de me regarder ?

Non. Je ne tiens pas à ce que Jett Michaels sache que j'avais un énorme faible pour lui. Et, pour être totalement honnête, je l'ai encore aujourd'hui.

— Arrête de mentir, *mon joli*. Ça ne te sied pas.

Je lui ai volontairement retourné ce surnom qu'il aime tant employer.

Il secoue la tête. Ses doigts caressent toujours ma peau.

— Revenons au présent et laissons le passé au passé. C'était il y a une éternité, et j'aime autant ne pas ressasser les vieux souvenirs.

— Tu m'étonnes.

— Pourquoi portes-tu un une-pièce ? me demande-t-il tout en scrutant mon maillot de bain.

Je hausse les épaules.

— C'est confortable.

— Tu as ce corps incroyable et, toi, tu le couvres, te caches dans des tee-shirts trop larges et des shorts baggy. Comme si tu voulais disparaître à l'intérieur.

Avec un sourire, je hoche fièrement la tête.

— C'est le cas. Je préfère encore qu'on ne me remarque pas, histoire de faire ma petite vie, de me fondre dans la masse.

— Tu ne te fonds pas dans la masse, Lily Gallo.

— Si, je me fonds, je proteste, entêtée.

Délaissant enfin une de mes jambes, il lève un bras et balaie les cheveux de mon épaule.

— Ton visage ne pourrait jamais se fondre dans la masse. Ces grands yeux ronds et toute cette chevelure... Chérie, tu ressors même au sein du plus large et du plus bel ensemble.

Inutile de me regarder dans le miroir pour savoir que je suis rouge comme une pivoine.

— Tu sais avoir les mots, Jett. Je dois bien te l'accorder. Tu as toujours été un beau parleur.

— Tu penses sincèrement que tu ne m'attires pas ?

— Oui.

Sa main se resserre autour de ma cheville.

— Je pensais que mon érection au salon était suffisamment éloquente.

Je ris, me rappelant à quel point il avait l'air gêné.

— N'importe qui toucherait ton membre que tu aurais une érection, crois-moi. Je ne me suis pas dit que j'étais spéciale.

— Ça t'excite, toi, quand n'importe qui te touche ? me rétorque-t-il, le visage sérieux.

Je déglutis et manque de m'étouffer avec ma salive.

— Ben, non ! Ça marche pas comme ça. Les hommes et les femmes sont différents.

— Pas tant que ça, Lily. Si ton père m'avait fait le piercing à ta place ce jour-là, je peux t'assurer que je n'aurais pas eu la gaule.

Je pouffe de rire lorsque j'imagine mon père essayer d'enfoncer l'aiguille dans le membre de Jett qui se met au garde-à-vous.

— C'est un homme. Évidemment que t'aurais pas... enfin, tu sais...

Je remue les sourcils et me dandine sur le siège. Je n'ai jamais parlé aussi ouvertement de sexe avec qui que ce soit en dehors de mes proches.

Il cueille la pointe de mes cheveux, en frotte une mèche entre ses doigts.

— Lily.

Il marque une pause et me regarde de cet air que je lui ai déjà vu, sans jamais avoir cherché à le déchiffrer.

— Oui ?

— Je vais t'embrasser maintenant, me dit-il, un sourire en coin, une main sur moi.

La panique me saisit. Je ne peux pas. Seigneur, il a dû embrasser des centaines de femmes et doit posséder une adresse que je ne saurais jamais égaler ni comprendre.

— Non.

Tête baissée, je me glisse hors de la chaise longue et me lève précipitamment. Le livre que j'avais sur les genoux tombe et atterrit à mes pieds.

— Tu ne peux pas faire ça, poursuis-je.

Il lève la tête vers moi et m'observe, les yeux plissés.

— J'en ai envie, me dit-il tout en se relevant pour se retrouver debout, devant moi. Tu as envie de m'embrasser ?

Je me mords les lèvres et le regarde avec de grands yeux.

Oui.

Je veux embrasser Jett. J'ai toujours voulu embrasser Jett. Pour autant, ça ne veut pas dire que c'est une bonne idée. Et si j'étais horriblement nulle ? Et s'il se mettait à rire et ne pouvait plus me regarder sans repenser à ce baiser maladroit et embarrassant ? J'ai des fourmis dans les doigts et mon cœur cogne dans ma poitrine, tandis que la panique me prend aux tripes.

Or, je n'ai pas le temps de refuser qu'il passe un bras dans mon dos et m'attire contre lui.

— Dis-moi oui, Lily. Dis-moi que tu veux m'embrasser.

Il sent tellement bon, une délicieuse virilité. Sa peau est chaude, gorgée du soleil au zénith. Les muscles de son torse et de ses bras sont durs et moelleux à la fois.

J'ouvre la bouche et la referme aussi sec, le regard plongé dans ses yeux bleus. Bon Dieu de merde. Est-ce bien réel ? J'en ai rêvé maintes et maintes fois, espéré secrètement que ce moment arrive. Je me demandais quelle saveur aurait sa bouche, le velouté de ses lèvres, la douceur de sa langue.

J'ai les jambes en coton, le cœur qui tambourine à un rythme irrégulier et me donne le vertige.

— On ne peut pas, lui dis-je, poussant sur son torse jusqu'à ce qu'il me relâche. On ne peut pas faire ça.

Ses mains retombent et il incline la tête sur le côté comme s'il avait face à lui une curiosité dont il tentait de percer les mystères.

— On ne peut pas ?

Je secoue la tête et me balance sur mes talons.

— Non. C'est à peine si on est amis, Jett. Un baiser gâchera tout. Je suis suffisamment mal à l'aise en ta présence, et si on s'embrasse...

J'effleure mes lèvres du bout des doigts. Les siennes sont-elles aussi douces que les miennes ?

— ... ça changera tout entre nous. Alors ajoute « pas de baisers » à ton règlement intérieur. « Vêtements obligatoires » et « bouche-à-bouche strictement interdit ».

Un grondement sourd monte dans sa gorge lorsque je recule d'un pas et mets de la distance entre nous.

— C'était pas ça que j'avais en tête quand j'ai dit qu'on avait besoin d'établir des règles.

— Ce sont de bonnes règles.

Je redresse les épaules et le pointe du doigt.

— Et, visiblement, tu as besoin d'un cadre.

— Je voyais plus « ne pas laisser traîner de la vaisselle dans l'évier » ou « ranger ses chaussures ».

— Ajoute-les aussi à la liste.

Je me baisse et ramasse mon livre à terre.

Il faut que je parte d'ici, que je m'éloigne de lui avant de changer d'avis et de me jeter dans ses bras.

Un baiser n'amènerait rien de bon. Jamais je ne pourrais l'embrasser et redevenir cette fille maladroite que j'ai toujours été en sa présence. Jamais je ne pourrais l'embrasser et le voir ensuite avec d'autres femmes, maintenant que je connais le goût de ses lèvres.

— Lily, on n'a pas terminé la discussion.

Il lève le bras comme pour me retenir.

Il ne faut pas que ça arrive. Quand il me touche, je perds le sens des réalités, à penser que je lui plais vraiment et que, en un sens, je suis unique. Sauf que c'est Jett, et je suis persuadée que toutes les femmes qu'il touche ressentent la même chose que moi et se retrouvent le cœur brisé.

— Si, on a terminé.

Je saisis le verre d'eau que je sirotais pour rafraîchir les ardeurs attisées par la lecture de mon roman torride.

— Je suis en retard pour le travail, je dois filer.

— Allez, encore cinq minutes.

Il me suit dans la véranda.

— Si j'arrive en retard, je vais me faire virer, je lance par-dessus mon épaule, oubliant que l'on sait tous deux que c'est faux.

Mon père ne me renverra pas, mais l'excuse sonnait bien et c'est la seule chose qui m'est venue à l'esprit dans le feu de l'action.

J'ai le cœur au bord des lèvres lorsque je referme la porte de la véranda derrière moi et augmente la distance entre nous. Je ne me retourne pas et dévale l'escalier pour m'enfermer à double tour dans ma chambre.

J'étais à deux doigts d'embrasser Jett Michaels.

Je plaque le dos contre la porte, presse le livre contre ma poitrine et tente de reprendre ma respiration.

Bon sang.

C'était moins une.

La dernière chose dont j'ai besoin, c'est d'embrasser un garçon, *un homme*, sur lequel j'ai fantasmé pendant des années. Mon cœur ne supporterait pas la souffrance de le voir chaque jour tout en sachant que je ne serai jamais sa petite amie.

jett

— SALUT, toi ! me lance Charlene, une conquête qui remonte à cinq ans, tandis qu'elle passe un bras autour de mes épaules. Plus beau que jamais.

J'y ai trempé mon biscuit une fois et ne suis pas près de recommencer. J'ai compris ma douleur quand cette cinglée a fait courir le bruit qu'on était « en couple ».

— Salut, Char, je baragouine dans mon verre sans même la regarder.

— T'es seul ? me demande-t-elle à deux centi-mètres de l'oreille.

Elle empeste l'alcool et le tabac froid.

— Non.

De ses longs ongles fins, elle me touche la joue et racle ma barbe naissante.

— T'as l'air de te sentir seul.

J'écarte la tête de sa main.

— J'apprécie ton offre, mais je préfère passer mon tour.

— Je pourrais m'occuper de toi.

Son autre main remonte sur ma cuisse.

— Dégage, Char. Il a dit non.

Gigi a surgi de nulle part. Je ne l'avais pas vue entrer, trop occupé que j'étais à descendre mon whiskey.

— Pétasse, lâche Char, et ses mains retombent dans le vide. Si tu cherches une vraie femme, Jett, tu sais où me trouver.

Gigi s'installe sur le tabouret à côté de moi et se rapproche jusqu'à ce que nos coudes se touchent.

— Tu fais quoi de beau ?

— Je bois un coup.

Je lève mon verre au cas où il lui aurait échappé.

— Tu bois ou tu te saoules ?

Elle interpelle le barman d'un geste lorsqu'il passe devant nous.

— La même chose, s'il vous plaît.

Je contemple le mur de l'autre côté du comptoir et ignore volontairement ma plus vieille amie ici-bas. Je ne peux pas lui parler de ce qui me tracasse. Elle me trouverait encore plus fou qu'elle ne le pense déjà.

— Ça a un rapport avec Lily ?

Je peux sentir son regard sur moi, mais je continue de fixer le mur de l'autre côté du bar.

— Non.

— Menteur.

Elle me donne un coup de coude.

— Tu sais bien que je te connais par cœur. Que s'est-il passé avec Lily ?

— Rien, je marmonne. Absolument rien.

— Quand tu m'as appelée pour te rejoindre au bar, je me suis doutée que c'était pour ça.

— Oui, maugréé-je tout en portant le verre à mes lèvres pour noyer ma connerie dans le whiskey.

— Lily, c'est pas Charlene.

— Je te le fais pas dire.

Gigi hausse les épaules, mais elle sourit.

— Écoute...

À peine le barman a-t-il posé son verre de whiskey sur le comptoir qu'elle le tire jusqu'à elle.

— ... tu fais peur à Lily, alors prépare-toi à devoir y aller mollo.

Je hausse les sourcils et la regarde d'un air perplexe.

— Je lui fais peur ? Moi ?

Elle hoche la tête, une lueur amusée dans ses yeux bleus.

— Tu intimides la plupart des femmes, alors imagine une fille innocente comme Lily.

Elle me presse le bras d'une main et avale une gorgée de whiskey de l'autre.

— Tu tiens vraiment à ruiner l'amitié que vous développez comme colocataires ?

— Je ne cherche absolument pas à l'intimider. Aujourd'hui, elle m'a dit que je devais porter un tee-shirt dans la maison, même quand je prends un bain de soleil.

Elle pouffe de rire et se couvre la bouche lorsque je lui lance un regard de reproche.

— Allez, quoi ! s'exclame-t-elle. C'est drôle, et puis c'est du Lily tout craché.

— Comment veux-tu que je bronze tout habillé ?

Gigi continue de se marrer. Elle prend un malin plaisir à me voir souffrir.

— Elle est différente des autres filles. Tu dois garder en tête qu'elle a pas connu beaucoup d'hommes dans sa vie.

— Ta famille est remplie de grands gars musclés.

— Je parle de mecs en dehors de la famille et pour qui elle a clairement de l'attirance.

— On dirait pas, à la façon dont elle a réagi.

Bon sang, je passe pour un putain de geignard et, tout à coup, je me déteste. Je tourne à nouveau les yeux vers le mur de l'autre côté du bar et fais mine d'étudier les bouteilles.

— Comment a-t-elle réagi ?

Je fais rouler le verre de whiskey entre mes mains et pousse un soupir.

— Je lui ai dit que j'allais l'embrasser et elle a pris ses jambes à son cou.

— Tu lui as dit quoi ? s'étrangle Gigi.

J'avale d'une traite le reste de mon whiskey tout en faisant signe au barman de me resservir.

— Je croyais qu'elle en avait envie. En tout cas, elle paraissait en avoir envie.

— Jett, murmure Gigi tout en me caressant le bras. Faut que t'y ailles plus doucement. Ce que vous êtes bêtes parfois, vous, les hommes.

Je tourne la tête pour la regarder à nouveau.

— Je sais que ce que j'ai vu, chérie. Tous les indicateurs étaient au vert.

— Ça roule ? lance Pike, qui lève le menton en guise de salut tandis qu'il vient se planter près de Gigi.

— Salut, mec.

Je lui retourne son signe de menton à la con.

— Qu'est-ce qui va pas ? demande-t-il à Gigi, et non à moi.

— Jett a voulu embrasser Lily, mais ça a pas été une réussite.

Pike se raidit, plisse les yeux et serre les poings.

— Il a quoi ?

Gigi lui prend les mains et caresse sa peau tatouée.

— Calmos, bébé. Lily l'aime bien et Jett n'a rien fait. Il lui a posé la question et elle s'est enfuie comme un petit oiseau apeuré, tu la connais.

Je me frotte la nuque, gêné. Je suis *grosso modo* en

train de me morfondre dans l'alcool au sujet de Lily Gallo.

— Qu'est-ce qu'on t'avait dit ? me demande-t-il, et je comprends qu'il parle du petit sermon que Mammoth et lui m'ont fait l'autre soir, au feu de camp.

Je soutiens son regard sans montrer une once de peur ou de regret pour ce qui est arrivé.

— J'ai rien fait. J'ai interprété une situation. J'ai posé une question. Elle m'a envoyé bouler, s'est sauvée. Fin de l'histoire.

Qu'ils me menacent autant qu'ils veulent, ça ne m'empêchera pas d'agir selon mon bon sens. Ils peuvent aller se foutre avec leur attitude de fiers-à-bras, à se prendre pour ses tuteurs.

— Bébé, souffle Gigi tout en caressant son visage. Il plaît à Lily. C'est juste qu'elle a peur.

— Il lui plaît ? s'étonne-t-il comme si c'était le truc le plus délirant de la terre.

— Oui.

— Et elle a emménagé avec lui en simple amie parce que... ?

Gigi hausse les épaules.

— Parce qu'elle aime se faire du mal.

— Laissez la bouteille, je prie le barman lorsqu'il me verse un nouveau verre.

Il hoche simplement la tête et glisse la bouteille de whiskey jusqu'à moi avant de nous laisser seuls.

— Soirée picole pour oublier, hein ? me demande Gigi, mais je l'ignore et avale l'intégralité de mon verre en une gorgée. C'est sans doute préférable qu'elle t'ait envoyé bouler, Jett. T'as le zizi en mauvais état pour le moment, et la dernière chose dont t'as besoin, c'est de l'embrasser.

D'un geste sec, je repose le verre sur le bar et tends le bras pour prendre la bouteille, mais elle est plus rapide et l'attrape avant moi.

— Tu m'écoutes ?

— Ai-je franchement le choix ? je bougonne tout en tirant sur la bouteille.

Elle me donne une tape sur le bras pour obtenir mon attention.

— Arrête de faire l'enfant et grandis un peu.

— T'es sérieuse, là ?

— Qu'est-ce que tu aimes le plus chez Lily, Jett ? Et ne me réponds pas ses seins.

— J'aime son originalité. Je ne sais jamais ce qu'elle va dire. Et ce rose qui traverse son visage après qu'elle a sorti un truc incroyablement dingue et mignon.

Le sourire me prend lorsque je me remémore son beau visage, dissimulé derrière ses cheveux lâchés.

Gigi m'observe et sourit comme une idiote.

— Ouh, je crois bien qu'on est amoureux !

— Je ne suis pas amoureux.

J'ai toujours trouvé ce terme enfantin.

— Je ne suis plus un gamin, Gigi.

— Mec, intervient Pike, qui s'immisce dans la conversation, bien que je n'aie pas demandé son avis – ni celui de Gigi, d'ailleurs. Admets que t'as un faible pour elle. Y a pas de honte à nous dire ce que tu ressens, mais faut t'assurer qu'elle le sache aussi. Ne refoule pas ça au fond de toi, laisse les sentiments grandir et verse ton malheur sur les autres, parce qu'elle en a aucune foutue idée. Lily ne comprend pas les gars comme nous.

Je lève un sourcil.

— Nous ?

— Les mecs qui ont l'habitude d'obtenir ce qu'ils veulent.

Gigi le frappe avec le dos de la main.

— T'es un vrai emmerdeur, mais quand tu fais ton homme des cavernes...

Elle ronronne et bat des cils.

Je blêmis, prêt à vomir. J'adore Gigi. Elle est magnifique, mais j'ai la nausée lorsque je l'imagine au lit avec Pike. Je la considère comme ma petite sœur et si j'avais été là lorsqu'ils s'étaient rencontrés, nous aurions eu une petite discussion, elle et moi.

— Sais-tu combien de temps ça a pris au dernier ex de Lily pour l'embrasser ?

Je fais non de la tête. Je ne sais quasiment rien de la vie sexuelle de Lily en dehors de l'insoutenable fait qu'elle est vierge.

— Trois mois !

Je secoue la tête.

— C'était pas un vrai mec.

— Il portait des protections de poche dans ses vestes, ajoute Gigi, comme si cela avait un quelconque rapport, même s'il est vrai que c'est complètement débile. Un gros ringard. Dans mes souvenirs, il s'est brossé les dents et s'est passé du fil dentaire avant qu'ils s'embrassent et a recommencé après. Il avait une drôle de phobie des microbes.

— Je me répète, mais c'était pas un vrai mec.

— Mais réfléchis-y. Elle mettait des freins aux mecs, et ils étaient bien moins virils que toi. Alors vas-y en douceur et courtise-la.

Je plisse le front.

— La courtiser ? Tu veux dire lui acheter des fleurs et des conneries dans le genre ?

— Tu veux savoir comment faire ou pas ? me demande-t-elle, me prenant la bouteille des mains pour se verser un verre. Je vais te dire comment la conquérir. Mais je te jure, Jett, si tu lui brises le cœur, je mets fin à tes jours.

— Je pense que Mike et ton mec me choperont avant toi.

Malgré mon sourire, je suis très sérieux.

— Si ce n'est Lily, clame Gigi, qui me rend la bouteille d'alcool que j'ai payée.

Je la prends et me ressers un verre à ras bord.

— Lily est un chou à la crème.

Elle renifle d'un air moqueur et ressemble tellement à sa cousine.

— Crois-moi, oncle Mike a veillé à ce qu'elle sache botter le cul de n'importe quel mec, même ceux qui font le double d'elle. Ne confonds pas sa douceur avec de la faiblesse. Cette fille-là peut te faire mal, un truc de fou.

Je recule la tête, étonné. Je ne me souviens pas de Lily comme d'une dure à cuire.

— Lily ?

Je suis sûr qu'elle me fait marcher.

— Lily Gallo ?

Gigi hoche la tête, un sourire narquois aux lèvres.

— Elle est ceinture noire de judo. Tu le savais ?

Je ravale ma salive, la gorge tout à coup sèche de l'imaginer botter des culs.

— C'est sexy.

— Oui, ben, la contrarie pas. Tu trouveras ça moins sexy quand elle te retournera comme une crêpe.

— Peut-être que ça me plaira.

Je lui décoche un clin d'œil et elle lève les yeux au ciel.

Pike éclate de rire tout en secouant la tête.

— Tu veux que je te dise comment t'y prendre avec elle ?

Je hausse les épaules. Au point où j'en suis, autant prendre tous les conseils de ses proches, même s'il n'est ni plus ni moins qu'un inconnu.

— Oui, vas-y. Tu vas me dire de la courtiser, toi aussi ?

Il se passe une main sur la barbe avec un sourire.

— Absolument pas. Les nanas ont beau dire qu'elles kiffent ces conneries, on sait bien ce qu'il en est. Et même si Lily est toute douce et innocente, elle a envie qu'on la malmène.

Gigi écarquille les yeux et se tourne brusquement vers Pike pour lui jeter un regard mauvais.

— Dis-moi que j'ai mal entendu.

— Ma belle...

Il porte une main à son visage, lui prend le menton et la regarde dans les yeux.

— Tu préfères quand c'est tendre ?

— Ben, je...

La voix de Gigi se perd dans un murmure et le sourire de Pike s'élargit.

— C'est bien ce que je pensais.

Il tourne le regard vers moi, le menton de Gigi encore entre les doigts.

— Tu veux Lily ? Fais-lui connaître tes intentions. Si elle t'envoie promener, tu sauras à quoi t'en tenir. Si elle se montre intéressée, prends la situation en main, mais tout en respect. Lily est une Gallo. Elle a grandi entourée d'hommes imposants, et tant qu'aucun ne viendra l'enlever, elle continuera de se cacher.

Pike me parle en charade, mais je saisis ce qu'il me dit. Peut-être parce que je suis un mec et que j'ai passé l'essentiel de mon existence auprès des Gallo. Si les femmes n'y sont ni douces ni dociles, les hommes, eux, sont autoritaires, dominateurs et protecteurs. Une chose est sûre, les ex-petits amis de Lily et leurs protections de poche n'étaient pas taillés pour elle. Simplement, j'ignore si elle arrivera à se faire à un homme comme moi et y survivre.

— Pigé, dis-je, et mon regard dévie vers Gigi qui contemple Pike comme s'il était toute sa vie. C'est bon, vous m'avez donné tous vos conseils ?

Gigi esquisse un sourire et se libère le menton.

— Il a partiellement raison, explique-t-elle, la tête pointée vers Pike. Pas complètement, mais il y a une part de vérité dans ce qu'il dit. Lily a besoin de savoir à quel point tu as envie d'être avec elle, et quand elle te rendra la pareille, ne la laisse pas se sauver.

— Ça fait un peu violeur, Gigi, je marmonne, levant le verre de whiskey à mes lèvres. Je suis pas ce genre d'homme.

Elle secoue la tête et me donne un coup de poing à l'épaule.

— C'est pas être un violeur, abruti. Je ne te demande pas d'abuser d'elle. Lily a peur de son ombre, mais il faut qu'elle apprenne à vivre, à aimer et à profiter de la vie un peu. Et je pense que tu es le mec qu'il lui faut.

— Parce que…?

— Tu lui mettras une fessée ? hasarde-t-elle, un sourcil levé et le sourire aux lèvres. Franchement, Jett, c'est grave excitant.

Je pâlis et tâche de chasser de ma tête l'image de Gigi recevant une fessée de Pike.

— Arrête-toi là, je proteste, avant d'avaler le reste de mon whiskey. Tu m'en as déjà trop dit. Certes, je suis ton ami, mais ça veut pas dire que j'ai envie de connaître tous les détails.

— La vache. Ben, si tu savais pour Tamara !

Avec un sourire, elle se presse contre le torse de Pike, qui joue avec ses cheveux.

— Elle, c'est une sacrée, ajoute-t-elle.

— En voilà, un bon exemple, renchérit Pike. C'est la plus indomptable de la bande qui est devenue la plus docile.

— Docile ?

Je hausse un sourcil et recule la tête, étonné.

— Tamara n'a jamais été docile.

— Elle se prosterne aux pieds du type, poursuit Pike.

J'ouvre grand la bouche tandis que les mots se fraient un chemin jusqu'à mon cerveau et murmure :

— Tu déconnes.

— Je déconne pas, elle se prosterne, répète-t-il, avant de lâcher un rire. J'aurais jamais cru voir ça un jour venant d'elle, et pourtant si. Les filles Gallo ne veulent pas d'un type faible et, d'après le peu que je sais de toi, tu aurais bien ce qu'il faut pour la faire sortir de sa coquille.

Je plonge la main dans la poche arrière de mon jean et prends mon portefeuille.

— Bon, j'y vais. J'ai une nana qui m'attend à la maison.

Je les salue d'un signe du menton, mais ils ne prêtent déjà plus attention à moi. Gigi agite une main dans ma direction, la bouche greffée à celle de Pike, comme s'il était son respirateur personnel.

Sans un mot de plus, je les laisse au comptoir et rentre retrouver la fille que je n'arrive pas à m'ôter de la tête.

Une heure s'est écoulée quand je franchis la porte de la maison, en nage. J'ai laissé ma voiture sur le parking du bar pour ne pas conduire éméché, préférant rentrer à pied. J'avais besoin de temps. Pour réfléchir, pour digérer tous les conseils de Gigi et de Pike, et les recouper avec ce que je sais sur Lily Gallo.

J'ai conscience de ne pas la mériter. Quel homme pourrait s'en vanter ? Elle est parfaite, et moi... non. Je ne l'ai jamais été. J'en ai fait des belles. J'ai été infidèle. J'ai trop bu, trop fait la fête et n'ai pensé qu'à moi.

Seulement, le fait de me trouver avec Lily et sa gentillesse, ça me pousse à vouloir autre chose.

Quelque chose de mieux.

Aucune femme ne m'a fait tourner la tête comme elle. Aucune ne m'a dérouté et ne m'a intrigué comme elle.

Une chose est sûre : je ne veux pas la laisser filer.

Si jamais elle ramenait un homme à la maison, je crois que je ne supporterais pas de les entendre, même s'ils ne faisaient que regarder la télévision. Ses pétages de plombs, ses petits rires, ses doux sourires, je les veux pour moi. Je ferai tout ce qui est en mon pouvoir pour qu'ils soient à moi et à moi seul.

Je referme la porte et dépose les clés dans la coupelle que Lily a placée près de la porte pour que nous sachions toujours où nous les avons laissées. Je me débarrasse de mes chaussures et monte les marches quatre à quatre en direction de sa chambre.

La porte est entrebâillée et une lumière tamisée filtre dans le couloir par l'interstice. Je marche lentement jusqu'à sa chambre, tends la main pour saisir la poignée, commence à pousser le battant et m'arrête aussitôt que je la vois.

Ma parole.

Elle est divine.

Le rêve érotique de tout homme.

Mon putain de rêve érotique prend vie.

Je suis incapable de bouger.

J'ai la main sur la poignée, les yeux rivés à sa poitrine, à ses doigts qui triturent la pointe d'un sein. Ses paupières sont closes, sa bouche ouverte, le bas de son corps est dissimulé sous une couverture, mais son autre main bouge sous l'étoffe.

Je sais que je ne devrais pas regarder. Je sais que c'est une atteinte à son intimité, mais, bon sang, c'est plus fort que moi.

C'est alors que ses yeux s'ouvrent, croisent les miens, s'écarquillent, et je comprends que je suis grillé.

Je trébuche en arrière. L'alcool qui coule dans mes veines ne rend mes mouvements ni fluides ni discrets. Je marche sur ma chaussette, tombe à la renverse et mon corps se tort dans le mauvais sens. Je pousse un hurlement lorsque mon jean se plisse et se resserre autour de mon sexe.

Le souffle coupé, je me roule sur le côté et agrippe mon entrejambe, les larmes aux yeux.

— Oh, mon Dieu !

Lily accourt dans le couloir tout en se drapant dans sa robe de chambre. Elle s'agenouille près de moi et me demande, inquiète :

— Est-ce que ça va ?

— Je... vais bien, je lâche, les dents serrées, à peine capable de respirer ou de parler.

Je me balance de gauche à droite et mes sourcils perlent de sueur tandis qu'une douleur lancinante m'irradie l'aine et me comprime l'estomac.

Elle glisse une main sous ma tête et la relève pour la poser sur ses cuisses.

— Bon sang, Jett. T'es presque aussi maladroit que moi.

— Lily, je souffle, incapable d'élever davantage la voix.

Non seulement je souffre le martyre, mais le fait d'avoir son sexe aussi près de mon visage ne fait qu'empirer les choses.

Elle sent l'érotisme.

— Chut.

Elle me caresse la joue avec ces mêmes doigts qui étaient sur son clitoris quelques secondes plus tôt.

J'inspire profondément pour mémoriser son parfum exquis pendant qu'elle me cajole. Ce sera sans nul doute la seule et unique fois où je me trouverai aussi près d'elle, maintenant que j'ai joué les pervers en la regardant se chatouiller le bonbon.

Elle me sourit avec tendresse et se penche au-dessus de moi, le décolleté en évidence.

— Tu veux que je t'apporte un peu de glace ?

Je paie pour toutes mes saloperies passées. Me narguer avec la plus belle, la plus pure des créatures, sachant que je ne l'aurai jamais ; me faire tout foirer, au point de bousiller toutes mes chances avec elle.

Elle n'a pas l'air fâchée, ne semble pas gênée. Pourtant, je sais qu'elle m'a vu en train de l'épier, et je n'aurais aucune excuse à lui avancer si elle me demandait des explications.

Je ferme les yeux et me laisse aller tout contre elle.

— Je suis désolé, lui dis-je sans lâcher mon entre-jambe, toujours recroquevillé sur le flanc. Vraiment, vraiment désolé.

— Tu es saoul ? me demande-t-elle tout à coup.

Et j'ai un flash.

— Oui, super bourré, dis-je d'une voix mal articulée.

Je surjoue, car c'est là ma porte de sortie, la seule et unique option qui me sauvera la mise.

— Je devrais t'en vouloir, mais je crois bien que le Ciel t'a déjà puni.

J'ouvre un œil sans lever la joue de ses cuisses.

— Ça te fait kiffer de me voir souffrir, hein ?

— Si ton membre n'était pas déjà kaput, il l'est maintenant, me chambre-t-elle, savourant mon agonie. Allez, monsieur le gros dur ! Allons te mettre au lit. Avec un peu de chance, demain, tu n'en garderas aucun souvenir.

J'ai beau avoir siphonné une bouteille de whiskey entière, je n'oublierai jamais ce que j'ai vu.

LE LENDEMAIN MATIN, j'esquive Jett et sors précipitamment de la maison pour me rendre au travail, sans même prendre le temps d'avaler un café. Je suis mi-fâchée, mi-embarrassée, et la curiosité plus que piquée. Fâchée, parce qu'il m'a épiée. Embarrassée, parce qu'il m'a vue. Curieuse de savoir pourquoi il ne s'est arrêté que lorsque je l'ai pris sur le fait.

— Comment s'est passée ta soirée ? me demande Gigi, qui parvient enfin à trouver du temps libre entre deux clients.

Je me plonge dans la paperasse, incapable de la regarder dans les yeux.

— Bien. Tranquille. Rien d'excitant.

— Est-ce que tu as vu Jett à son retour du bar ?

Je lève la tête, surprise d'entendre qu'elle savait où il se trouvait hier soir.

— T'étais avec lui ?

Elle se penche au-dessus du bureau d'accueil, les bras appuyés sur le comptoir, un sourire au coin des lèvres.

— Ouep, et on a eu une conversation *très* intéressante.

— C'est cool.

Je fais semblant de passer en revue le planning du jour, alors que je l'ai appris par cœur. J'ai passé ma journée à essayer de me sortir Jett de la tête, en vain, évidemment, et voilà qu'elle veut m'en parler.

Voyant que je n'ajoute rien, elle soupire.

— Tu veux pas savoir de quoi on a discuté ?

— Non. Ça va. Je suis superoccupée, là.

Je parle vite et ne relève pas la tête. Je sais exactement ce que je verrais. À coup sûr, elle m'étudie du regard et me dévisage comme si j'étais une bête curieuse.

— Il a grave flashé sur toi, m'annonce-t-elle, se foutant royalement de savoir que je n'ai pas envie de parler de lui.

Je relève brusquement la tête, les yeux ronds, et stoppe net ce que je suis en train de faire. Bon sang, je me suis presque arrêtée de respirer, aussi.

— Dis pas n'importe quoi. Il a pas flashé sur moi.

— Oh que si, claironne-t-elle d'une voix modulée, le menton posé au creux d'une paume, les cils papillonnants. Genre, salement.

— Il était ivre hier soir, j'objecte à mi-voix.

Il n'avait probablement pas les idées claires quand ils ont eu leur discussion.

— Je sais, j'y étais, me dit-elle. Il nous bassinait avec toi. Lily par-ci. Lily par-là. Lily. Lily. Lily.

Elle roule des yeux.

— Je l'ai jamais vu aussi accro à une fille et aussi terrifié.

— Terrifié ? je glousse. Il avait pas l'air terrifié quand il m'a épiée à la porte de ma chambre.

Ses yeux s'arrondissent tandis qu'elle ôte le menton de sa main et se remet toute droite.

— Épiée à la porte de ta chambre ?

Bordel, j'ai tellement honte. Je n'ai jamais discuté

de masturbation avec qui que ce soit. Je ne me sens pas à l'aise avec ce sujet, contrairement à mes cousines, qui parlent librement de sexe, y compris le plaisir solitaire.

— J'étais peut-être bien en train de... tu vois, quoi...

Je baisse les yeux et remue les sourcils, incapable de dire les mots.

— Oh. Mon. Dieu !

Elle se couvre la bouche et étouffe une exclamation.

— Et ? ajoute-t-elle.

— Et il m'a vue.

Je pousse un grognement de gêne et me cache le visage dans les mains, les joues en feu.

— C'est trop la honte.

Je l'entends frapper le bureau du plat de la main, les yeux pétillant de malice, j'en suis sûre.

— Meuf...

— Oui, je marmonne dans mes paumes.

— Non.

Elle me prend les mains et les écarte de mon visage.

— Tu te souviens de ce que Tamara et moi t'avons dit sur le fait d'épier un mec en train de se toucher ?

— Que c'était excitant ?

— C'est l'un des trucs les plus excitants sur terre.

Elle hoche la tête, un sourire coquin aux lèvres.

— C'est la même chose pour un mec qui regarde une fille.

Cela a beau être excitant, je ne l'ai pas invité à me regarder. Je ne me livrais pas à je ne sais quels préliminaires coquins avec lui. Je pensais être seule et je profitais de ma soirée, à fantasmer sur Jett tout en le faisant. Mais ce n'est pas le sujet.

— Devrais-je être fâchée contre lui, Gigi ?

Elle hausse les épaules et se cure les ongles comme si nous discutions de la pluie et du beau temps.

— Arf, marmonne-t-elle. Quand a-t-il arrêté de te regarder ?

— Quand je l'ai surpris en train de le faire.

Elle écarquille les yeux et sa bouche s'ouvre en grand.

— Il t'a vue le regarder pendant qu'il te regardait ?

Je hoche lentement la tête, au bord des larmes.

— Et que s'est-il passé ensuite ?

Elle sourit comme si mon malheur la faisait jubiler, et une petite partie de moi la déteste.

— Ensuite, il est tombé et s'est fait mal. J'ai dû sortir dans le couloir pour l'aider parce qu'il était au bord des larmes.

Elle explose de rire, tête en arrière, quasi hystérique.

— Attends ! s'exclame-t-elle, une main levée. Il est tombé ?

Je souris d'un air moqueur.

— C'était bien fait pour lui. Ça lui apprendra à m'épier.

Son rire ne se tarit pas, et elle secoue la tête, hors d'haleine.

— Qu'est-ce que t'as fait, du coup ?

— Ben...

Je me passe la langue sur les lèvres lorsque je repense au plaisir que j'ai ressenti d'avoir sa tête sur mes cuisses, même si j'avais envie de le frapper.

— Je suis restée avec lui quelques minutes, le temps qu'il reprenne sa respiration.

— Il gisait par terre ?

— Roulé en boule, à se tenir les parties, au bord des larmes.

Elle rit de plus belle.

— Et toi, tu l'as aidé ? Après qu'il a violé ton intimité ?

— Ben, oui ! J'allais pas le laisser dans le couloir, comme un animal blessé.

— Il te plaît grave, me lance-t-elle, l'index pointé vers moi.

Je chasse sa main.

— Non, pas du tout.

Elle plisse les yeux, les lèvres pincées. Gigi me connaît comme si elle m'avait fait.

— OK, d'accord ! je capitule, les mains brandies en l'air. Peut-être un petit peu.

Elle cligne des yeux, le visage de marbre, pour me faire comprendre qu'elle ne croit pas un mot de ce que je dis.

— Bon, t'as gagné. Il me plaît. Contente ?

Son sourire est immédiat.

— Bien, parlons à présent de ce que tu vas faire pour le faire payer et pour mettre enfin le grappin sur le mec de tes rêves.

— C'est pas le mec de mes rêves.

— Lily.

Elle pose sa main sur la mienne et braque sur moi ses beaux yeux bleus.

— Tu t'es languie de ce type durant une bonne partie de ta vie. Je pense que tu peux enfin admettre, du moins à moi, que c'est pour lui que tu t'es réservée.

— Pas du tout. Et puis, lui et moi, ça marcherait pas.

— Si, tu t'es réservée pour lui. Et vous feriez un couple parfait.

— C'est pour mon futur époux que je me réserve, et je doute que Jett se case un jour.

Un sourire apparaît à la commissure de ses lèvres.

— Tous les hommes changent.

— Je ne me marierai pas avec Jett Michaels, Gigi.

On ne s'est même pas embrassés et il n'a jamais été l'homme d'une seule femme.

— Parce qu'il attendait la bonne, Lily, c'est-à-dire toi.

Je chasse sa remarque d'un geste désinvolte. Elle raconte n'importe quoi.

— Je ne plaisante pas, poursuit-elle tout en m'attrapant la main pour me baisser le bras. Il était dans tous ses états, je ne l'ai jamais vu comme ça. Si ça, c'est pas être amoureux, alors je sais pas ce que c'est.

— Jett n'est pas amoureux de moi.

Elle hausse un sourcil.

— Tu crois vraiment aux mensonges que tu te racontes ?

Je hausse les épaules et me libère la main.

— Je ne me raconte pas de mensonges. Il a peut-être envie de moi, je l'admets. Il est curieux et veut tenter l'expérience avec une intello. Mais de là à parler d'amour...

Je pousse un rire sardonique.

— ... t'es complètement à côté de la plaque.

— T'as envie de perdre ta virginité, oui ou non ?

Je retiens mon souffle, les joues gonflées d'air. Suis-je prête à perdre ma virginité ? Je crois bien. Je m'étais toujours promis de me réserver pour l'homme avec lequel je passerais le restant de mes jours. Pourtant, à mesure que les années défilent, je me dis que c'est probablement puéril. Quel que soit l'homme que j'épouserai, il aura vraisemblablement eu quantité de partenaires et aura des années-lumière d'avance en matière d'expérience. Est-ce que je me fourvoie en attendant le bon ? Plus je vieillis, plus je le pense.

— J'en sais rien, Gigi. J'en sais vraiment rien.

— Moi, j'aurais aimé donner la mienne à un ami ou, du moins, à quelqu'un qui savait ce qu'il faisait.

— T'étais à la fac et t'étais plus âgée.

— C'était un mauvais coup. Très mauvais coup.

— Mais, à l'époque, tu le savais pas.

Je me souviens combien elle était tout excitée après qu'ils l'avaient fait. J'étais presque jalouse d'elle. Cette étiquette de vierge ne lui collait plus à la peau. Il arrive un moment où ce n'est plus tellement un honneur, mais davantage une honte, encore plus dans une société de liberté sexuelle comme aujourd'hui.

Elle pose de nouveau le menton au creux de sa main, le coude appuyé sur le comptoir de l'accueil.

— Sauf qu'aujourd'hui, je le sais, soupire-t-elle, et ses épaules s'affaissent. Après avoir couché avec Pike, connu le vrai plaisir et un partenaire dévoué, je sais aujourd'hui à quel point Erik était nul à chier au pieu. T'as envie de passer ta vie, toi, sans savoir à quel point c'est censé être bon ? Imagine, je me serais mariée avec Erik.

Gigi devient toute pâle, secoue la tête et simule un haut-le-cœur.

— C'est pas déprimant, ça ?

— Grave, je murmure.

Seulement, ma situation est bien plus déprimante que la sienne ne l'a jamais été.

Au moins, elle a eu une relation longue à la fac, un petit ami auquel elle a choisi de donner sa virginité, car elle pensait qu'ils s'aimaient.

Mais moi ? J'étais trop occupée à avoir le nez plongé dans les bouquins, enlisée dans les notes de cours jusqu'au cou. Je n'avais pas le temps de sortir avec des garçons à cause de mon emploi du temps chargé à bloc, durant ces trois années que j'ai passées à l'université. J'avais obtenu la plus haute bourse d'études et, pour la conserver, je devais maintenir ma moyenne. Je savais qu'en ayant un petit ami, un garçon avec lequel j'aurais voulu passer tout mon temps, j'aurais tout fait capoter.

Aujourd'hui, j'ai l'éternité devant moi. Aucun examen ne plane au-dessus de ma tête. Je suis libre comme l'air et n'ai rien que du temps à revendre.

— Combien de temps avant que sa queue ne guérisse ? lâche Gigi, me tirant de ma spirale mélodramatique.

— Encore quelques semaines.

Elle se dandine d'un pied sur l'autre, un sourire espiègle aux lèvres.

— Alors ça nous laisse le temps d'échafauder un plan. D'abord, on va s'amuser un peu. Et, à la fin... il te mangera dans la main et te suppliera d'être ton premier.

Je me cache le visage et secoue la tête.

— Je ne peux pas faire ça, Gigi.

— Tu veux le faire souffrir pour t'avoir épiée ? Le faire baver d'envie ? Il sera au bord de l'implosion au point qu'il te retournera le cul. Tu devras porter un casque pour te protéger de la tête de lit.

Elle glousse comme une gamine.

— Tu te lances dans des travaux ? s'enquiert mon père, qui vient de jaillir de l'arrière-boutique avec la discrétion d'un ninja.

Je sursaute, une main sur la poitrine.

— Putain ! Je ne t'avais même pas entendu arriver. Tu m'as foutu la trouille.

— Bordel, tonton ! Fais un minimum de bruit quand tu te déplaces. Une armoire à glace comme toi, ça devrait faire le boucan d'un tremblement de terre en approche.

— Embauche plus de femmes, qu'elle disait, bougonne-t-il pour lui-même. C'est exactement ce dont le salon a besoin.

Il passe sa grande paluche sur son visage.

— Des conneries, tout ça, conclut-il.

— On parlait de travaux que Lily doit finir.

Il laisse retomber son bras, levant un sourcil inquisiteur.

— Je veux bien me salir les mains.

Je regarde Gigi de travers. Elle rit comme une folle et tente de cacher sa bouche dans sa paume, les yeux baissés sur le comptoir de l'accueil. Je déglutis et tâche de ne pas mourir de honte lorsque je me tourne vers mon père.

— Non merci, papa. Ça ira.

— Jett est là, renchérit Gigi. Il sera sûrement très content de donner un coup de main à Lily, tonton.

Je lance un regard noir à ma cousine. J'aimerais lui tordre le cou et lui faire manger son sourire.

— La ferme, je lui souffle.

Si seulement je pouvais disparaître.

Papa pose une main sur mon épaule et se penche vers moi pour planter un baiser sur le haut de mon crâne.

— Comme tu voudras, trésor. Jett saura très bien se débrouiller, j'en suis sûr.

Il a la voix cassée, comme si le simple fait de mentionner Jett lui était douloureux.

— Mais ça ne veut pas dire que tu ne peux plus demander de l'aide à ton vieux père en cas de besoin.

Je me blottis contre le torse massif de mon père sans cesse de fusiller du regard Gigi, qui se frotte les mains devant ma situation.

— T'es le meilleur, papa. Te l'ai-je dit dernièrement ?

Il m'enveloppe de ses bras et me serre tout contre lui.

— Je le sais, ma puce, je le sais.

Il arrive encore à être imbu de lui-même après toutes ces années.

— On parlera plus tard, suggère Gigi. On a un plan à mettre au point.

Elle me décoche un clin d'œil alors même que je la chasse d'un geste de la main.

Mon père s'écarte pour me regarder.

— Tout va bien chez toi ?

— Parfaitement bien.

Je souris.

— On ne peut mieux, à vrai dire.

— Fais attention à ce garçon, me met-il en garde.

Il étudie longuement mon visage. Mon père a toujours su lire en moi.

— Tu m'entends ? Il n'est pas sérieux.

— Papa, je proteste tout en secouant la tête. Tout va bien avec Jett. Il s'est toujours montré gentleman avec moi.

Je mens, car je sais que mon père tuerait Jett sur-le-champ s'il apprenait ce qui s'est passé hier soir. D'ailleurs, mes oncles n'auraient aucun état d'âme à l'aider à cacher le corps.

— Et puis, c'est un type bien, renchéris-je.

— C'est un cavaleur.

La tête penchée sur le côté, je ris de bon cœur face au visage grave de mon père.

— Je suis sûre que maman disait la même chose de toi avant votre rencontre.

— J'aime ta mère. Elle m'a transformé. M'a rendu meilleur.

— Tu vois ? dis-je, une main sur son torse. Tout le monde peut changer.

— Lily, commence-t-il, le timbre grave et menaçant. S'il ose...

— Je suis une grande fille, papa, et s'il se comporte mal, je me servirai de ce coup que tu m'as appris. Tu te souviens ?

Je souris d'un air suffisant.

— Et vu son état, je pense qu'il perdrait toute faculté d'enfanter à vie.

— C'est une bonne parade. Sers-t'en en cas de besoin, parce que si tu ne le fais pas et si je découvre qu'il t'a touchée, c'est moi qui m'en servirai.

— Tu n'as pas des choses à faire ?

Cette conversation me met mal à l'aise, surtout avec lui.

Il hoche la tête et plante un baiser chaud sur mes tempes.

— J'ai un peu de paperasse qui m'attend. Appelle-moi quand mon prochain rendez-vous sera là.

— Je vais m'en charger, je propose tout en parcourant le carnet de rendez-vous.

J'y vois le nom « Cherise » inscrit, ainsi que le mot « capuchon ». Youpi. Rien de tel que d'avoir quelqu'un jambes écartées sur ma table avant le déjeuner pour bien commencer la journée.

— Elle sera probablement plus à l'aise avec moi, de toute façon.

— Appelle-moi en cas de problème.

Avec un hochement de tête, je le pousse hors de la salle d'attente.

— Allez, va-t'en. Tout est sous contrôle.

Il me sourit de cet air de papa fier.

— Je suis tellement content que tu sois ici, ma puce. Je n'aurais jamais cru te voir un jour travailler à Inked, mais le fait d'entrer ici, de voir ta jolie bouille tous les après-midis, ça me donne de l'entrain pour venir travailler.

— Je t'aime, papa.

J'ai le nez qui me picote. Ce gros bêta a toujours su trouver les mots pour m'émouvoir.

— Je t'aime aussi, trésor.

La sonnerie du téléphone de l'accueil vient rompre la douceur de l'instant.

— Crie si tu as besoin de moi, me lance-t-il tandis qu'il part en direction du bureau.

Je me tourne vers le téléphone et porte le combiné à mon oreille.

— Inked, bonjour ! Lily à votre service. En quoi puis-je vous aider ?

— Enfin ! J'ai cru qu'il n'allait jamais partir, s'exclame Gigi à l'autre bout du fil. J'ai trouvé ce qu'on allait faire.

Je me retourne et m'assure que je suis bien seule.

— Ce qu'*on* va faire ? je murmure tout en jetant un coup d'œil vers l'arrière-boutique, sans la voir. Où es-tu, bon sang ?

— Dans la rue de derrière, pour que personne ne m'entende, murmure-t-elle, le va-et-vient de la circulation en fond sonore.

— Alors pourquoi tu chuchotes ?

— J'en sais foutre rien, répond-elle tout aussi bas. Je vais t'envoyer par texto la stratégie. La phase une démarre ce soir.

— Gigi, je doute que...

Elle a raccroché.

Je regarde le téléphone, bouche bée, et maugrée :

— Connasse.

Je déteste qu'elle me raccroche au nez.

Mon téléphone se met à vibrer, et s'affiche à l'écran « Gigi la Magnifique », le nom qu'elle a elle-même enregistré dans mon répertoire. Je fais glisser mon doigt sur la notification et esquisse une grimace lorsque le texte apparaît, effrayée de ce qu'il me réserve.

Gigi la Magnifique : Phase une — lui rendre la vie impossible.

Je relève la tête et regarde par-dessus mon épaule tout en me mordillant la lèvre. Fait chier. J'ignore si je suis capable de faire ce qu'elle s'apprête à me demander. Manifestement, elle oublie qu'il s'agit de moi. Hormis quelques galoches et la fois où Leland, ce mec qui glissait des protège-poches sexy dans ses vestes, a glissé la main sous ma chemise, j'ai très peu d'expérience avec les hommes.

Avant de travailler à Inked, je n'avais presque jamais touché de membre et, veinarde que je suis, la première fois, c'était devant mon père. Un parfait inconnu qui attendait que je lui fourre une aiguille dans la verge.

Erk.

Il faut que ça change. J'ai été tellement affairée à mes études que je ne pouvais que regarder les autres s'amuser, faire des choses que j'avais toujours rêvé de faire.

Chaque jour qui passe est une occasion de perdue, un moment raté, un morceau de bonheur que je ne récupérerai jamais.

Je suis prête à changer.

Je suis prête à aller de l'avant.

Je suis prête à me libérer.

Moi : Balance.

ÇA FAIT une heure que Lily est dans sa chambre. Elle a franchi le seuil de la maison et a monté l'escalier en courant sans même un bonjour.

Hier soir, c'est parti en couille. De toutes les conneries que j'aurais pu faire, elle m'a surpris en train de la regarder en douce se toucher. Cette vision d'elle, jambes écartées, les mains s'affairant sur ses seins et sous la couette en un accord parfait, est incomparable. Aussi planant qu'ait été ce moment, quand elle m'a aperçu et quand j'ai trébuché pour tomber à la renverse... ça a été le pire du pire.

Si j'ai prétendu être ivre, je ne l'étais pas. Quelques verres cul sec n'étaient pas suffisants pour effacer ce souvenir grandiose. Je lui ai envoyé plusieurs textos dans la journée pour prendre la température, voir à quel point elle m'en voulait. Elle m'a paru égale à elle-même, la douce Lily que j'ai connue avant de jouer les voyeurs.

Mon téléphone se met à vibrer, chassant de mes pensées le corps nu de Lily et l'émission de décérébrés qui passe à la télé.

Gigi : Prends les putains de devants ce soir.

Je regarde l'écran en clignant des yeux, dans la confusion la plus totale. Que je prenne les devants ? Prendre les devants pour quoi ? Je lance un regard à la ronde et ne vois que moi dans la pièce.

Moi : ?

Gigi : Ce soir, tu as une chance de pouvoir obtenir l'objet de tes désirs ou de le perdre à tout jamais.

Je jette un coup d'œil à l'escalier par-dessus mon épaule et le trouve vide. Mais de quoi parle Gigi ? Je sais qu'elle fait référence à Lily, mais puisqu'elle s'est enfermée dans sa chambre, je dirais que mes chances sont minces, voire nulles.

Moi : Je te suis toujours pas.

Gigi : Ouvre l'œil.

Moi : T'es bourrée ?

Visiblement, elle a forcé sur la bouteille. Ses propos n'ont rien de cohérent et elle est plus acharnée qu'à l'ordinaire.

Gigi : Non, crétin. On ne peut plus sobre.

Moi : Alors de quoi parles-tu, putain ?

Gigi : Arrête de regarder ton portable et ouvre l'œil.

Je maugrée, prêt à balancer le téléphone à travers la pièce. Les nanas sont peut-être insupportables et incompréhensibles, mais Gigi Gallo est franchement gonflante. Elle me parle en chinois et m'embrouille.

Moi : Alors arrête de m'envoyer des textos. Et puis, ouvrir l'œil pour quoi ?

Gigi : Lily, idiot. LILY.

Une fois encore, je lance un regard par-dessus mon épaule, lève la tête et tends l'oreille, à l'affût d'un quelconque mouvement dans la chambre de Lily. Rien.

Moi : Je crois qu'elle s'est endormie.

Gigi : Non. Elle se donne du courage. Je lui envoie des textos, à elle aussi.

Je me gratte la tête, une moue perplexe aux lèvres. Se donner du courage ?

Moi : Je crois qu'elle est en colère pour hier soir.

Gigi : Elle pense que t'étais trop bourré pour t'en souvenir, mais, moi, je sais que c'est faux.

Je ris intérieurement tout en secouant la tête. Je n'ai rien à dire pour ma défense et, même si c'était le cas, Gigi n'en croirait pas un mot.

Moi : C'était une bonne couverture. J'ai eu de la chance.

Gigi : Non, mais tu pourrais en avoir si tu te sors la tête du cul.

J'entrouvre la bouche, les paupières battantes, et sens le nœud familier du désir se former dans mon ventre.

Moi : Je n'ai jamais la tête dans le cul. Je suis pas aussi souple. Si je l'étais, ça ferait longtemps que j'aurais appris à me sucer.

Gigi : T'es pas drôle.

Moi : Je suis très drôle, et beau gosse avec ça.

Gigi : <émoji qui lève les yeux au ciel> Ne fais pas tout foirer. Je mise tout sur toi.

Elle mise tout sur moi ? Je n'aurais jamais pensé qu'elle roulerait pour moi, encore moins concernant Lily. Tamara, peut-être. Des cousines Gallo, c'est celle qui n'a pas froid aux yeux. C'est elle, la tigresse qui courait après les garçons pour obtenir ce qu'elle voulait.

Moi : C'était ton idée, tout ça ?

Gigi : Oui, Jett. Je sais que ta queue est pas opérationnelle, mais si tu lui offres une infime partie de ce que je te crois encore capable de donner, elle t'en redemandera à genoux.

Un sourire en coin naît sur mes lèvres. J'adore l'idée que Lily m'en redemande. D'un autre côté, sa candeur et son inexpérience me flanquent une trouille d'enfer.

Être le premier amant d'une fille est une sacrée responsabilité. J'ai déjà couché avec des vierges, mais c'était au lycée. L'adolescent que j'étais se foutait pas mal de ce que ça signifiait ou, du moins, ne se posait pas vraiment de questions. L'ancien Jett... Putain, c'est une lourde responsabilité.

Moi : Elle voudra embarquer à bord du Jett Express ?

Gigi : Je rêve. T'es un gros lourdingue.

Moi : Pas du tout.

Gigi : OMG. Elle arrive. Prépare-toi. Aie l'air naturel. Fais semblant d'être surpris.

J'entends la porte de la chambre de Lily s'ouvrir, et je me fige, la respiration coupée comme si on venait de me flanquer un coup de poing.

Moi : ...

Je tape un message pour dire... quoi ? Je n'en sais fichtre rien. Je regarde en haut de l'escalier et vois les pieds nus de Lily descendre les marches. Je repose vivement le téléphone, laissant mon message en suspens, et je retiens ma respiration tandis que je retourne à mon émission de télé.

Aie l'air normal. Ce sont les mots de Gigi. Le hic, c'est que je ne suis jamais normal avec Lily. J'ai toujours été un mec cool, plein d'assurance. Je jetais les nénettes comme s'il en pleuvait.

Seulement, avec elle, je suis une autre personne. Une version améliorée de moi-même, toujours prêt à faire passer son plaisir avant le mien.

— Tu as faim ?

Sa voix a résonné sur ma droite, quelque part près

de l'escalier, mais, pour l'heure, je n'ai pas le courage de jeter un coup d'œil.

— Je mangerais volontiers.

Je regarde droit devant moi, comme si l'émission télévisée était passionnante.

— Qu'est-ce que tu cuisines ?

Elle ne répond rien.

Je prends une grande respiration, serre les mains sur mes genoux et, m'armant de courage, je me retourne. J'étais loin d'être préparé à ce que je découvre.

Lily se tient au pied de l'escalier, à seulement quelques mètres de moi. Elle est vêtue d'un shorty blanc immaculé et d'un débardeur fin de la même couleur, qui laisse entrevoir sa poitrine et ses mamelons. La représentation même de l'ange ultrasexy.

L'air emmagasiné dans mes poumons s'évapore, me laissant à bout de souffle et sans voix. Lily ne porte jamais si peu de vêtements, surtout dans la maison. Cette fille a plus de grenouillères dans sa commode que n'importe qui d'autre.

Elle baisse les yeux et sa main glisse sur la rambarde comme si elle s'apprêtait à déguerpir dans l'escalier. Je la regarde, bouche bée, toujours sous le choc, toujours figé. Est-elle en train de s'offrir à moi ? Serait-ce aussi simple ? Quelque chose m'échappe forcément. Quelqu'un va débarquer d'une minute à l'autre pour me coller une raclée pour ce que j'ai fait hier soir.

Elle recule, les yeux toujours baissés.

— Je vais juste...

— Non, je souffle, incapable de retrouver ma voix.

Elle relève la tête et braque ses yeux sur moi.

— Non ? me répond-elle dans un murmure, stoppant son ascension.

Prends les devants.

Ce sont les mots de Gigi.

Ils me reviennent tout à coup, me heurtent la poitrine, me donnent un coup de fouet au cœur. L'instant d'après, je suis debout et m'avance si vite vers Lily qu'elle a un mouvement de recul.

Dès lors que je suis suffisamment proche, je prends sa joue au creux de ma main.

— Reste.

Elle me regarde avec de grands yeux, les cils battants, lèvres entrouvertes.

— C'était une mauvaise idée, lâche-t-elle à mi-voix. Je ferais mieux de remonter dans ma chambre.

Je secoue la tête. Ma respiration devient plus courte, plus laborieuse.

— Ne t'en va pas, je la supplie, et ma voix sonne plus désespérée que jamais. C'est toi que je veux.

Je tiens son visage plus fermement et caresse sa joue avec mon pouce.

Sa bouche s'entrouvre et elle se laisse aller contre ma main, les yeux fermés.

— Mais que se passera-t-il si...

— Tu as envie qu'on aille plus loin ? je demande, le cœur battant, qui me fait me sentir plus vivant que je ne l'ai été depuis des années.

Est-ce la peur ?

— Tu es sûre que tu as envie de moi ? j'ajoute encore.

Fait chier. On dirait presque que je cherche à l'en dissuader. Or, je tiens seulement à ce qu'elle soit absolument sûre d'avoir bien réfléchi, car je refuse d'être son erreur.

Ses paupières s'ouvrent et elle me fixe avec un regard brûlant.

— Je n'ai jamais rien désiré de plus fort, admet-elle, balayant aussi sec le peu de flegme et de doutes qu'il me restait.

— Je ne peux pas...

Ma voix se brise lorsque je sens mon sexe grossir, me rappeler que je ne suis pas suffisamment remis pour la satisfaire de toutes les manières dont j'ai envie. C'est en me jouant un tour cruel que l'univers se venge de moi.

— On pourrait peut-être s'embrasser.

Elle se mord la lèvre, le visage empourpré.

— Mais on n'est pas du tout obligés si tu...

Je ne la laisse pas terminer sa phrase.

Je plaque ma bouche contre la sienne et prends ce qu'elle m'offre sans un remords. Ses lèvres sont aussi douces et sucrées que je me les suis toujours imaginées, et Dieu sait que ça fait des années que je pense à elles, que je rêve de ce moment.

Elle me touche le bras lorsque je glisse une main sur sa nuque et lui incline la tête en arrière. Passant l'autre bras dans son dos, je l'attire tout contre moi pour ne laisser aucun espace entre nous.

Le parfum de sa peau m'enveloppe. Ses doux soupirs emplissent mes oreilles, diffusent une onde de choc qui traverse mon système nerveux et envoie un coup de semonce droit dans ma verge.

Je pousse un grognement, à la fois de plaisir et de douleur. J'aurais aimé que ce moment arrive une autre fois. Tant pis. Cette soirée lui est dédiée. Si je n'ai jamais été un amant complètement égoïste, je n'ai jamais été totalement dévoué non plus. Ce soir encore, où il est question de lui offrir ce qu'elle veut, cela va au-delà de son plaisir. Il est question ici de poser les fondations : faire tomber les tensions accumulées entre nous et entrevoir ensemble ce qui pourrait être un avenir des plus intéressants.

— Jett, murmure-t-elle contre mes lèvres.

— Chut, chérie, dis-je entre deux baisers, mêlant les doigts aux cheveux de sa nuque. Laisse-moi m'occuper de toi.

Elle gémit une nouvelle fois, se penche en avant et presse les seins contre mon torse tandis qu'elle ouvre les lèvres et me laisse entrer. Je glisse ma langue à l'intérieur de sa bouche et bois sa douceur et sa chaleur, mémorise la forme de son corps dans mes bras. Je l'embrasse avidement et descends une main pour lui presser vigoureusement une fesse.

Contrôle-toi.

De la maîtrise. Je n'en ai jamais eu beaucoup, mais il en faut dans un moment pareil. Lily est une novice. Elle n'a guère d'expérience, et le peu d'hommes qu'elle a connus n'avait pas mon appétit sexuel débridé.

— Chérie, j'ai tellement envie de toi, je susurre, la voix emplie de désir. Tellement que j'en souffre.

Je ne mens pas. Ma queue me fait horriblement mal et me rappelle constamment qu'elle me l'a non seulement touchée avant, mais que j'ai beau avoir envie de la plonger en elle, je ne peux pas.

— Je n'ai jamais...

Elle pousse un gémissement lorsque je lui presse à nouveau la fesse. Je ne tiens pas à ce qu'elle se sente obligée d'admettre ce que je sais déjà.

Je m'écarte pour chercher et trouver dans ses yeux bleus à quel point elle en a envie, à quel point elle me veut.

— C'est pas important. J'irai doucement. Ce qui compte, ce soir, c'est toi, pas moi.

Elle hoche la tête tout en se passant la langue sur la lèvre inférieure, et je perds la raison. À cet instant, le peu de sang-froid que j'avais a disparu. Je baisse la tête et recouvre à nouveau sa bouche de la mienne. La paume qui était encore dans son dos glisse le long de ses reins et j'agrippe ses fesses des deux mains pour la soulever. Elle enroule les jambes autour de mon corps et passe les bras autour de mon cou pour s'ancrer à moi.

C'est tellement naturel, comme si nous avions fait ça des millions de fois. Peut-être parce que nous nous connaissons depuis une éternité, même si c'est la première fois que nous nous touchons véritablement. Du moins, de la façon dont j'ai toujours rêvé, mais dont je n'ai jamais osé.

Elle noue les chevilles dans mon dos et presse son sexe chaud contre mon ventre alors que je la soulève un peu plus haut, par mesure de précaution pour mon membre. Je marche en direction du canapé, me dirigeant à l'instinct et la mémoire. J'aime beaucoup trop l'embrasser pour m'arrêter.

Lorsque je me cogne les orteils contre le pied de la table basse, je lâche un grognement et repousse la douleur comme si j'étais possédé. Et je le suis. Je suis sous l'empire du besoin de l'embrasser, de la toucher, et, un jour, si je suis chanceux, d'être le premier homme à entrer en elle.

Je me tourne prestement pour me laisser tomber sur le canapé et emporter Lily avec moi. Elle atterrit sur mes cuisses et épargne d'autres misères à ma queue qui en a déjà suffisamment traversé. Lily est à califourchon sur moi, les pieds dans le vide, les bras encore autour de mon cou, et elle m'embrasse à pleine bouche.

Mes mains sont partout. Elles glissent et dérapent sur le coton velouté de son débardeur, sentent les vagues de ses côtes et le renflement de ses seins.

Ses doigts sont tendres et hésitants tandis qu'ils se déplacent de mes épaules à mes biceps. Un frisson me parcourt la peau comme si on me touchait pour la première fois et une nouvelle onde de choc me traverse le corps.

Je remonte une main dans son dos et enfouis les

doigts dans ses cheveux pour lui tirer la tête en arrière et m'offrir sa gorge. Mes lèvres ne perdent pas de temps. Elles glissent de sa bouche, descendent sur sa mâchoire et ne s'arrêtent que lorsqu'elles se retrouvent sur son cou.

Elle se presse contre mon ventre, baisse ses mains sur mes avant-bras et m'agrippe avec fermeté. Je lui lèche la peau et soupire comme si elle était la chose la plus délicieuse qu'il m'ait été donné de goûter.

Je trouve l'endroit magique, celui qui fait perdre la tête à la plupart des filles, près de l'épaule, et elle frémit dans mes bras, une exclamation étouffée dans la gorge. À voir sa réaction, je dirais qu'aucun homme n'a posé sa bouche à cet endroit, et cette idée même me galvanise, me donne plus que jamais envie de la satisfaire.

Alors que je remonte la main sur son ventre, frôlant du bout des doigts la pointe de ses seins, elle se raidit. Je lève les yeux vers elle et prie Dieu qu'elle ne soit pas à deux doigts de changer d'avis et de mettre fin à tout ça.

— Encore, me dit-elle, me suppliant de la toucher de toutes les manières cochonnes dont un homme peut rêver.

Ce mot me fait l'effet d'un coup de poing au thorax, expulsant tout l'air contenu dans mes poumons, mais de la plus merveilleuse des façons qui soit. Je ne réponds rien et enfouis le visage dans son cou. Mes doigts à son épaule font glisser la bretelle de son débardeur sur son bras.

J'aimerais m'écarter d'elle et contempler sa peau nue, mais je n'ose pas. Pas maintenant, du moins. Je recouvre un sein avec une de mes mains et frotte mon pouce contre son mamelon nu. Je veux l'entendre gémir à nouveau et étouffer un cri. Elle se contorsionne sous l'effet de mes doigts, remue sur mes cuisses et pousse la poitrine au contact de mes mains.

J'ignore délibérément la brûlure intense dans mon jean et écarte mon sexe et le piercing de mon esprit, tandis que je lui suce la gorge et joue avec ses seins. Chaque passage de mes doigts me vaut un petit gémissement et un mouvement de son bassin. Elle se frotte presque contre mon pelvis, œuvrant avec son corps comme elle le faisait avec ses doigts.

Si c'était une tout autre fille, je l'aurais déjà mise à poil, mais pas Lily. Il s'agit ici d'y aller en douceur. De rendre ce moment plaisant. Je sais qu'elle n'a jamais couché avec qui que ce soit auparavant, mais j'ignore jusqu'où elle est allée exactement. Lui a-t-on déjà touché le sexe ? Un homme lui a-t-il déjà donné un orgasme ? Je suis convaincu que le type au protège-poche n'avait pas les aptitudes nécessaires pour y arriver, mais je vais faire tout ce qui est en mon pouvoir pour la faire jouir.

Je reviens à sa bouche et l'embrasse avec plus d'ardeur qu'avant. Gardant une main sur un sein, je passe l'autre du dos au ventre et effleure son shorty, avec assez de pression pour qu'elle sente mes doigts.

Elle étouffe une nouvelle exclamation dans ma bouche, et je pousse un grognement de frustration. Si seulement j'avais guéri juste ce qu'il faut pour entendre le son qu'elle produirait si je glissais ma queue en elle.

Quelle saloperie de tour l'univers me joue.

J'interromps le baiser, la regarde, vois ses paupières frémissantes s'ouvrir et ses yeux tâcher de se concentrer. Je ne cesse de la frotter doucement à travers le coton.

— T'a-t-on déjà touchée ici ?

Je presse la main contre son sexe, veillant bien à avoir les doigts sur son clitoris.

— N... non, bredouille-t-elle avec un tremblement. Toi, c'est tout.

— Tu veux que j'arrête ? je redemande.

Je ne voudrais rien faire contre son gré. Il se passe un truc entre nous et, bien que j'aie envie d'elle, je ne tiens pas à gâcher ce moment que nous partageons, quel qu'il soit.

— Non, me souffle-t-elle tout en écartant les cuisses pour moi. Ne t'arrête pas, Jett. S'il te plaît, ne t'arrête pas.

J'aimerais qu'elle soit nue, mais je ne vais pas faire la fine bouche ou saboter l'instant en la déshabillant. Je fais ce que tout homme digne de ce nom ferait à ma place : j'écarte son shorty et touche enfin sa chair soyeuse. Elle est entièrement épilée. Pas un poil. Rien qu'une peau lisse et moite qui réclame mon attention après avoir été délaissée durant une vie entière.

Sainte Marie, mère de Dieu.

Ses mains sont de retour autour de mon cou, ses doigts jouant avec les cheveux qui bordent ma nuque, tandis que j'aplatis la paume contre sa chair pulpeuse.

Je prends sur moi pour rester calme. Si ma queue n'était pas en si mauvais état, j'aurais probablement éjaculé dans mon jean comme un adolescent.

Elle se frotte contre ma main dans un tempo lent et régulier, mais ce n'est pas ce que je veux. Je veux être celui qui la fera jouir. Elle, elle se l'est fait des millions de fois. À présent, c'est à mon tour d'œuvrer et de la laisser profiter du moment.

Je referme les doigts autour de la pointe d'un sein et la pince suffisamment fort pour qu'elle ait un soubresaut.

— Hé ! s'exclame-t-elle, le souffle coupé.

— Chérie, arrête de remuer autant. Contente-toi de profiter.

Du bout des doigts, j'apaise le feu du pincement sur sa peau.

— C'est ce que j'étais en train de faire, réplique-t-elle, les yeux fiévreux. Jusqu'à ce que tu...

Je souris de satisfaction, car je connais ce regard. Je serais capable de le repérer n'importe quand, chez n'importe quelle fille. Le feu du désir.

— Ça t'a plu.

Ses yeux s'écarquillent, un mélange de gêne et d'excitation dans le regard. Je ne lui laisse pas la chance de répondre et retourne à ses lèvres.

Je referme à nouveau les doigts sur la pointe de son sein, cette fois moins fort, mais suffisamment pour la faire tressaillir et frémir dans mes bras.

Ça, c'est ma coquine.

Il y a tant de choses que j'aimerais lui faire, tant de choses que j'aimerais explorer avec elle. Elle a vécu sa sexualité dans un cocon, et je suis l'homme qu'il faut pour réaliser tous ses fantasmes.

Je glisse mes doigts entre ses replis humides, les lubrifie, me préparant comme je la prépare, elle. Au moment où je passe deux doigts sur son clitoris, elle convulse comme si ce simple geste la faisait jouir.

Elle enfonce ses ongles dans l'épiderme de ma nuque et s'accroche à moi comme si elle craignait de tomber.

— Je te tiens, je murmure contre sa bouche, et je glisse la main, que j'avais sur son sein, dans son dos pour la retenir.

J'ouvre plus grand les jambes pour lui écarter les cuisses, car je sais que c'est maintenant ou jamais. Elle est trempée par le désir, prête pour la suite. Après plusieurs passages de mes doigts, faisant chaque fois le tour de son clitoris, je presse le majeur à l'entrée de son intimité et l'y enfonce délicatement.

Elle pousse un gémissement et se raidit quelques

instants, pendant que j'immobilise mon doigt et laisse son corps s'habituer à cette invasion. Je relâche un peu la prise dans son dos pour qu'elle s'abandonne contre ma main tandis que ma bouche passe de ses lèvres à sa poitrine. Je referme la bouche autour de la pointe durcie d'un sein et la suce.

Ses parois internes se contractent autour de mon doigt, l'aspirent éperdument. L'instant d'après, le pouce sur son clitoris, je retire mon majeur et le réinsère en prenant soin de ne pas être trop brusque. Elle renverse la tête, bouche ouverte, et halète à chaque pénétration. Je me trouve dans un vicieux mélange de paradis et d'enfer, comblé de voir sa réaction et conscient de ne pas pouvoir ressentir le même plaisir.

Quelques instants plus tard, elle ondule contre ma main, s'enfonce sur mon doigt, me chevauche littéralement. Lorsqu'elle pousse un cri, j'aspire à longs traits son sein et intensifie mes caresses.

Quand, enfin, son corps se relâche, alors que mon doigt est toujours enfoui en elle, un sourire s'étire sur mes lèvres sans que je parvienne à le contenir.

Si elle ne m'avait pas encore ouvert son cœur, c'est chose faite. J'y veillerai.

DEUX SEMAINES *plus tard*

— Lily ! crie Jett de sa chambre tandis que je sors de la maison au pas de course, faisant de mon mieux pour l'éviter.

Deux semaines se sont écoulées depuis la fameuse soirée. Quatorze jours depuis que j'ai fricoté avec lui. Dès lors, j'ai tout fait pour l'esquiver, allant même jusqu'à filer en douce de la maison avant son réveil.

J'agis comme une gamine, mais c'est le seul moyen que j'ai trouvé pour me protéger des sentiments qui s'agitent en moi.

Je le connais. Je le connais depuis toujours même si nous n'avons jamais été proches. Jett est un coureur de jupons et, j'ai beau croire que je serai celle qui le changera, je sais au fond de moi que c'est un mensonge.

Mon téléphone se met à vibrer dans ma main tandis que je me glisse sur le siège conducteur de ma voiture, le regard rivé au pare-brise pour m'assurer qu'il ne m'a pas suivie. Je baisse les yeux sur l'écran et les écarquille quand je vois que le message vient de lui.

Jett : Il faut qu'on parle.

Les paupières battantes, je respire bruyamment, paralysée l'espace de quelques secondes, alors que je réfléchis à une réponse. Je mets le contact et sais que je ne peux plus continuer à ignorer Jett. Je vais devoir lui faire face et affronter les conséquences de mes actes, qui affectent véritablement notre vie quotidienne.

Moi : Je suis à la bourre. On parlera plus tard.

Comment puis-je honnêtement rester dans cette maison avec lui, revenir à la relation que nous avions à l'époque où nous avons emménagé ensemble ? Ça m'allait parfaitement, ce malaise entre nous, mais non ! Il a fallu que je gâche tout en me jetant ni plus ni moins dans ses bras.

Merci bien, Gigi.

J'ai laissé mes cousines m'entraîner dans des galères sans pareilles. Non seulement j'ai découvert à quel point le sexe pouvait être bon, mais j'ai également mis en jeu mon cœur pour un homme qui est et restera indisponible.

Jett : Je te retrouve pour déjeuner.

Mes yeux s'arrondissent un peu plus et un frisson de panique me parcourt l'échine. Déjeuner ? Je ne peux pas le retrouver pour déjeuner, ou pour tout autre repas, d'ailleurs. Ma main tremble pendant que je pianote ma réponse, tuant dans l'œuf la catastrophe.

Moi : Pas le temps. Je suis surbookée. On discutera ce soir, peut-être, si je rentre pas trop tard.

Jett : Je t'attendrai. Toute la nuit s'il le faut.

Avec un grognement de frustration, je me laisse tomber en avant jusqu'à ce que ma tête heurte le volant. *Pourquoi moi ?* Le téléphone jeté sur le siège passager, je fais marche arrière dans l'allée et fonce vers Inked, roulant à une vitesse bien supérieure à mon habituelle allure de mémère.

Il n'y a aucune voiture sur le parking, hormis le pick-up de Gigi. En bon successeur de nos parents, elle arrive toujours la première au salon.

— Salut, pute ! me lance-t-elle entre deux bouchées de bagel sitôt que j'ai franchi la porte du salon de tatouage.

Lui jetant un regard assassin, je balance mon sac à main sur un siège en salle d'attente et m'affale sur celui d'à côté.

— Je te déteste, je maugrée, au bord de la crise.

Elle frotte ses mains l'une contre l'autre, renonçant à toute serviette. Une sale habitude qu'elle a empruntée à Pike et n'a certainement pas héritée de ses parents.

— Qu'est-ce que j'ai fait, encore ?

— Jett, dis-je avec une moue, la commissure de mes lèvres retombant de manière irrépressible. Et dire que je t'ai laissée me convaincre de l'embrasser !

Elle remue les sourcils et me décoche un petit sourire en coin.

— Tu as fait un peu plus que l'embrasser.

Je grommelle, la lèvre du haut retroussée, et regarde avec agacement ma sublime cousine qui s'est toujours sentie bien dans sa peau.

— C'est de ta faute, ce qui s'est passé.

Elle se touche la poitrine, le sourire narquois toujours fiché aux lèvres.

— Ma faute ? Ce n'est pas moi qui t'ai jetée sur ses cuisses et t'ai dit de le laisser te doigter.

J'esquisse une grimace, me rappelant qu'elle m'avait seulement suggéré de l'embrasser, de tâter le terrain pour voir s'il ressentait la même chose que moi.

C'est moi qui ai laissé les choses déraper, qui ai été plus loin que prévu.

— C'est arrivé comme ça, je proteste, sur la défensive.

Elle secoue sa petite caboche avec un rire.

— D'un autre côté, il était temps !

Je lui fais un doigt d'honneur et m'avachis sur le siège pour contempler le plafond.

— Le sexe, ça complique tout.

— Tu n'as pas encore couché avec lui, objecte-t-elle.

Sa voix s'est rapprochée de moi. Mon champ de vision est alors envahi par son visage qui occulte les dalles blanches du plafond.

— Il n'y a pas de *encore* qui tienne, je réplique tout en la poussant sur le côté à l'aide de mes jambes. C'est mort.

Elle se dresse au-dessus de moi, les mains sur les hanches, et me dévisage comme si j'étais une extra-terrestre ou, tout au moins, une poule mouillée.

— Ça fait deux semaines, Lily. Je pense qu'il est temps de passer à la phase suivante.

D'un coup de pied aux jambes, je parviens à la pousser sur le côté, sans toutefois la faire tomber.

— Il n'y a pas de « phase suivante », grosse patate. Je n'ai plus reparlé avec lui depuis...

Elle redresse les épaules, les mains de retour sur ses hanches, les yeux ronds comme des soucoupes.

— Ça fait deux semaines que tu ne lui as pas adressé la parole ?

Elle désapprouve mon attitude, je le vois bien. Et moi aussi. Je suis vraiment une lâche. Je serre les bras autour de ma taille.

— Je n'y arrive pas, dis-je dans un murmure tandis que me reviennent des flashs de cette nuit-là et la manière dont je me suis déhanchée sur sa main comme une chatte en chaleur. C'est trop gênant.

Elle retire mon sac à main du siège et le pose sur la table qui se trouve à côté de moi.

— Chérie, il n'y a rien de gênant là-dedans.

Je ferme les yeux lorsque je me remémore la façon dont j'ai gémi quand l'orgasme a déferlé sur moi, me faisant presque tomber de ses genoux.

— J'ai fait des choses... innommables.

— Tu lui as chié dessus quand t'as joui ?

Je tourne brusquement la tête et la dévisage. Mais d'où lui vient une idée pareille ?

— Quoi ? Sois sérieuse, Gigi, merde ! Je ne lui ai pas chié dessus.

— Alors t'as pissé sur sa main ?

— Non !

— Crié le prénom d'un autre mec ?

Je lève les yeux au ciel.

— Arrête un peu. Rien de tout ça n'est arrivé. T'es vraiment pas nette.

Elle rit de bon cœur et pose une main sur mon épaule.

— Chérie, tu n'as rien fait de mal. Que s'est-il donc passé de si horrible ?

Bouche bée, je cligne des yeux à plusieurs reprises tout en ravalant la peur de tout lui avouer. Je lui ai confessé qu'on s'était embrassés et qu'il m'avait donné un orgasme, mais je me suis gardée d'aller dans les détails.

— Je... ben...

Je serre les paupières, incapable de la regarder pendant que je parle.

— J'ai baisé sa main.

Je ne l'entends ni bouger ni parler. Elle reste silencieuse. Ce qui s'est passé doit la choquer autant que ça me choque, et elle est sûrement gênée pour moi.

Après des secondes interminables, j'ouvre un œil et regarde en direction de ma cousine.

— Je te l'avais dit, conclus-je à mi-voix.

Ses lèvres sont droites comme un trait, sa tête légèrement inclinée sur le côté.

— Putain, meuf, tu fous de ma gueule, là ?

— Est-ce que ça mérite vraiment autant de vulgarité ? je réplique, me sentant agressée.

— J'aurais dû être encore plus grossière, mais je me sentais pas tellement d'humeur créative.

Je resserre les bras autour de ma taille. Si seulement je pouvais revenir deux semaines en arrière et tout reprendre à zéro.

— Je ne me fous pas de ta gueule. J'avais trop honte après. Qui fait ça, enfin ?

Le fou rire de Gigi, qui se frappe le genou, emplit toute la pièce.

— Lily, parvient-elle à lâcher entre deux crises, se gaussant ouvertement de ma vie, qui, semble-t-il, lui paraît hilarante. T'as rien vécu tant que t'as pas baisé le visage d'un mec.

Je la regarde, choquée.

— T'as baisé le visage d'un mec, toi ?

Elle hoche la tête, ses traits reprenant leur expression satisfaite.

— Pas qu'une fois. Tout le temps. Je suis certaine qu'une nana s'est déjà assise sur le visage de Jett dans le passé, alors ça ne me gênerait pas plus que ça de me faire sa main.

Je renverse la tête, écœurée.

— Arrête de parler de lui avec d'autres femmes, je murmure, un nœud à l'estomac tandis qu'une pointe de jalousie inhabituelle me traverse.

Elle hausse un sourcil et m'étudie du regard.

— T'es jalouse ?

— Non, mens-je. Ça me plaît pas, c'est tout.

— Parce que t'es jalouse, insiste-t-elle, gigotant de plus en plus à mesure que les secondes passent. Il te plaît tellement que t'arrives pas l'imaginer avec une autre fille sans en être malade. Pas vrai ?

— Non.

Ma réponse est trop rapide pour être convaincante, même à mes yeux.

Je n'ai jamais été très jalouse, mais il faut bien dire que je n'ai jamais vraiment eu de petit ami qui m'ait poussée à l'être. Mon dernier en date n'avait pas de femmes qui se jetaient à ses pieds... à répétition. Je n'ai pas eu à surveiller des filles qui se seraient mises en quatre pour attirer son attention et ses faveurs comme je l'ai fait avec Jett au lycée.

— Attends, me lance Gigi.

Elle sort son téléphone de la poche arrière de son jean et tapote l'écran.

— Saluuuut !

La voix de Tamara retentit dans le haut-parleur, et je rêve déjà de me glisser hors de mon siège pour retourner en catimini dans ma voiture.

— Arrête, je chuchote à Gigi tout en lui attrapant le téléphone des mains. Ne me fais pas ça.

Elle le reprend et se lève à toute vitesse pour m'échapper.

— Je peux te poser une question, petite catin ? Combien de mains tu as baisées ?

— Combien de mains ? demande Tamara, et je peux entendre la surprise dans sa voix sans que j'aie à voir sa tête. Comment veux-tu que je me souvienne d'un truc pareil ?

— D'où la qualification de catin.

Gigi rit pendant que je flanque un bras sur mon visage pour me cacher.

— Combien de bouches, alors ?

— Franchement, Gigi ! Pose-moi une question à laquelle je sais te répondre.

— Allez, chaudasse. Donne un chiffre à la louche.

— Je n'ai jamais été une chaudasse. Je fais juste dans l'égalité d'accès à l'orgasme.

— Je vais floquer un tee-shirt avec cette phrase et te l'offrir pour ton anniv', réplique Gigi, son ricanement noyant mon gémissement pitoyable.

— Je le porterais H24 ! Il est possible que ça ne plaise pas à Mammoth, surtout quand il n'est pas là, mais j'en fais mon affaire.

— Chérie, soyons honnêtes. C'est toi qui es à sa botte, pas l'inverse.

Je dévisage ma cousine à l'abri relatif de mon bras. Mais qui sont ces deux-là ? Je me rappelle encore l'époque où nous jouions toutes les trois à la Barbie dans ma chambre, débattant de la façon dont nous allions rencontrer et épouser un homme de sang royal. Aujourd'hui, j'ai deux cousines éperdument amoureuses de deux vilains bikers, qui sont tout ce qu'il y a de plus éloigné du prince charmant.

— Si tu le dis, répond Tamara. Laisse-moi réfléchir.

Il y a une longue pause, et Gigi jette un coup d'œil dans ma direction avec un haussement d'épaules.

— J'en sais rien, je dirais dix. Et il y a eu cette fois-là avec une nana, mais j'étais bourrée, alors ça compte pas.

J'écarquille les yeux.

— Ça compte, andouille. L'alcool, ça donne pas droit à une dérogation.

— Si, j'ai le droit à une dérogation. Et, non, ça compte pas.

— Ta cousine, là...

Gigi pointe la tête dans ma direction, comme si Tamara pouvait me voir.

— ... elle a baisé la main de Jett une fois, et elle croit que c'est la fin du monde.

— Tourne la caméra, commande Tamara.

Avec un hoquet de surprise, je saute hors de mon siège pour me dérober.

Gigi me force à me rassoir et grimpe sur moi.

— Reste là, m'ordonne-t-elle. Tu ne vas pas t'en tirer aussi facilement. Je ne suis pas Jett, chérie. On va régler ça, avant que ta petite citrouille ne s'égare.

J'essaie de la repousser, mais elle a refermé ses genoux autour de mes cuisses et me les serre sans ménagement.

— Je vais avoir des bleus, l'avertis-je en me débattant.

— Alors arrête de gesticuler, proteste-t-elle tout en me collant le téléphone devant le visage. Tiens, la voilà !

— Lily chérie ! s'écrie Tamara. Tu m'as manqué !

J'arrête de remuer et abandonne la partie. Autant en finir, car elles ne me lâcheront pas avant d'avoir obtenu les réponses qu'elles voulaient.

— Salut, Tam, je lance, les mâchoires serrées.

Je fais mine d'être heureuse de la voir, sans vraiment réussir.

— Alors, tu l'as fait ?

— Fait quoi ? je demande, tandis que Gigi pouffe à côté de moi.

— Sauté Jett ?

Je secoue la tête, les yeux ronds.

— Certainement pas. On a juste...

— Ils se sont embrassés, il l'a doigtée, et elle a été à dada sur sa main.

— C'est tout ?

Gigi hoche la tête comme si Tamara pouvait la voir.

— C'est tout. Maintenant qu'elle a joui sur sa main, elle sait plus où se mettre.

— Bien joué, meuf ! s'exclame Tamara, le timbre musical. Mais pourquoi t'as pas couché avec lui ?

— Sa queue est HS, rappelle-toi, réplique Gigi avant que je puisse ouvrir la bouche.

— Mince, j'avais oublié. Il devrait être à peu près guéri, là, non ?

— Ma main à couper qu'il serait suffisamment d'attaque, pour peu qu'elle le lui demande.

— Oh, putain. Lily, il faut absolument que tu te le tapes, conclut Tamara, comme si c'était aussi simple.

Je lève les yeux au ciel devant la stupidité de tout cet échange.

— Je ne coucherai pas avec lui.

— Il a été nul ? Du genre : il embrassait mal et il t'a trifouillé la chatte comme s'il savait pas comment ça marchait ?

Je sens ma figure chauffer et suis incapable de regarder le téléphone ou Gigi dans les yeux.

— Non. Il embrasse super bien et...

Je ne parviens pas à finir ma phrase.

— Elle a kiffé, annonce Gigi à Tamara, son regard balayant mon visage, qui doit être tout rouge et marbré par l'embarras. Vraiment kiffé. Et elle l'esquive depuis.

— Quoi ? s'ébahit Tamara. Pourquoi ?

Je repousse le téléphone. J'ai eu ma dose de ces deux-là.

— Parce que c'est une lâche.

— Pas du tout, je me récrie. C'est compliqué.

— Il lui plaît, déclare Tamara. Putain, il te plaît vraiment ?

Je soupire.

— Oui, et je me suis ridiculisée.

— Meuf, baise-le une bonne fois pour toutes, et il oubliera tout ce qu'il s'est passé avant.

— Je peux pas faire ça, dis-je, virant enfin Gigi de mes genoux. C'est pas aussi simple, Tamara. Tu sais très bien que je ne l'ai *jamais* fait.

— C'est pour ça que Jett est le mec qu'il te faut.

Gigi, qui me suit partout dans la salle d'attente, approuve d'un hochement de tête pendant que Tamara parle.

— Aucune fille ne devrait se faire dépuceler par un empoté. Tu as dit toi-même que tu étais prête à perdre ta virginité, et Jett est la personne rêvée avec laquelle le faire.

— Tamara, je veux que ma toute première fois soit exceptionnelle.

Je souffle et secoue la tête.

— Je ne veux plus attendre le mariage, mais je tiens aussi à laisser un souvenir mémorable au mec auquel je donnerai ma virginité, en quelque sorte. Tu comprends ?

Je hausse les épaules. J'ai conscience de passer pour une débile.

— Je sais que c'est stupide, mais je vais offrir à cette personne-là quelque chose de spécial, et je veux que ça ait au moins une petite signification pour elle aussi.

— Primo, réplique Gigi sans donner une chance à Tamara de répondre, ce sera exceptionnel avec Jett. Secundo, aucun mec ne déflore une fille sans en tirer une certaine fierté. Je peux te garantir qu'il se souviendra de ce moment jusqu'à la fin de ses jours. J'ignore pourquoi tu penses que Jett ne t'aime pas ou qu'il se fiche de toi. Le type est fou de toi depuis qu'il est revenu ici.

Le téléphone du salon se met à sonner et je sursaute, me cognant presque la hanche contre le rebord du comptoir de l'accueil. Je regarde en direction du téléphone et pousse une exclamation lorsque je reconnais le numéro qui est affiché à l'écran.

— C'est lui, je chuchote comme s'il pouvait m'entendre.

Gigi se précipite vers le bureau et décroche le combiné avant que je puisse chasser sa main d'une tape.

— Inked, bonjour ! Gigi à votre service ! lance-t-elle comme si elle ignorait qui se trouvait à l'autre bout du fil.

Elle lève un index à sa bouche pour faire signe à Tamara de fermer son clapet, tandis que je la regarde, bouche grande ouverte.

Elle sourit, l'écoute parler quelques secondes, avant de le saluer d'un ton un peu trop enthousiaste et d'ajouter :

— Attends, je vais te mettre sur haut-parleur. Je dois boucler quelques trucs avant que les clients se pointent.

Elle appuie sur le bouton du haut-parleur et repose le combiné sur son support.

— Lily n'est pas encore là ? demande Jett, sa voix de velours emplissant le salon.

— Non. Elle m'a envoyé un message il y a quelques minutes pour me dire qu'elle devait fait un saut quelque part. Alors, tu as à peu près cinq minutes devant toi avant qu'elle ne franchisse la porte.

Elle me sourit comme si tout ceci était censé me réjouir, ce qui n'est pas le cas.

— J'ai besoin de tes conseils, Gigi. Vraiment.

Elle agite son téléphone portable pour me signifier de le prendre. Je m'exécute, le regard rivé à Tamara, qui sourit comme une idiote en visio.

— Vas-y, je suis tout à toi, lui répond Gigi, qui manque de s'étrangler avec sa salive quand je la regarde d'un drôle d'air. Enfin, pas *tout à toi*, « toute à toi », mais je vais essayer de t'aider comme je peux. Que se passe-t-il ? C'est à propos de Lily ?

Il pousse un soupir tremblant, et je reste plantée là, à regarder le téléphone sur le bureau d'accueil, la respiration coupée.

— Je crois que j'ai tout foiré. Ça fait des semaines qu'elle ne m'a pas adressé la parole. Chaque fois que j'essaie d'avoir son attention, elle se sauve de la maison, comme si elle avait le feu aux fesses.

— Tu connais Lily, commente Gigi, ce à quoi je réponds par un doigt d'honneur.

— C'est exactement ça, le problème. Je ne la connais pas.

Il l'admet enfin.

— Je pensais la connaître. Qu'il y avait quelque chose entre nous. Qu'elle m'aimait bien. J'ai cru un tas de trucs, et puis...

J'inspire un grand coup, sensible à ses paroles et l'émotion sous-jacente. Il pensait que je l'aimais *bien* ? Seigneur, je l'aime plus que *bien*.

— Jusqu'à ce que tu l'embrasses ? termine Gigi.

— Elle t'a raconté ?

— Oui. Elle m'a tout dit.

Ma cousine esquisse un sourire arrogant, et j'ai envie de la frapper, mais je ne peux pas, parce qu'il saura que je suis là. Cette garce me jette en pâture pour le tourner à son avantage.

— Tout ? répète-t-il d'une voix tout à coup grave.

— Tout.

Gigi se penche au-dessus du comptoir de l'accueil et pose le menton au creux de sa paume avec un soupir.

— Écoute, Jett, Lily n'est pas comme les autres filles...

— Je le sais, putain, l'interrompt-il. On en a déjà

parlé, toi et moi. Tu sais ce que je ressens. Seulement, j'ai besoin que tu me dises ce qu'elle ressent, elle. Est-ce que je lui cours après ou je lui lâche la grappe et lui fous la paix ?

Ils ont parlé de moi ? Quand ? Pourquoi ? Qu'ont-ils dit et comment se fait-il que je ne l'aie pas su ?

Minute. Il veut me courir après ?

J'écarquille les yeux.

Oh... mon... Dieu.

Un sourire au coin des lèvres, Gigi me fait « oui » de la tête, car elle voit bien la panique et le choc sur mon visage.

— Elle pense avoir fait un truc de travers et que, maintenant, tu as une mauvaise image d'elle.

— Quoi ? N'importe quoi !

Je lui jette le premier truc qui me tombe sous la main pour lui clouer son bec de vendue, mais elle baisse la tête et l'esquive.

— Cette nuit-là...

Il s'éclaircit la voix et ravale si bruyamment sa salive que nous parvenons toutes à l'entendre.

— ... j'ai vécu le truc le plus érotique de toute ma vie.

Je fixe, interloquée, le téléphone d'où s'échappe sa voix, comme si, d'une certaine manière, j'avais mal entendu.

— Je te l'avais dit, me chuchote Tamara. Il est raide dingue de toi.

— La ferme, je rétorque tout bas sans la regarder, les yeux rivés sur le téléphone du salon.

— Ça me suffit pas, Gigi. Je la veux tout entière. Pas que dans mon lit. Putain... Qu'est-ce que je raconte ? Faut être stupide pour croire qu'une fille aussi classe et intelligente que Lily veut d'un mec comme moi.

Jett pense que je suis trop bien pour lui ? Je clignote des yeux, abasourdie pour la toute première fois de ma vie.

— Elle est terrorisée, chéri. Tu lui plais. Crois-moi. Elle est raide dingue de toi depuis le lycée.

Gigi me sourit comme si elle m'aidait, et je grimace d'embarras.

— Quoi ? C'est impossible.

— Si. Elle pouvait te regarder pendant des heures.

— Coucou ! je crie, prenant enfin part à la scène, parce que je dois l'empêcher de m'humilier davantage. Désolée, je suis en retard.

On entend un *clic*, et la communication est coupée.

— Bravo, patate. Maintenant, il a raccroché.

— Tu en as assez dit comme ça !

Je pointe un index sur elle et la regarde d'un œil mauvais.

— Pourquoi lui as-tu parlé de ça ?

— Pour qu'il te coure après. Maintenant, tu as juste à te laisser attraper.

— Je ne peux pas ! je beugle tout en secouant la tête. Il va me briser le cœur, Gigi. Tu comprends pas ? Les relations longues, c'est pas son truc. Ça ne l'a jamais été. Je l'aime déjà bien plus que je ne le devrais.

— As-tu seulement écouté ce qu'il a dit ?

— Eh merde, ajoute Tamara. J'aurais adoré assister à ça, mais je suis en retard pour les cours. Écharpez-vous et tenez-moi au courant du verdict.

Puis elle disparaît de l'écran, nous laissant, Gigi et moi, à notre explication.

— Il a dit qu'il te voulait *tout entière*. TOUT EN-TIÈ-RE, Lily, me répète-t-elle, comme si la première fois n'était pas suffisante.

— Tout entière ? je murmure, sans vraiment réaliser ce que ça signifie.

— Oui.

Elle s'avance vers moi et me prend par les épaules. Elle emplit tout mon champ de vision.

— À présent, tu dois décider de t'exposer à un chagrin d'amour pour le garçon que tu as toujours voulu ou de faire une croix sur le bonheur et jouer les lâches.

— Mais il va me briser le cœur !

Elle penche la tête sur le côté et fouille mon visage du regard.

— Il n'y a pas une personne sur cette planète qui n'ait jamais eu de chagrin d'amour. Ça fait partie de la vie. Même avec Jeremy, ça aurait pu arriver.

— George.

— Qui que soit Protège-poche, on s'en balance. Il aurait pu te briser le cœur. On n'est jamais sûr de rien, dans la vie. Il faut vivre le moment présent, se raccrocher à ce qu'il y a de bon, car tout peut s'arrêter d'une minute à l'autre.

— Je sais, je maugrée.

Ça m'agace de devoir reconnaître qu'elle a raison.

— Il te plaît toujours ?

Je hoche la tête.

— Tu veux toujours de lui ?

Je hoche la tête.

— Alors arrête tes enfantillages et laisse-le te courir après, et même te faire un peu la cour. Et, lorsque le moment sera venu, offre-toi à lui de bonne grâce et laisse-toi aller.

— Me laisser aller ? je répète dans un murmure.

Elle opine du chef et sourit.

— Tu mérites d'être heureuse, Lily.

Elle me presse les épaules avec tendresse.

— Prends la peine de vivre avec insouciance et sans prévoir le pire. Abandonne-toi. Sois libre. Et, pour l'amour du ciel, profite un peu. Prends tout ce que cet homme a à t'offrir et assume.

— Coucou, lance mon père, qui vient d'entrer et nous regarde tour à tour.

Son front se ride lorsque son regard se pose sur les mains de Gigi.

— Que se passe-t-il ?

— Rien, tonton. C'est une conversation entre filles.

Il plisse les yeux et ses sourcils se lèvent.

— Une conversation à propos de quoi ?

Elle me relâche enfin et réplique en riant.

— Tu n'es pas une fille, gros bêta. On ne peut pas te le dire.

— Coucou, papa.

Je vais vers lui et me dresse sur la pointe des pieds. Je parviens tout juste à atteindre sa joue.

— Tu arrives tôt aujourd'hui.

— Ma puce, me murmure-t-il, m'enveloppant d'un de ses bras gigantesques pour me soulever du sol. Tu es sûre que ça va ?

Je lève la tête vers son beau visage, contemple ses iris bleus, ceux-là mêmes qui m'ont toujours rassurée.

— Mieux que jamais, papa.

Et pour la première fois depuis longtemps, je ne mens pas.

GIGI LÈVE le nez de l'accueil et ses yeux s'arrondissent.

— Jett ?

Je secoue la tête, un index placé sur mes lèvres.

— Chut. Où est-elle ?

Gigi pointe un pouce au-dessus de son épaule, en direction de l'arrière-boutique.

— Dans la salle de piercing.

Aux grands maux, les grands remèdes. Puisque Lily se sauve chaque fois que je m'approche d'elle, je me suis dit qu'aller à son travail était le seul moyen de la coincer. Je savais que je l'y trouverais. Le coup de téléphone m'en a apporté la preuve. Je n'allais pas rester à la maison, à attendre des heures pour pouvoir lui dire ce que j'ai sur le cœur.

— Un client est avec elle ?

Gigi sourit.

— Non.

Je me penche sur la droite et jette un coup d'œil à l'arrière du salon. Je ne vois personne.

— Quand a lieu son prochain rendez-vous ?

— Dans une heure.

— Et son père ?

— Parti dîner, me répond-elle, son sourire s'élargissant un peu plus. Que vas-tu faire ?

— Je dois rectifier le tir. Assure-toi que personne ne nous interrompe.

Elle me décoche un clin d'œil.

— Tu ne perds pas de temps, toi !

— J'en ai marre de ce petit jeu, dis-je, alors que je me dirige déjà vers les salles, laissant Gigi à l'accueil.

Je ne frappe pas.

Je ne l'appelle pas.

Je pousse simplement la porte et entre d'un pas décidé. Lily est de dos. Elle se retourne, son regard remontant lentement de mes jambes à mon visage, et elle se raidit.

— Jett ? murmure-t-elle avec étonnement, les yeux encore plus ronds que ceux de Gigi lorsque je suis entré dans le salon. Que fais-tu ici ?

— Il faut qu'on parle.

Je referme la porte pour l'empêcher de se sauver. Connaissant Lily, elle se prépare déjà à prendre la clé des champs.

— J'en ai assez d'attendre que tu reviennes à la raison, alors je suis venu t'y ramener.

— M'y ramener ?

Elle fronce son joli petit nez comme si elle ne comprenait rien de ce que je lui racontais, ce qui est faux.

Lily est une fille brillante. Peut-être la plus brillante que j'aie jamais connue dès que ça touche aux bouquins. Seulement, dans la vie réelle, elle ne l'est pas tant que ça. Et en matière d'hommes ? Elle est à côté de la plaque.

— Exactement. Tu dois réaliser ce qu'il se passe ici...

Je pointe une main vers elle et la ramène vers moi.

— ... et où on va.

— Ce qu'il passe ?

Elle agite la main de la même manière que je viens de le faire tout en se levant de son tabouret.

— Et qu'est-ce qui se passe, au juste ?

Je marche d'un pas déterminé vers elle et ne m'arrête que lorsque son dos se cogne contre le mur. D'une main, j'écarte quelques mèches de cheveux qui lui sont retombées sur le visage. Je veux avant tout dévoiler ses yeux bleus, qu'elle n'entende pas simplement ce que je ressens, mais qu'elle le voie.

— Lily Gallo, tu es l'être humain le plus frustrant que je connaisse.

Sa respiration est lourde, elle halète presque lorsque je presse mon corps contre le sien, ne laissant aucun espace entre nous.

— P... p..., balbutie-t-elle, tordant le cou en arrière pour me regarder. Pas du tout.

Je recouvre sa mâchoire de ma paume et caresse du pouce l'ourlet de sa lèvre.

— Si, chérie. Tellement. Et je n'ai pas de problème à ce que tu le sois, jusqu'à un certain point, mais quand tu passes ton temps à me fuir, à faire l'autruche pour ne pas voir ce qu'il se passe entre nous, là, ça me pose problème.

Je me penche en avant et presse ma bouche contre la sienne, savourant ses lèvres pour la première fois depuis des semaines.

Elle me rend mon baiser, et ses doigts trouvent l'ourlet de mon tee-shirt, se glissent sous le coton et se posent sur ma taille. Elle pousse un soupir lorsque je lui mordille la lèvre et enfonce ses ongles dans ma peau, comme pour s'y ancrer.

Elle me veut.

Je le savais.

L'épisode du canapé n'avait rien d'un coup de chance.

Lily réfléchit trop et n'agit jamais sans mesurer les conséquences. En revanche, ce qui s'est passé après cette nuit-là, la façon dont elle m'a mis à l'écart, m'a toujours échappé.

Je m'écarte et contemple son visage. Ses yeux sont encore fermés, ses lèvres en avant.

— Dis-moi ce que tu veux, je demande d'une voix rauque.

Ce que je veux, moi, est juste sous mes yeux et je ne lâcherai rien tant qu'elle ne me dira pas d'arrêter.

— Sers-toi de tous ces mots compliqués que tu connais, Lily.

Ses yeux s'ouvrent, brûlants de désir.

— Je te veux, toi, Jett, admet-elle. Depuis toujours. Il n'y a jamais eu que toi, et toi seul.

Je glisse une main autour de sa nuque et enserre ses cheveux entre mes doigts. La tête levée, elle me regarde, la bouche entrouverte, tellement sexy avec ses lèvres enflées par le baiser.

— Alors, pourquoi cette réaction ? Chaque fois que j'essaie de te parler, tu me fuis.

Elle serre les paupières.

— J'ai peur, admet-elle, la souffrance altérant les beaux traits de son visage. Tout ça me terrorise.

Je desserre les doigts, prenant garde à ne pas lui faire mal et ne tenant surtout pas à l'effrayer.

— C'est moi qui te terrorise ? Jamais je ne te ferais du tort.

Cette promesse est sincère. Plutôt me couper un bras que de laisser quelqu'un faire souffrir Lily, moi y compris.

Elle rouvre enfin les yeux et murmure :

— Je sais. Je sais que tu ne voudrais pas me faire du tort.

— Alors, quoi ? Dis-moi ce que je dois faire pour te rassurer.

Je ne demande qu'à ce qu'elle s'ouvre à moi.

— Je n'ai jamais ressenti ça pour personne, Jett. Je ne me suis jamais soucié d'avoir le cœur brisé. Je n'ai jamais eu peur de ne pas être à la hauteur ou que le garçon trouve une fille dont il a davantage envie.

Je relâche finalement ses cheveux et déplace la main vers son visage pour lui prendre le menton avec délicatesse. Je la force à garder les yeux sur moi. Elle doit me regarder pour ce que je m'apprête à lui dire.

— Je veux que tu m'écoutes attentivement.

— D'accord.

— Ne m'interromps pas.

Je souris lorsqu'elle se mord la lèvre, comme si elle se muselait toute seule.

— Promis, me répond-elle d'une voix à peine intelligible.

Je secoue la tête et me retiens de rire. Bon sang, elle est vraiment trop mignonne.

— Je sais que tu te fais une certaine idée de moi. Tu connais mon passé mieux que personne, mais...

Je prends une grande respiration. C'est la première fois que je dis ces mots à quelqu'un.

— ... je n'ai jamais ressenti ça pour quiconque, non plus. Je ne me suis jamais vraiment laissé aller à éprouver grand-chose pour qui que ce soit. C'est un choix que j'avais fait, car je savais je n'étais pas prêt à tomber amoureux, et encore moins de la mauvaise personne.

Elle presse les doigts contre mes flancs et ses yeux s'agrandissent, mais elle garde le silence. On a progressé.

— Tu es ce genre de nana adorable qui pourrait causer la perte d'un mec comme moi. Je sais que tu n'as aucune expérience en matière de sexe, mais ça n'a aucune importance à mes yeux. Je veux de cette fille un peu nouille et maladroite qui porte un pyjama au lit et a encore un ours en peluche sur son oreiller. Ça me va que tu sois vierge. J'en suis même ravi.

— Vraiment ? murmure-t-elle, refermant la bouche sitôt que les mots lui ont échappé.

Je me penche en avant et mes lèvres frôlent les siennes l'espace d'une brève seconde.

— Oui. Je veux être ton premier. J'aime l'idée que cette fille pour qui j'ai des sentiments n'a couché avec personne avant moi, qu'elle se réserve pour un homme en qui elle a confiance. C'est un honneur, Lily. Un honneur que je ne suis pas certain de mériter.

— Si, tu le mérites.

— Je passe mon temps à me demander si je ne ferais pas mieux de te lâcher la grappe, te laisser ta liberté, mais quand je t'imagine avec un autre homme, mon sang ne fait qu'un tour, j'ai la chair de poule et je n'ai qu'une envie : casser la gueule à ce mec imaginaire.

Elle me décoche un grand sourire et glisse ses mains dans mon dos, doigts écartés contre ma peau.

— Je ne veux pas que tu me lâches la grappe. Je ne veux pas d'un autre homme ou de ma liberté.

Mon regard survole ses lèvres pleines, avant de revenir à ses yeux.

— Je ne veux pas non plus de ma liberté. Je veux que ce qui se passe entre nous grandisse. Quand tu n'es pas là, je me retrouve à penser à toi, je me demande ce que tu fais, si tout va bien. Je ne me suis jamais soucié que de moi-même. C'est aussi nouveau pour moi que ça l'est pour toi. J'ai peur, Lily, et c'est dur à admettre pour un mec comme moi.

— Je ne te briserai pas le cœur, m'assure-t-elle.

— Tu l'as déjà fait.

Je fais référence aux deux dernières semaines, quand elle m'a repoussé.

— Qu'est-ce qui s'est passé ?

Ses yeux se radoucissent et elle presse ses doigts contre mon dos, comme pour me retenir.

— J'avais honte. Tellement, tellement honte.

Je fronce les sourcils devant l'absurdité de sa déclaration.

— Honte de quoi ?

— De ce que j'ai fait.

— Au risque de me répéter, ma jolie, de quoi avais-tu honte ? On s'est embrassés, je t'ai touchée comme personne ne t'avait touchée avant ça, et tu as joui.

— Je sais, concède-t-elle d'une voix faible tout en fermant les yeux. Je m'en souviens dans les moindres détails.

— Et ce qu'il y a de honteux là-dedans ?

Elle ravale sa salive et rouvre lentement les yeux pour me regarder.

— La façon dont j'ai remué sur ta main.

Je place mon regard à hauteur du sien et glisse à nouveau la main autour de sa nuque pour saisir ses cheveux.

— Chérie, c'était grave chaud. Et pas du genre bouffée d'air estival, mais un truc torride, à courir sur le sable pour ne pas se brûler les pieds.

— Ça t'a plu ? s'étonne-t-elle, les yeux papillotants.

— J'ai kiffé ! Le truc le plus excitant, ce serait de lever les yeux, de te voir en train de me sauter de la même façon, tes seins dans mes mains, et de te regarder entrer en transe, parce que je serais enfoui tellement loin en toi que tu serais plus foutue de respirer.

La rougeur qui gagne son visage est la plus

sombre que j'aie jamais vue. Sa bouche s'ouvre et se referme, mais elle ne dit rien. La seule chose qu'elle fait, c'est d'enfoncer ses ongles dans ma peau comme j'aimerais qu'elle le fasse si j'étais en elle.

— Tu...

Elle ravale bruyamment sa salive et cligne lentement des yeux.

— Je..., ajoute-t-elle encore.

Elle s'appuie contre moi, tentatrice, et ses seins se rapprochent de mon visage.

— Tu..., répète-t-elle.

Ce que je viens de lui dire lui a manifestement brouillé la cervelle, et je dois bien admettre que ça a brouillé la mienne aussi. Rien que de penser à Lily Gallo, j'ai le corps en ébullition.

— Ça te plairait, Lily ?

J'ai besoin qu'elle me le dise avec ses mots, qu'elle me le confirme.

Elle hoche la tête et ses mains descendent sur mes reins, mais s'arrêtent lorsque ses doigts touchent le haut de mon pantalon.

— Oui, mais promets-moi d'y aller doucement.

— Chérie, on prendra le temps qu'il te faut.

— Comment va...

Son regard plonge vers mon bassin.

— Ça va mieux ?

— Dis le mot, Lily.

Elle se mord la lèvre et ses yeux remontent vers les miens.

— Comment va ton membre ?

— Non, ma jolie, je souffle contre ses lèvres. Dis le mot « queue ».

Je veux entendre des obscénités sortir de sa bouche.

— Est-ce que ta queue est guérie ?

Je hoche la tête et bande dès que le mot a franchi ses lèvres.

— Suffisamment.

J'esquisse un sourire en coin. Si seulement je pouvais me plonger en elle, là, tout de suite.

On entend frapper à la porte, puis un bruit de pas, et pas que d'une paire de jambes.

— Lily ? résonne la voix de Izzy de l'autre côté du panneau de bois. On t'a pris quelque chose. Viens manger, ma puce.

— J'arrive ! crie Lily.

Je tire ses cheveux pour lui renverser la tête et m'offrir une vue dégagée sur sa gorge. Je presse alors la bouche contre sa peau.

Je sens son pouls s'accélérer sous mes lèvres, tandis que ses ongles s'enfoncent à nouveau dans ma chair. Elle aime ce que je lui fais.

— Est-ce que tu peux attendre que je sois sortie pour filer en douce ?

Je lève les yeux vers elle et me raidis.

— Pourquoi ?

— Mon père, chuchote-t-elle. S'il te trouve ici, il...

— Tu lui vas lui dire pour nous deux ?

Ses yeux s'écarquillent.

— Pas tout de suite, me répond-elle.

— Tu devras bien le faire un jour ou l'autre. Tu ne pourras pas lui cacher notre relation bien longtemps.

— Je le ferai. Promis.

— Un jour, j'aimerais bien passer au salon, apporter à manger à ma copine, passer un peu de temps avec elle. Je ne pourrai pas le faire si ta famille ignore qu'on est plus que des colocataires.

Elle me sourit et se mord à nouveau la lèvre.

— Ça me plairait. Ça me plairait beaucoup.

Je la relâche. J'ai besoin d'un peu d'espace et d'un

instant pour reprendre mon sang-froid et faire baisser cette trique avant que je quitte la pièce.

— Va, lui dis-je, avec un mouvement de la tête en direction de la porte. Je partirai d'ici une minute.

Elle baisse les yeux et aperçoit forcément le barreau à travers mon jean.

— On dirait que tu es bien guéri, me lance-t-elle avec un petit rire.

La voyant fixer mon sexe, je remue les sourcils.

— Il n'y a qu'un moyen de le découvrir.

Elle se remet à rougir.

— Tu m'attendras ?

J'aimerais lui dire de se glisser dans mon lit avec moi, mais je ne veux rien faire qui l'effraie. Je ne la baiserai pas ce soir. Pas encore. Je ne lui mettrai pas la pression, ne précipiterai pas les choses, quelles qu'elles soient et peu importe comment elles évolueront. Pour la première fois de ma vie, je veux être sûr que tout est parfait et je ne permettrai pas qu'elle éprouve à nouveau de la gêne.

— J'attendrais l'éternité pour toi, Lily Gallo.

Son visage s'illumine comme si c'était exactement ce qu'elle voulait entendre.

— Reste ici une minute et pars ensuite.

Elle me pousse sur le côté pour atteindre la porte et ajoute :

— Tu ne me seras plus d'aucune utilité si mon père te tord le cou.

Je chasse ses inquiétudes d'un geste désinvolte.

— Je ne m'inquiète pas trop pour ton vieux. Je pense qu'il sera content d'apprendre que tu t'es trouvé un vrai mec, pas un type avec un protège-poche.

— Il aimait vraiment George.

— Tu m'étonnes, je marmonne.

Si Lily était ma fille, j'aimerais qu'elle sorte avec

une personne qui ne soit pas une menace pour elle, surtout sexuelle.

— Vas-y, Lily, avant que je ne t'oblige à rester.

Elle pouffe une nouvelle fois de rire, tandis qu'elle se penche vers moi et m'embrasse sur la joue.

— Bye, chéri, me susurre-t-elle.

C'est la première fois qu'elle emploie ce terme avec sincérité.

Je me retiens de l'attraper par le poignet et de l'attirer à nouveau dans mes bras.

— À très bientôt, je réplique, la voix chargée de promesses.

L'instant d'après, elle a disparu, me laissant seul dans cette pièce, avec mon sexe encore dressé et le goût de ses lèvres sur les miennes. La porte se rouvre et je me tourne pour découvrir Gigi qui m'observe.

— Ça va bien, toi ?

Je hoche la tête.

— Et elle, ça va bien ?

Je hoche la tête.

Elle sourit.

— Parfait, murmure-t-elle, avant que ses yeux s'immobilisent sur mon jean et le mât qui se dresse forcément sous le tissu. Je vois que ça a été plus que bien.

— Allez, va-t'en, lui dis-je tout en lui refermant la porte au nez, sans lui laisser le temps d'ajouter quoi que ce soit.

Je patiente cinq minutes, entends quelqu'un passer devant la salle où je me trouve, puis tourne la poignée et passe la tête par l'entrebâillement de la porte. Il n'y a personne aux alentours, mais je peux entendre le murmure de leur conversation au loin.

— Comment ça se passe avec Jett ? demande Izzy.

— Oh, bien, répond Lily, et je fais un pas en direction de la salle d'attente, car je sais que je n'ai pas à écouter aux portes.

— Que *bien* ? insiste Gigi. T'es sûre ?

— La ferme, la rabroue Lily. Bien, c'est tout.

— Qu'est-ce qui est bien ? s'enquiert le père de Lily, et c'est à cet instant-là que j'accélère le pas, ne tenant pas à me faire botter le cul avant d'avoir eu la chance de gagner définitivement le cœur de Lily.

LA SOIRÉE s'est étirée à n'en plus finir après le départ de Jett. Un nombre interminable de clients en quête de nouveaux trous à se faire dans le corps a défilé au salon, nous tenant occupés jusqu'à ce que l'on referme les portes.

— Respire, je me répète, assise dans ma voiture, le regard tourné vers la maison. Tu peux le faire.

J'inspire par le nez et ferme les yeux avant d'expulser lentement l'air emmagasiné pour vider mes poumons. J'ai les doigts qui fourmillent, cette sensation que j'ai ressentie des millions de fois par le passé, lorsque j'étais stressée avant un gros examen.

Je rabats le pare-soleil pour me regarder dans le miroir et fais quelques retouches à mon maquillage, avant d'oser entrer dans la maison. Quoi qu'il advienne, je tiens à ce que cette nuit soit aussi parfaite que possible.

— Je peux le faire ! je murmure, accrochant un sourire nerveux à mon visage.

La porte de la maison s'ouvre, et la silhouette de Jett est une ombre opaque dans la lumière chaude. Il s'appuie contre le chambranle, les bras croisés, tout aussi éblouissant que lorsque nous étions jeunes. J'ouvre la portière, me déplie et parviens je ne sais comment à me lever et à avancer sans me ramasser par terre.

— Je m'inquiétais, me lance-t-il tandis que j'agite les mains pour le saluer et marche à pas prudents vers la maison, les genoux en coton.

— Pourquoi ? je demande, les tremblements dans ma voix contenus.

— J'avais peur que tu t'enfuies.

Un rire nerveux fuse de ma gorge alors que je m'approche de lui.

— Ne sois pas bête. Je ne ferais jamais ça.

C'est un mensonge. J'ai envisagé de faire demi-tour et de rester dormir chez Gigi des dizaines de fois durant le court trajet. Seulement, je savais qu'elle me pousserait dehors et me dirait d'arrêter de faire ma poule mouillée.

Un sourire s'étire sur les lèvres de Jett et il me tend la main lorsque nous nous retrouvons à proximité.

— Je t'ai préparé un en-cas et j'ai ouvert une bouteille de vin.

Je le regarde, bouche bée, et pose ma paume dans la sienne.

— Vraiment ?

Il referme les doigts autour de ma main et m'entraîne dans la maison.

— Je ne veux pas que ma copine soit affamée ou stressée.

À ces paroles, un frisson de bonheur me parcourt le corps. *Ma copine.* Ça fait des années que j'attends d'entendre ces mots, pourtant je n'aurais jamais imaginé qu'ils me feraient cet effet.

Les battements de mon cœur s'accélèrent lorsqu'il

relâche ma main et esquisse un geste pour faire glisser de mon épaule la bretelle de mon sac.

— Tu veux passer un truc plus confortable ?

J'écarquille les yeux, et des images de tous ces films érotiques que j'ai vus défilent dans ma tête.

— Euh, oui, je réponds à demi-voix, coinçant une mèche de cheveux derrière mon oreille, incapable de le regarder.

Je ne possède pas grand-chose de sexy dans ma garde-robe. Du moins, rien qu'un homme de l'acabit de Jett trouverait affriolant. Lui ne porte qu'un pantalon de survêtement gris et cela lui suffit pour être alléchant. C'est presque injuste qu'autant d'érotisme se dégage naturellement de ce type.

— Chérie, je parle d'un truc confortable comme un short ou un jogging, pas une nuisette.

— Oh !

Je ris de ma bêtise. C'est adorable qu'il semble lire dans mes pensées, surtout quand je panique.

— Si tu es à l'aise là-dedans...

Son regard quitte mon visage et descend très lentement le long de mon corps.

— ... alors je suis très content que tu restes habillée comme ça. Ça me rappelle le moment où je te plaquais contre ce mur à Inked.

Le rougissement que je sens gagner mon visage est immédiat et violent. Mon rire nerveux s'éteint.

— Je suis super à l'aise là-dedans, dis-je, la voix rauque et empressée à ce souvenir.

— Tant mieux, me susurre-t-il tandis qu'il me tient la main pour m'aider à m'asseoir sur le canapé.

Un plateau de fruits, quelques morceaux de fromages coupés en cubes parfaits, deux verres à vin et une bouteille de blanc déjà débouchée sont disposés sur la table basse. Des bougies à la flamme tremblotante, qui parsèment la pièce, créent cette ambiance romantique que je croyais réservée à ces films de Hollywood.

Incapable de détacher les yeux de lui, je le regarde prendre un verre sur la table et le remplir de vin. Ses muscles, qui ondulent sous sa peau, leurs courbes flottant dans l'éclairage tamisé, me paraissent tout aussi succulents que la nourriture disposée devant moi. Je réalise alors que ce règlement du port du tee-shirt dans la maison est complètement ridicule, voire criminel.

Il me tend le verre, commence à s'en verser un et je ressens le besoin de combler le silence :

— Comment s'est passée ta journée ?

— Bien. J'ai fait un saut à ALPHA après être passé au salon. Il me restait quelques trucs à régler avant de commencer demain.

— Demain ? Je pensais que tu avais changé d'avis. Tu es sûr de vouloir faire ça ? C'est tellement dangereux.

Il s'assied et se tourne pour me faire face, jambe repliée sur le divan.

— Je n'ai pas changé d'avis. Mon contrat est enfin arrivé et mes antécédents ont été vérifiés et validés, sans grande surprise. James m'a dit que je pouvais commencer quand je voulais. Comme j'en ai marre de jouer les hommes au foyer, je lui ai dit que je commençais tout de suite.

Je coule un regard vers l'horloge accrochée au mur.

— Il est tard, Jett. Tu devrais peut-être aller te coucher pour être d'attaque demain matin. Le premier jour de travail, c'est le plus important.

Il esquisse un sourire en coin et me regarde attentivement.

— J'ai appris à vivre avec peu de sommeil. Cadeau de l'armée. Quelques heures de repos dans la nuit me suffisent.

— N'empêche, poursuis-je tout en portant le verre à mes lèvres, tu devrais déjà être au lit. Il est minuit passé.

Il secoue la tête sans jamais me quitter des yeux.

— Pour que j'aille au lit tout de suite, il faudrait que tu m'y accompagnes, ma jolie.

J'avale de travers le vin qui me coulait dans la gorge, prise au dépourvu par sa réplique. Luttant contre les larmes qui me montent aux yeux, je me donne des coups de poing dans la poitrine, en quête d'air.

— On est bien sur le divan, je lâche tant bien que mal, tandis qu'un de mes genoux se met à trembler de manière incontrôlable.

Jett y pose une main pour l'arrêter.

— Relax, Lily. Respire.

— J'essaie, je maugrée, sans même prendre la peine de dissimuler ma crise de panique. Je peux te dire que j'essaie.

Il resserre les doigts autour de mon genou et me sourit avec douceur.

— Il ne se passera rien ce soir, à moins que tu le veuilles. Je ne te forcerai jamais à faire l'amour ou quoi que ce soit d'autre si tu n'en as pas envie. Si tu veux qu'on s'embrasse, on s'embrasse. Si tu veux qu'on se caresse comme l'autre soir, on se caresse. Je ne suis pas pressé. Je ne vais nulle part, et toi non plus. On a tout notre temps et on fait ça à ton rythme.

Je regarde, étonnée, le verre encore à mes lèvres, cet homme gentil et patient près de moi. Je savais que Jett était quelqu'un de bien. Il se montre tellement compréhensif, comparé à moi qui suis toute nerveuse.

— Tu n'as pas envie de le faire ce soir ? je demande.

Il me sourit une fois de plus et secoue la tête tout en reposant son verre de vin sur la table à côté de lui.

— Bien sûr que si. J'en rêverais ! Mais je veux que ça vienne naturellement, et que ça vienne de toi. Je ne tiens vraiment pas à ce que tu te forces à faire quelque chose, juste pour me faire plaisir.

Sentant la tension dans mon corps se relâcher, je murmure :

— Merci.

— Ça m'irait tout aussi bien si tu grimpais sur mes genoux, m'embrassais comme la fois dernière et me laissais te donner quelques orgasmes en cours de route.

Ma bouche s'ouvre et je sens mon cœur battre dans mon sexe rien qu'au souvenir d'avoir joui sur sa main. Je déglutis.

— Ben...

Le vin ne fait rien pour apaiser mon désir inextinguible. J'en avale une autre gorgée, vidant la moitié du verre ce faisant, avant de le reposer sur la table.

Jett a les yeux rivés sur moi et me regarde silencieusement tandis que je m'approche de lui, me traînant sur les quelques mètres qui nous séparent, avant d'ôter mes chaussures du bout des orteils.

— Ça m'irait bien, à moi aussi, dis-je, la parole et le courage enfin retrouvés.

— Les baisers ou les orgasmes ? me demande-t-il, un rire dans la voix, tout en passant un bras dans mon dos pour me faire grimper sur lui.

— Les deux.

Je souris d'un air malicieux en me remémorant la façon dont il m'a embrassée l'autre fois et la sensation incroyable que c'était de jouir sans que j'aie à me toucher.

Je m'installe à califourchon sur ses cuisses, les genoux serrés autour de ses hanches, le sexe pressé contre sa queue bien dure et bien en chair. Nous nous regardons dans les yeux, le souffle court, l'air chargé d'électricité autour de nous.

Sa main dans mon dos descend sur mes fesses.

— Embrasse-moi, chérie. Ça fait des heures que j'attends de goûter à tes lèvres.

Je me penche en avant, les mains sur ses épaules, et lui offre ce qu'il désire. Je le désire aussi. J'ai passé la soirée entière à fantasmer sur cette même position, nos bouches fusionnées, nos mains parcourant le corps de l'autre.

Ses baisers sont plus fougueux et plus pressants que la dernière fois. Je suis emportée dans le feu de l'action, accaparée par lui, et j'ouvre la bouche pour glisser ma langue entre ses lèvres. Je pousse un soupir de satisfaction lorsque je retrouve leur saveur, le vin se mélangeant à ce goût suave qui est propre à Jett.

Ce moment n'a rien de doux ou de tendre. Cela est très différent de la dernière fois. Si je ressentais encore un peu de honte, elle a disparu, balayée par ses paroles et sa trique pressée contre mon sexe.

Il dirige mes mouvements avec ses mains, se frottant contre moi, tandis que sa bouche s'empare goulûment de mes lèvres. J'étouffe une exclamation à cette sensation, nos bustes serrés l'un contre l'autre, son corps glissant sous le mien. C'est tellement délicieux et coquin, merveilleux et érotique, et tout ce que j'ai imaginé ressentir en ayant un homme en chair et en os contre moi.

Je halète contre ses lèvres. Ce plaisir qui irradie jusqu'au plus profond de moi-même n'est plus suffisant. J'en veux davantage. Ses mains se glissent sous mon tee-shirt, remontent sur mes côtes jusqu'à ce que ses doigts trouvent la pointe de mes seins, et le feu qui brûle entre mes cuisses devient incontrôlable.

Je prends les commandes et accélère le mouvement de mes hanches, intensifiant la friction de nos deux corps. Je me frotte contre lui comme jamais je ne me suis frottée contre quiconque. D'ailleurs, je ne l'ai jamais fait tout court. Même mes prudes d'ex ne se sont jamais essayés à ça avec moi et, bien que les hommes dans leur vingtaine n'aiment probablement pas cela, moi, ça me fait complètement triper.

Jett m'empoigne les fesses avant de remonter les mains à ma taille et de me stopper dans mes mouvements. Il interrompt notre baiser et, pantelant, s'écarte légèrement de moi.

— Attends, lâche-t-il à bout de souffle. Je veux te goûter.

— C'est que tu es en train de faire, je réplique, tout aussi essoufflée, alors que j'essaie toujours d'onduler du bassin.

Il m'immobilise, une flambée de désir dans le regard.

— Non, Lily. Je veux te goûter, me répète-t-il.

J'écarquille les yeux et un fourmillement s'empare de mon corps lorsque je comprends qu'il veut poser sa bouche sur mon sexe. Personne ne m'a fait ça. Jamais. J'ai entendu Gigi, Tamara et quelques autres filles s'extasier sur la sensation que procurait la bouche d'un homme entre leurs jambes. Je les ai toujours enviées d'avoir un mec et, plus encore, de voir que ce mec était prêt à leur donner du plaisir avec sa bouche.

Il se penche en avant, me pousse en arrière sur le canapé et se positionne au-dessus de moi.

— Tu es d'accord ?

Je le regarde en clignant des yeux, le souffle court. Je ne suis pas certaine de réussir à parler suffisamment fort pour qu'il m'entende, mais je fais tout de même un essai.

— Oui, je réponds, mes doigts courant sur la peau rugueuse de sa mâchoire. J'en ai envie.

Le sourire qui se dessine sur son visage est carrément indécent. Il descend le long de mon corps, puis ses doigts plongent sous la ceinture de mon pantalon et il le tire, emportant avec lui ma culotte, jusqu'à mes chevilles.

Je me fige et résiste à l'envie de me couvrir, parce que personne n'a jamais vu cette partie de mon corps. Je sens la chaleur gagner mon visage et je ferme les yeux pour repousser la peur.

— Détends-toi, chérie. Tu es magnifique.

À la façon dont il me dit ces mots, j'ai le sentiment d'être exactement comme il le prétend : magnifique. Je ne me suis jamais sentie aussi belle et aussi désirée qu'avec Jett.

Je me relaxe contre les coussins, concentrée sur ma respiration, pendant qu'il ôte mon pantalon et ma culotte et les laisse tomber sur le sol. Lorsqu'il touche mes jambes, je ferme les yeux. Je suis incapable de le regarder.

Il les écarte, et de l'air frais s'engouffre entre mes cuisses et caresse mon corps chaud. Retenant mon souffle, je replie les doigts sur le tissu du canapé et me tiens prête. L'instant d'après, la caresse de ses lèvres, aussi légère qu'une plume, contre la partie la plus sensible de mon anatomie me fait convulser d'une façon que je n'aurais jamais crue possible. Il enroule les bras autour de mes jambes, les immobilise et les écarte un peu plus.

Oh, doux Jésus. Il m'a à peine touchée que je suis déjà en passe de me désagréger. Les filles m'avaient dit que c'était incroyable, mais je n'avais pas imaginé quelque chose d'aussi délicieusement obscène.

La douceur de ses lèvres est suivie d'une moiteur qui glisse le long de ma peau. Je rue des hanches vers l'avant. Il me faut plus de bouche sur moi. Et, Seigneur, lorsqu'il la referme sur ma chair, me dévore pratiquement en une seule bouchée, je gémis de plaisir.

J'ouvre les yeux et jette un regard vers la masse de cheveux bruns entre mes jambes. Jett me mange comme s'il était affamé. Au moment où je croyais que rien ne pouvait être meilleur, il aspire ma peau dans sa bouche et je décolle le bassin du canapé avec avidité.

Putain, que c'est bon.

Non, c'est plus que ça. C'est fantastique.

C'est la meilleure expérience que j'ai vécue. Si j'ai lu des articles sur les rapports bucco-génitaux, j'ignorais avant aujourd'hui, et avant la bouche de Jett sur mon sexe, à quel point c'était génial.

Et, de le voir le faire, c'est indicible. C'est bien plus sexy que tout ce que j'aurais pu imaginer ou lire. Je mêle les doigts à ses cheveux et mes yeux se révulsent, le plaisir étant trop fort pour que je puisse y voir clair.

Après quelques coups de langue, mes orteils se crispent et je me cambre tandis que l'orgasme déferle sur moi. Les vagues affluent les unes après les autres, et jamais il ne s'arrête, s'empiffrant de mon sexe pendant que je crie *Putain !* à répétition, comme si c'était un mot que j'employais tous les jours.

— Chérie, et moi qui pensais que tu ne pouvais pas être plus sexy, déclare Jett entre mes jambes, me ramenant à la raison.

J'ouvre les yeux, baisse le regard et aperçois son beau visage et son sourire ravageur sur les lèvres. Je lui souris, trop enivrée par l'orgasme pour parler, trop embrumée pour former de véritables mots ou même oser essayer.

— Tu veux qu'on tente le deuxième ?

J'écarquille les yeux.

— Le deuxième ?

Il hoche la tête sans attendre de réponse, et sa bouche est de retour sur moi pour me donner tout ce qu'elle a.

jett

— JETT, me susurre Lily en rêve.

Je pousse un marmonnement, trop las pour parler et trop bien installé pour bouger.

Des doigts caressent mon biceps en un mouvement lent et régulier. Avant, arrière, avant, arrière.

— Jett, susurre-t-elle une nouvelle fois.

— Lily, je murmure dans mon sommeil.

Je suis tellement obsédé par cette fille que j'y pense sans arrêt, même en rêve.

Ses doigts remontent le long de mon bras, passent sur mon épaule, suivent mon sternum. La caresse, douce et légère, me donne des frissons.

— Je veux le faire, me confie-t-elle doucement tandis que sa main glisse sur mon ventre et trouve le cordon de poils sous mon nombril.

Je marmonne à nouveau. J'aime le tour que prend ce rêve et ne demande qu'à recevoir tout ce que Lily est disposée à m'offrir... même si ce n'est que le fruit de mon imagination.

— Tout ce que tu voudras, chérie, je murmure.

S'il vous plaît, faites que je ne me réveille pas.

Des doigts touchent mon gland, heurtent mon

piercing, et une tout autre sensation, très réelle cette fois, me traverse. Je me relève brusquement.

Je suis assis dans le noir, la respiration courte, le corps couvert de sueur et le cœur palpitant.

— Pardon, s'excuse-t-elle.

J'écarquille les yeux et tourne la tête lorsque je comprends que je ne rêvais pas. Lily se tient à côté de moi, allongée, le bras tendu, près de ma hanche.

— Je ne voulais pas te faire mal.

Elle se mord la lèvre, le visage illuminé par la lumière faible que projette le téléviseur à l'autre bout de mon lit.

— J'ai fait un cauchemar et je ne savais pas quoi faire d'autre.

Ne te foire pas, ducon.

Je me laisse retomber sur le lit, le cœur battant à cent à l'heure, et déplie un bras pour l'attirer contre mon flanc.

— Tu veux m'en parler ?

Elle secoue la tête contre mon épaule tandis que ses doigts retournent à mon torse.

— Ça va mieux, maintenant que je suis ici.

— Moi aussi, je me sens mieux, maintenant que tu es là.

Mes doigts se fraient un chemin dans sa chevelure et trouvent la peau nue de son dos.

— Tu ne m'as pas fait mal, Lily. J'ai juste été surpris.

Je ne voudrais pas qu'elle se sente mal à l'aise, bien qu'elle m'ait pris au dépourvu.

Et puis, c'est le déclic : elle allait me toucher la queue, et j'ai tout gâché en me relevant comme un crétin.

Elle lève les yeux vers moi et me regarde avec tendresse.

— Je m'en veux pour hier soir.

— Pourquoi ? Tu n'as pas à t'en vouloir. C'était une super soirée.

Non seulement j'ai pu enfin goûter à ses charmes, mais j'ai réitéré jusqu'à ce qu'elle ait du mal à formuler une phrase. J'ai fait ça. Je lui ai donné autant d'orgasmes que possible, jusqu'à ce qu'elle manque de s'évanouir. La seule chose que je n'ai pas faite, c'est la baiser. J'ignore pourquoi. Le moment ne me paraissait pas propice, ou peut-être n'étais-je pas entièrement convaincu que Lily était prête.

Sa main passe de mon torse à mon ventre et envoie des signaux d'alerte à mon cerveau et mon sexe.

— Je ne t'ai rien donné en retour.

Je sens ma queue se durcir sous les draps.

— Je n'avais besoin de rien, mens-je.

Ce n'est pas la douleur qui est le plus difficile avec ce piercing, c'est de rester un mois sans pouvoir jouir. Je ne crois pas avoir vécu une si longue abstinence depuis que j'ai compris que mon membre était bien plus qu'un simple organe destiné à pisser. Dès que j'ai su me donner du plaisir, je n'ai plus arrêté, comme tous les autres hommes au sang chaud de cette planète.

— Je veux te donner ce que tu m'as donné.

Mes doigts suivent le tracé de sa colonne vertébrale, en caressent doucement la peau pour m'aider à garder la tête froide.

— Rien ne t'oblige à faire ça, chérie. J'ai été ravi de te faire plaisir hier soir.

— Jett, murmure-t-elle, sa main descendant plus bas pour se glisser sous les draps. J'en ai envie.

Je retiens mon souffle, guettant l'instant où sa main touchera ma queue. Si j'avais encore de l'air dans mes poumons, il s'est rapidement évaporé. Sa peau est chaude, ses caresses légères tandis que ses doigts trouvent ma verge et, par bonheur, épargnent cette fois mon gland.

— Lily, je veux que tu sois...

Les mots se perdent sur mes lèvres lorsque sa main se referme sur mon sexe et qu'elle se met à me caresser.

Si les cieux pouvaient s'ouvrir et les anges chanter, ce moment serait le bon : Lily, qui me touche pour la première fois de son propre chef et non par obligation pour le travail. Lorsque j'étais dans ce fauteuil à Inked, j'ai bien cru que j'allais perdre contenance. Or, maintenant que je l'ai dans mon lit, que j'ai ma queue entre ses mains, il est hors de question que je me bride.

Je penche la tête et fouille dans ses yeux à la recherche d'une lueur d'hésitation ou de peur, mais n'en trouve aucune. Elle paraît sûre d'elle, confortablement blottie contre moi, occupée à me caresser. Comme si c'était sa place et qu'elle s'y était trouvée bien des fois auparavant.

— Embrasse-moi, me dit-elle, sa main s'accélérant, ses doigts se resserrant autour de mon membre.

Avec un sourire, je me penche vers elle, réduisant l'espace qui nous sépare, et presse mes lèvres contre les siennes. Au départ, le baiser est doux, les pensées encore embrumées par le sommeil, et la surprise de la trouver près de moi à mon réveil ne s'est pas dissipée. Lorsqu'elle ouvre la bouche et glisse dans la mienne sa langue, l'animal qui hiberne en moi se réveille enfin.

D'une main dans son dos, je presse son buste contre moi en prenant soin de ne pas l'empêcher de me caresser. Pour une vierge, elle sait incroyablement bien doser la pression.

Elle soupire lorsque je l'embrasse avec plus d'ardeur, mêlant ma langue à la sienne. Je glisse alors l'autre main sous son bras. Je veux toucher son corps, j'ai besoin de sentir la chaleur de sa peau et de lui faire autant de bien qu'elle m'en fait.

Lorsque ma main trouve sa cuisse, je remonte un peu plus les doigts et marque un temps d'arrêt quand je réalise qu'elle ne porte pas de culotte. S'il y a bien une chose que je sais sur Lily, c'est qu'elle porte toujours des sous-vêtements. Toujours. Et pas le genre de lingerie sexy qu'arborent la plupart des femmes de son âge. Elle ne jure que par le confort du coton. Or, cette nuit, dans mon lit, en dehors de cette nuisette douce et légère, elle est nue.

Ce n'est pas un hasard.

Elle ne s'est pas simplement faufilée dans ma chambre après avoir fait un mauvais rêve.

Elle avait planifié tout ça.

L'absence de sous-vêtements est révélatrice, d'autant qu'elle m'a réveillé par des caresses. Elle en a envie, et il ne fait aucun doute qu'elle est venue ici avec la ferme intention d'aller au bout des choses. Inutile alors de lui demander si elle est sûre de son choix. Inutile de répéter la question, de tenter d'alléger ma conscience. Lily n'est pas entrée discrètement dans ma chambre pour trouver uniquement du réconfort.

Je remonte encore la main et passe les doigts sur son intimité soyeuse et mouillée, ce qui me vaut une pression autour ma queue et un soupir contre mes lèvres. Elle relève la jambe pour poser son genou sur ma cuisse et me donne plein accès à son corps.

Je ne m'interromps pas.

Je ne réfléchis pas.

Je me contente de faire ce dont elle a besoin et ce dont j'ai envie.

J'effleure son clitoris, bougeant mes doigts comme elle aime, de cette façon qui la fait gémir, se frotter contre ma main comme si elle n'en avait jamais assez.

Je suis déjà incroyablement excité. Je me sens comme un adolescent que l'on touche pour la première fois. Ajoutez à ça les sons qu'elle émet alors que je touche ses parties les plus intimes, et je suis au bord de l'explosion. Si je ne fais pas attention, ce sera terminé avant même d'avoir commencé.

Elle pousse un gémissement plaintif lorsque ma main quitte son entrecuisse et que je romps le baiser. Je me mets en position assise et l'entraîne avec moi, regrettant aussitôt le moment où sa paume relâche mon sexe.

Sans dire un mot, je glisse les doigts sous les bretelles de sa nuisette. Je veux sentir sa peau contre la mienne. Je refuse tout obstacle. Rien ne doit se trouver entre nous la première fois où nous serons véritablement et pleinement ensemble.

Ses yeux brillent dans la lumière douce du téléviseur. Soutenant mon regard, elle lève les bras et me permet de lui ôter sa chemise de nuit. Ses seins sont parfaits. Ni trop gros ni trop petits. Ils remplissent à merveille mes mains, comme s'ils étaient faits pour moi.

Je promène le regard sur sa chair nue et murmure :

— Tu es tellement belle.

Elle est la plus jolie femme que j'ai fréquentée, et pas seulement sur le plan physique. Lily n'a aucune laideur en elle. Elle est douce, gentille et attentionnée jusqu'au plus profond d'elle-même.

— Arrête ton blabla, me dit-elle, les joues teintées de rose. J'en ai envie, Jett. Tu n'as pas besoin de me couvrir de compliments pour me pousser à coucher avec toi. Je suis là de mon plein gré.

Elle ravale sa salive et retient son souffle.

— Je suis nue. Je suis prête. J'en ai envie. C'est avec toi que je veux le faire.

Je jette sa nuisette au sol, quelque part à côté du lit, me fichant de l'endroit où elle atterrit, car elle n'en aura plus besoin.

— Je ne te couvre pas de compliments. Je te dis ce que je vois. Je veux que tu saches ce que j'éprouve, parce que je n'ai jamais ressenti ça avant. C'est aussi nouveau pour moi que pour toi.

Je n'ai jamais été doué pour exprimer mes sentiments. J'avais trop peur qu'une fille devienne collante. Avec Lily, je ressens le besoin d'être honnête. Elle le mérite bien. J'ai toujours compris qui elle était véritablement, ne la voyant pas seulement comme le rat de bibliothèque qui évite de croiser votre regard, mais comme une créature belle et timide qui est terrifiée à l'idée d'être elle-même. Le nez toujours plongé dans un livre, elle a vécu sa vie à travers celle des autres.

Lorsqu'elle m'a confié avoir abandonné ses études, j'ai compris qu'elle n'était plus la Lily que j'avais connue au lycée, cette fille modèle qui cherchait constamment à plaire à ses parents. Elle avait enfin trouvé une part d'elle qui lui avait toujours échappé. Se retrouver nue dans mon lit, prête à faire l'amour, est une autre étape de son voyage initiatique.

Je la pousse doucement en arrière contre le lit et m'allonge sur elle, les bras enserrant sa tête. En appui sur les coudes, je la contemple encore quelques instants avant de presser ma bouche contre la sienne. Je ne m'attarde pas, car je dois encore la préparer pour rendre cette expérience la moins douloureuse possible.

Je redescends le long de son buste, traîne mes lèvres sur sa peau pour goûter à tout ce que je peux.

Ses jambes s'écartent, cessent de me serrer et me donnent accès à la moindre parcelle de son corps. Je la couvre de tendres baisers, passant à ses seins pour finalement refermer les lèvres autour d'un mamelon.

Elle se cambre, pousse la poitrine contre mon visage tandis que j'aspire la pointe durcie dans ma bouche, la titille avec ma langue. Elle tend le bassin vers moi, frotte son sexe mouillé contre ma queue invraisemblablement dure. Je gémis. Je veux me glisser en elle, la sentir à nu.

— Tu prends la pilule ? je demande contre son sein, le regard levé vers elle.

— Non.

Elle fait une moue l'espace d'une seconde et sa bouche se relâche lorsque je me remets à aspirer son sein.

Faire l'amour sans protection serait en tout point une mauvaise idée.

— Mince, je murmure. Il faudra y remédier, chérie.

— Je n'en ai jamais eu l'utilité, m'explique-t-elle, et je me souviens qu'elle est vierge et n'a jamais couché avec personne. Tu as un préservatif ?

Si je doutais encore qu'elle souhaitait aller au bout des choses, c'est terminé. J'acquiesce d'un hochement de tête tout en faisant le tour de son mamelon avec ma langue.

— Quand tu seras prête, j'en sortirai un.

Ses doigts remontent sur mes épaules et se posent près de ma nuque.

— Je suis prête, me murmure-t-elle.

Je secoue la tête. J'ai beau avoir une envie furieuse de m'enfouir en elle, elle n'est pas prête.

— Pas encore, chérie.

Elle laisse échapper un grognement frustré et proteste :

— Si.

Je glisse une main entre nous et fais courir mes doigts entre ses cuisses. Elle est mouillée, certes, mais se faire pénétrer par un doigt n'est pas tout à fait pareil que de se faire pénétrer par une verge, surtout une aussi grosse que la mienne. J'enfonce doucement un doigt en elle, veillant à garder les lèvres sur son sein pour lui donner du plaisir.

Ses ongles creusent ma chair tandis qu'elle se cambre et écarte les jambes. Après quelques va-et-vient, je passe un second doigt entre les replis moites de son sexe et commence à l'y enfoncer. Avec une extrême lenteur, j'écarte l'orifice, et elle retient son souffle, le corps tendu.

— Tranquille, Lily, je la rassure tout en balayant son clitoris avec mon pouce. Ça va aller.

Elle expire lorsque le plaisir la traverse, et je la caresse de la façon qu'elle aime. Son corps est réceptif, prompt à s'emballer, facile à exciter. Vierge et préservé de tout autre avant moi.

Elle balance les hanches contre ma main, la poitrine toujours relevée, alors je ne perds pas de temps. Je lèche et suce ses seins, et mes doigts la préparent à recevoir ma queue. Son intimité s'adapte, aspire pratiquement mes doigts en elle. Son corps fonce vers cet orgasme qu'elle recherche toujours avec avidité.

Elle a tôt fait de trembler sous moi, la respiration coupée, tandis que le grand frisson la saisit. Ses ongles me lacèrent les épaules, et je continue de la pénétrer à chaque spasme pour lui donner le plus de plaisir possible. Elle se contorsionne et gémit jusqu'à ce que ma main ralentisse et que son corps se relâche.

Je tends un bras, ouvre le tiroir de ma table de nuit, tâtonne à la recherche des préservatifs que je garde toujours là, au cas où. Non pas que j'avais prévu de baiser Lily ce soir-là, mais un homme doit toujours se tenir prêt à tout, notamment à une chatte si délicieuse que vous seriez prêt à rendre votre dernier souffle pour vous y loger.

Je baisse le regard vers elle tout en portant l'emballage à mes lèvres. Ses paupières sont closes et sa respiration lourde après cet orgasme qui, je le sais, vient de la plonger dans l'extase. Ses yeux s'ouvrent lorsque j'arrache l'enveloppe en aluminium avec mes dents. Un sourire indolent aux lèvres, elle me regarde avec fascination retirer le capuchon de latex de son emballage.

Je me redresse tandis qu'elle me caresse, et j'offre mon corps et mon sexe à sa vue. Son regard descend sur mon torse et ses yeux s'écarquillent comme si elle n'avait jamais vu ma queue auparavant.

— Merde alors…, murmure-t-elle, la bouche grande ouverte. Je crois pas que...

— Ça va rentrer, chérie. Crois-moi, ça va rentrer.

Je suis tellement excité que je vais jouir en un temps record.

— Vas-y doucement, m'implore-t-elle tout en se mordant la lèvre. Promets-le-moi.

— Je serai doux.

Je veux que ce soit aussi bon pour elle que ça le sera pour moi.

Je baisse les yeux et regarde mon piercing. Je me demande bien comment positionner ce fichu préservatif autour du machin. Je ne mets finalement qu'une minute pour passer le morceau de latex sur le métal, le rouler sur mon gland et le long de ma verge.

Lorsque je me replace au-dessus d'elle, la queue entre ses cuisses, le corps réclamant ses caresses, elle laisse retomber ses genoux sur le lit.

— Je suis prête. Je veux que tu me fasses l'amour.

Je la regarde dans les yeux, étudie son visage. Je sais qu'elle me dit la vérité.

— J'en rêve depuis toujours, lui dis-je.

Elle attire mon visage vers le sien et m'embrasse passionnément tandis que j'empoigne ma queue et en frotte l'extrémité contre son sexe. Je déteste les préservatifs. Ils émoussent les sensations, atténuent le plaisir. Même si l'issue reste inchangée, rien ne vaut l'expérience en elle-même.

— J'aimerais tellement te sentir à nu, je murmure contre ses lèvres entre deux baisers. Te sentir tout entière.

Elle acquiesce d'un soupir lascif, ses mains caressant mes bras.

Je ressens d'abord un pincement, le frottement de nos sexes malmenant le piercing comme jamais. Je ne me laisse pas distraire par cette nouvelle sensation tandis que j'enfonce lentement mon gland en elle.

Ses genoux quittent le lit pour presser mes hanches. Je l'embrasse avec plus d'ardeur, m'efforçant de lui faire oublier la nervosité qui la gagne. Au début, elle est crispée, bougeant à peine le corps, si ce n'est les mains, qui ont caressé la moindre surface de mes épaules et de mon dos.

Je m'enfonce encore d'un centimètre, patiente le temps que son corps s'habitue à cette invasion et que je m'adapte à l'exiguïté de son sexe et au récent ajout sur le mien. Si une chose pouvait ressembler au paradis, ce serait d'être en elle.

Je me redresse et observe son visage.

— Ça va ? je demande d'une voix douce, parvenant à peine à formuler les mots, car je ne sais pas vraiment si moi-même, je vais bien.

Toute cette expérience tient du sacré. Je ne suis pas tellement croyant, mais, bon sang, m'enfoncer en elle me pousse pratiquement à croire qu'il existe un dieu. La seule chose qui puisse rendre l'expérience encore meilleure serait de ne pas avoir de latex entre nous. D'être chair contre chair.

Elle expire, ravale sa salive et hoche la tête, ses yeux dans les miens.

— Ça va, me répond-elle, sa voix se brisant sur le dernier mot.

Je me penche vers elle, baisse la tête et prends la pointe d'un sein dans ma bouche. Cette fille adore qu'on les lui suce, et je sais que le plaisir l'aidera à se relaxer, à améliorer toute cette expérience.

Elle se cambre tandis que ses yeux se referment en papillotant et que sa bouche s'entrouvre. Je m'enfonce un peu plus, jusqu'à me retrouver presque entièrement en elle tout en veillant à ne pas la blesser. Ma volonté et ma maîtrise sont mises à rude épreuve.

Un dernier mouvement et je suis maintenant complètement enfoui en elle. Je stoppe le balancement de mes hanches, lèche ses seins et savoure le moment. Je suis son premier. Le seul qui l'ait touchée de cette façon, le seul à être allé aussi loin en elle.

J'ai bien conscience de la valeur de ce qu'elle m'offre, de la confiance qu'elle m'accorde et du fait qu'elle ne m'oubliera jamais, quoi qu'il se passe entre nous.

Je me retire lentement, aspire un peu plus fort son sein et me replonge en elle, avec toujours autant de délicatesse, de soin. Lily ne met que quelques minutes à se détendre et à bouger son corps en rythme avec le mien. Ce n'est qu'à cet instant que je relève la tête, lui offre mes lèvres et la prends jusqu'à ce qu'il n'y ait plus rien à donner.

—ALORS, vous êtes ensemble, c'est officiel ? me demande Tamara, qui lève les yeux vers moi et fouille mon visage du regard comme si elle pouvait lire toutes mes pensées coquines, pour peu qu'elle me fixe suffisamment longtemps.

Je hausse les épaules et jette un coup d'œil derrière moi pour voir Jett en train d'échanger une poignée de main avec oncle Joe.

— On n'a pas encore discuté de la vraie nature de notre relation.

Tamara me dévisage en clignant des yeux comme si j'étais une extra-terrestre.

— Il couche avec quelqu'un d'autre ?

Je secoue la tête.

— Tu vois quelqu'un d'autre ?

Je secoue la tête.

— Alors vous êtes en couple, et à en juger par ta bouille toute rouge et le fait que tu ne m'as pas corrigée, je dirais que quelqu'un ici n'est plus vierge.

Les yeux de Gigi s'arrondissent et la paille entre ses lèvres retombe dans son verre lorsqu'elle ouvre en grand la bouche.

— Tu l'as enfin fait ?

Je souris, incapable de contenir ma joie. Nous nous sommes toujours tout raconté. Parfois bien plus que je n'aurais aimé en savoir. Sauf que, cette fois, c'est moi l'objet du scoop et pas elles.

— Oui, je chuchote.

Je ne tiens pas à ce que les autres m'entendent.

Mes deux cousines piaillent de joie et se lèvent de leur siège pour me prendre dans leur bras en un câlin général.

— C'est une putain de nouvelle ! commente Tamara. Comment tu te sens ?

Elle me surprend. J'aurais cru qu'elle m'interrogerait sur la taille de sa queue avant tout autre chose.

— Bien.

Je marque une pause et mon sourire s'étire.

— Super, en vérité.

Gigi me tient les mains et observe Jett par-dessus mon épaule.

— Tes parents sont au courant ?

— Qu'on a couché ensemble ? je demande, interloquée.

Elle secoue la tête.

— Que vous sortez ensemble, patate !

— Mon Dieu, pas du tout. Si mon père apprend ça, il...

Je tourne la tête et le vois avec James, mais il me fixe du regard.

— Eh merde. Je ferais mieux de le leur dire avant qu'ils le devinent.

— En temps normal, j'aurais dit que la vérité était la meilleure option, déclare Gigi, qui vient se tenir près de moi et lance un regard en direction de mon père. Mais avec oncle Mike, je n'en suis pas si sûre. C'est qu'il est un peu sanguin.

— Un peu ? s'exclame Tamara. Ce type peut être carrément flippant.

Gigi agite la main vers nos oncles et pères.

— Lequel ne l'est pas ? Ils sont tous mabouls.

— Qu'est-ce que vous mijotez, toutes les trois ? s'enquiert Pike, qui arrive par-derrière, nous prenant de court.

— Putain, fais du bruit la prochaine fois, marmonne Tamara.

— J'aurais pensé que nos godillots suffiraient, mais vous êtes trop absorbées par... quoi, au juste ? demande Mammoth.

Tamara se blottit contre son torse, les yeux levés vers lui.

— On parlait de Jett et on se demandait si Lily devait révéler à son père qu'ils sont plus que *colocs*.

— Négatif, princesse.

Les yeux de Mammoth se tournent vers moi.

— Garde ça pour toi tant que tu peux. Reçu ?

— Ben, pas vraiment, je murmure tout en rabattant une mèche derrière mon oreille.

J'aime Mammoth. Je l'aime beaucoup. C'est un mec super pour Tamara. Seulement, parfois, comme maintenant, j'ai du mal à le comprendre. Pourquoi devrais-je cacher ma relation avec Jett quand tous les autres ne le font pas ?

Il m'adresse un sourire en coin.

— Poupée, tu cohabites avec un homme, et bien que vous vous frottiez la couette, je crois qu'il vaut mieux que tes parents pensent l'inverse.

Je pâlis devant autant de rustrerie et secoue la tête. Il ignore à quel point il se trompe.

— C'est pas comme ça que ça se passe. C'est plus beau que ça.

Mammoth braque son regard sur moi.

— Je t'assure, ne leur dis rien. Pas encore. Ils s'habituent à peine au fait que tu habites avec un ami. Alors, que tu couches avec...

Tamara et Gigi hochent toutes deux la tête, manifestement d'accord avec Mammoth, mais Pike est silencieux, debout derrière Gigi, les yeux rivés sur Jett.

— Et toi ? je lui demande.

Son opinion compte pour moi.

Il hoche la tête en direction de Mammoth.

— Je suis de son côté. Attends encore un peu, juste pour être sûre.

Je croise les bras et lance un regard de reproche aux quatre gus.

— Je croyais que l'honnêteté était la meilleure des politiques. Je n'en reviens pas que vous me demandiez de mentir.

Pike m'arrête d'une main levée.

— Non, ne leur mens pas. S'ils te posent la question, réponds-leur honnêtement, mais ne vide pas ton sac juste pour te sentir mieux.

— Allons boire un verre ce soir, propose Tamara tout en passant les bras autour de la taille de Mammoth. Histoire de fêter ça, ça vous dit ? Ça fait un bail qu'on n'est pas sortis tous ensemble.

— T'as pas cours, demain, toi ? je lui demande.

Elle secoue la tête.

— Vacances.

— Veinarde, je lâche dans ma barbe.

Les vacances scolaires me manquent. Le salon ne ferme jamais, excepté cinq jours par an, à la louche, avec les dimanches. L'emploi du temps arrangeant de la fac, avec ses congés à n'en plus finir été comme hiver et tout ce qui peut servir de prétexte à ne pas travailler, me manque.

Gigi baisse les yeux sur son short de bain et ses tongs.

— Faudra que je fasse un saut à la maison pour me changer, alors disons vingt heures chez Duff.

— C'est noté, dis-je tout en regardant Jett avancer vers moi.

Un sourire est fiché sur son visage, et il s'agrandit à mesure qu'il se rapproche.

— Hé, ma jolie ! On parle de moi ?

Je rougis et fais battre mes cils comme une ado éperdue d'amour.

— Peut-être un peu.

— On l'annonce à tout le monde ? me demande-t-il, se gardant de me toucher pour la première fois depuis des jours.

— Pas encore. Ils...

Je fais un geste en direction de mes cousines et de leurs jules.

— ... pensent qu'il vaut mieux attendre un peu.

Jett laisse échapper un long soupir de soulagement, une main sur le cœur.

— Je vais pouvoir vivre un jour de plus.

— Tu l'as dit, mon pote, confirme Pike, qui s'attire un regard foudroyant de ma part.

— Franchement, mon père n'est pas pire que Joe, et pourtant tu respires encore, je proteste en roulant des yeux.

— On sort ce soir, Jett. Tu viens ? On célèbre le fait que vous...

Tamara remue les sourcils.

— ... tu vois, quoi.

Jett rougit, ce dont je ne l'aurais jamais cru capable, quelles que soient les circonstances.

— Je ne suis pas certain qu'il faille célébrer un truc pareil, surtout en famille.

Tamara lui flanque une tape sur l'épaule.

— Il n'y aura que nous, idiot ! On célèbre le fait

que vous soyez en couple, pas que vous l'ayez enfin fait.

— Qu'ils aient fait quoi ? demande James, arrivant derrière un Jett qui s'est pétrifié comme une statue.

— Ils ont officiellement déballé le dernier carton, réplique au quart de tour Gigi, lui servant un mensonge éhonté.

James se frotte le front et nous regarde comme si nous étions tous fous.

— Et vous allez fêter ça ? Je comprends rien aux jeunes d'aujourd'hui.

Ma cousine pouffe dans sa main et a le visage le moins impassible de notre bande.

— Un truc dans le style, tonton.

— Eh bien, vous devrez vous passer de Jett. On a besoin de lui ce soir.

Je tourne les yeux vers Jett, qui regarde mon oncle, le sourire aux lèvres.

— Ça y est, je peux démarrer ?

James acquiesce d'un hochement de tête.

— Cette affaire-là requiert un jeunot, sans quoi j'aurais fait l'appât moi-même.

Je repasse le mot *appât* dans ma tête et déglutis. Ils vont se servir de Jett comme appât. Rien de ce qu'a dit James ne me paraît, de près ou de loin, rassurant. Je connais mes oncles et sais qu'ils se sont exposés au danger un nombre incalculable de fois. Risquer leur vie est une habitude chez eux, mais je suis partagée à l'idée qu'ils se servent de Jett ainsi.

— Appât ? demande Tamara tout en s'écartant de Mammoth. De quel genre de danger on parle, là ?

James rit de bon cœur.

— D'aucun danger, ma nénette. On a juste besoin d'un beau petit jeune pour attirer l'œil.

— Il va servir d'appât sexuel, alors ? commente Tamara tout en riant.

— Non, non, proteste James, qui secoue la tête un peu trop rapidement à mon goût. Bien sûr que non ! C'est pas notre genre.

Thomas apparaît derrière son beau-frère et jette un regard à la ronde.

— Que se passe-t-il ?

James se frotte la nuque et nous évite du regard.

— Rien. On parlait de ce soir, c'est tout.

— Ah, répond Thomas tout en posant une main sur l'épaule de Jett. Il a le profil idéal pour cette mission.

— C'est quoi, au juste ? je demande, incapable de garder mon silence.

— Je peux rien dire, trésor. Tu sais bien que nos dossiers sont confidentiels.

— C'est dangereux ? je demande encore, dans l'espoir qu'il lâche une info, un truc... n'importe quoi.

Il secoue la tête.

— Non. Une affaire de mœurs, rien de criminel.

Je les connais depuis suffisamment longtemps pour savoir qu'*affaire de mœurs* est le nom de code pour *adultère*. Quelqu'un, probablement une épouse, puisqu'ils font appel à Jett, doit tromper son mari, et il servira de ver qu'on accroche à l'hameçon pour agiter sa gueule d'ange et son corps sexy devant elle.

— Ah, tant mieux, commente Tamara. Pas vrai, Lily ?

Les yeux rivés au sol, je donne des petits coups de pied dans le ciment et hausse les épaules.

— Oui, tant mieux.

Même si les mots sont sortis calmement, je ne me sens pas du tout sereine. L'idée que Jett serve d'appât, même pour coincer simplement une femme infidèle, ne me plaît pas.

— Vous voulez bien nous laisser un instant ? demande Jett à la ronde, y compris à mes oncles, qui sont les derniers à partir.

Je n'ose pas les regarder.

Je garde les yeux cloués au sol et me sens bête d'être contrariée pour un truc aussi stupide. Après tout, c'est son travail. Il sera probablement amené à effectuer de nouveau ce genre de missions, à faire des choses qui dépassent mon imagination.

Jett me prend la main et m'entraîne hors du salon, en direction de l'escalier, à l'étage de la maison de mes grands-parents. Je me tais pour ne pas attirer l'attention sur nous tandis que nous nous éclipsons.

Il me tire dans la première pièce qu'il trouve et referme la porte derrière nous.

— Il faut qu'on parle, déclare-t-il, sans relâcher ma main.

— Qu'on parle de quoi ?

Je feins de ne pas être touchée ou jalouse à l'idée qu'une autre femme pose ses mains sur lui ce soir.

Ses doigts trouvent mon menton et me forcent à le regarder dans les yeux.

— De nous. De ce soir. Des limites et de mon incapacité à pouvoir toujours les respecter.

— Pardon ? je demande, déroutée.

— Lily, parfois, le travail me fera faire des choses que je ne veux pas faire. Comme ce soir. Je n'ai pas envie d'accomplir cette mission, mais je n'ai pas le choix. Je vais devoir me débrouiller pour que cette femme m'embrasse, sinon tous leurs efforts n'auront servi à rien.

— Qu'elle t'embrasse ? je répète, toujours abasourdie et déconcertée.

— Oui. Il faut qu'elle m'embrasse. Mais sache que je vais détester chaque seconde de ce baiser.

J'ai tout à coup la nausée.

— Je ne crois pas que...

Il pose un doigt sur mes lèvres et me regarde avec des yeux peinés.

— Je ne vais aimer ça, Lily, et je sais que tu n'aimeras pas ça, non plus. Tout comme je n'aime pas que tu manipules à longueur de journée les bijoux de famille d'autres types à ton travail.

Je lève les yeux au ciel.

— Je ne manipule pas des *bijoux de famille* à longueur de journée.

— Mais tu manipules des bites autres que la mienne.

Je hoche la tête, car il a raison. Inutile de jouer les hypocrites. Seulement, certaines choses sont non négociables.

— Mais je ne les embrasse pas.

— Tu as leur queue dans tes mains, chérie. Si tout se passe comme prévu ce soir, je l'emballe dix secondes max et je suis libéré dans la foulée.

Il remonte la main sur ma mâchoire et prend ma joue au creux de sa paume.

— Simplement, sache que je n'ai pas envie de l'embrasser. La seule personne dont mes lèvres ont envie, c'est toi.

Je me force à sourire et tâche de faire taire cette jalousie que je n'ai jamais ressentie avec quiconque auparavant.

— Je sais.

— Mais si tu préfères que je dise à tout le monde que nous sommes en couple et que mes lèvres sont chasse gardée, je le ferai. C'est la seule solution.

Je pose une main sur sa bouche.

— Non. Ne leur dis rien. Pas encore.

— Tout va bien ici ?

La porte s'ouvre, ma tante Izzy passe la tête par

l'entrebâillement, et nous baissons aussitôt nos mains.

— Oui, répond Jett sans me quitter du regard. On discutait, voilà tout.

Izzy nous observe tour à tour, son sixième sens de tata en alerte.

— Tu peux me laisser un instant avec ma nièce ? lui demande-t-elle.

— Bien sûr.

Il m'adresse un petit sourire.

— Si ça gêne pas Lily que je la laisse.

— Vas-y, lui dis-je, et je fais mon possible pour ne pas rouler des yeux.

Si elle n'avait pas encore compris ce qui se trame entre nous, c'est chose faite.

Elle ne me lâche pas du regard tandis que Jett s'écarte de moi et la contourne pour sortir.

— Alors, commence-t-elle tout en m'observant attentivement.

Elle me connaît mieux que personne, après mes parents.

— Ça fait combien de temps que vous êtes ensemble ?

— Ensemble ?

Je joue les idiotes, mais à voir la façon dont ses épaules se redressent et dont son pied tapote le sol, elle sait que je mens.

— Ma fille, je te connais depuis que tu es sortie du ventre de ta mère. J'ai vu les petits changements en toi au cours des dernières semaines, après que tu as emménagé avec Jett.

Je prends une de ses mains entre les miennes et l'implore :

— Tata, tu dois me promettre de ne le dire à personne.

Elle me fixe du regard, un sourire sur les lèvres.

— Je ne dirai rien à personne. C'est à toi de faire cette annonce, pas à moi. Comment ça va ? Est-ce qu'il te traite bien ? Je sais comment Jett peut être.

Je secoue la tête et resserre mes mains autour de la sienne.

— Il est différent aujourd'hui. Il n'est plus le garçon qu'il était quand il est parti il y a quelques années. Il m'a tellement bien traitée, tata. Ce soir, il part en mission avec oncle James et oncle Thomas, et ils veulent qu'il embrasse la femme au centre de cette affaire.

— Ah, s'exclame-t-elle avec un claquement de langue. La première fois, c'est toujours la plus dure.

J'écarquille les yeux.

— La première fois ? je répète dans un murmure, avant de déglutir.

Je vois ma tante d'un nouvel œil.

— Tonton a déjà embrassé quelqu'un d'autre ?

— Lily.

Elle m'attire vers le lit, s'y assied et tapote la couette.

— Nos hommes exercent un métier qui, parfois, exige qu'ils laissent leur vie de côté. Ils doivent prendre des risques, faire des choses qui ne sont pas tout à fait légales, et occasionnellement servir d'appât, mais c'est bien souvent et seulement dans les cas les plus extrêmes.

— Donc, oncle James a déjà embrassé une autre femme ? je répète, car elle n'a pas répondu à la question la première fois.

— Certainement pas. Il sait que je l'étriperais !

J'adore ma tante.

JE N'AI JAMAIS ÉTÉ à l'aise avec le mensonge. Certes, il m'est arrivé de m'arranger avec la vérité, mais uniquement quand c'était véritablement nécessaire, et encore ! Je détestais le faire. Me retrouver assis à cette table, entouré de Gallo, à mentir comme un arracheur de dents au sujet de Lily et moi, c'est le pire de tout.

— Alors, Jett, me lance Joe, une fourchette débordant de spaghettis devant le visage. Comment ça se passe entre Lily et toi ?

Je pensais être heureux d'avoir quitté la table des enfants pour me retrouver, pour la première fois, assis avec les adultes aux repas de famille, mais cette question vient, à elle seule, gâcher toute ma joie.

— Bien. Vraiment bien.

Le regard de Joe passe à Lily, qui est occupée à fourrer les longues pâtes dans sa bouche et fait des yeux ronds.

— Et toi, Lily ? Comment ça va avec Jett ?

Lily montre du doigt sa bouche pleine et mâche lentement pour gagner du temps, parce qu'elle ne veut pas répondre à la question. La connaissant, elle nous sortirait un truc incroyablement adorable et lâcherait par inadvertance que nous sommes plus que de simples colocataires. Elle lui décoche un « OK » du pouce et de l'index.

— Tu as une petite amie en ce moment ? me demande Mia, sa mère.

— Oui, madame, dis-je tandis que Lily enfourne encore des pâtes dans sa bouche, comme si elle mangeait pour la première fois de sa vie.

— C'est du sérieux ? demande Suzy, qui observe attentivement mon visage, toute fouineuse qu'elle est, comme ma mère.

Je suis convaincu qu'on l'a chargée de rapporter toutes les informations qu'elle pourrait rassembler à mon propos.

Je suis resté bouche cousue avec tout le monde. Tout le monde, sauf les cousines de Lily. Hormis elles, les autres en savent le moins possible, et Lily n'a pas jugé bon de leur en parler pour l'instant. Je serais ravi de clamer haut et fort qu'elle est ma petite amie, mais elle n'est pas prête à faire ce pas et, bien que ça ne me plaise pas, je vais lui laisser un peu de temps avant que nous le leur annoncions.

Je presse la cuisse de Lily sous la table.

— Très sérieux.

Elle tressaille et se cogne le genou contre le bois, faisant sauter verres et assiettes.

— C'est très, très sérieux entre eux, baragouine-t-elle, la bouche pleine, une main devant les lèvres. Elle est vraiment super.

Je la regarde avec de grands yeux, surpris de voir avec quelle facilité elle ment. Elle n'a même pas cillé ou lâché un truc farfelu, comme ça lui est arrivé tant de fois par le passé.

Lorsque je jette un coup d'œil autour de nous, je m'aperçois que je ne suis pas le seul à fixer Lily. Sa petite acrobatie du genou a suffi à faire tourner quelques têtes vers elle.

— Vraiment, répète-t-elle dans un murmure, après avoir avalé les pâtes et en avoir enroulé à nouveau autour de sa fourchette.

Mike se caresse le menton, observant sa fille avec attention.

— Et vous avez pris vos marques ?

— Oh, que oui, ils l'ont fait ! s'exclame James, qui reprend nos paroles.

Je tourne aussitôt les yeux vers les siens et découvre un petit sourire malicieux au coin de ses lèvres. Il sait que nous ne parlions pas de cartons tout à l'heure. L'homme n'est pas stupide, contrairement à ce qu'il laisse transparaître. Seulement, il me jette en pâture en faisant cette déclaration devant tout le monde. Est-ce un test pour voir si je vais gérer la pression ou craquer sous l'œil attentif des Gallo ?

— Vous l'avez fait ? répète le père de Lily, qui me fixe en clignant des yeux, comme s'il hésitait à me trucider ou à me laisser la vie sauve, son verre d'eau suspendu devant les lèvres.

Lily pousse un rire nerveux et tapote le bras de son père.

— On a enfin fini de déballer tous les cartons, papa. Je te l'avais dit, souviens-toi.

Il la dévisage.

— C'est bien de ça qu'on parle ?

Elle hoche la tête et lui sourit de toutes ses dents.

— Évidemment. Tu devrais passer à la maison pour voir comment on a aménagé l'endroit. Tu vas adorer.

Il bougonne dans sa barbe quelque chose à mon propos.

— Tant que tu es contente et en sécurité, ma chérie, nous sommes heureux pour toi, commente la mère de Lily, répondant à la place de son époux, qui est trop occupé à pester pour formuler des mots. Ton père et moi n'étions pas rassurés à l'idée que tu vives seule.

Les yeux de Mia se tournent vers moi et un sourire s'étire sur ses lèvres.

— On aime te savoir avec quelqu'un, au cas où il arriverait quelque chose. C'est toujours bon d'avoir un homme à la maison.

— Chérie, l'interrompt Mike, passant sa grosse paluche sur le bras de son épouse. Lily est une dure à cuire. Elle n'a pas besoin d'un homme pour être en sécurité. Elle a Statham et tous les coups que je lui ai appris au fil des ans.

— Statham ? je demande, perplexe.

— Mon Glock 9 mm, ajoute Lily sur le ton de l'évidence. Je t'ai parlé de lui.

— « Lui » ? Une arme à feu ?

Elle hoche la tête et esquisse un sourire en coin.

— Toujours.

— Et pourquoi Statham ?

— Elle l'a appelé comme ça en référence à Jason Statham, explique Gigi. Elle a toujours eu un faible pour ce type.

Lily pose sa fourchette sur son assiette et se carre dans son siège tout en toisant sa cousine.

— Quel est le problème avec Jason ? Il est canon.

Je tourne la tête et voit Lily sous un nouveau jour. Elle possède un Glock, quand je la voyais davantage avec un calibre .38 ou .42, les deux modèles tenant aisément dans n'importe lequel de ses sacs à main.

— Il est pas moche, concède Gigi. Mais moi, je préfère largement Momoa.

Lily renverse la tête et éclate de rire.

— Momoa est mignon, mais quand ça devient sérieux, c'est un gars comme Statham qu'il te faut pour couvrir tes arrières.

— Ridicule, commente Tamara, qui se joint enfin à la conversation. Vous avez tout faux. The Rock est le type à avoir quand ça dérape.

Les deux autres cousines lèvent les yeux au ciel.

— On tombera jamais d'accord, conclut Lily. De toute façon, mon bébé n'a rien d'un The Rock. Il est plus un Statham.

Tamara lui sourit.

— T'es vraiment cinglée. C'est pour ça que je t'aime tant.

— Tu sais, intervient Mike, interrompant par bonheur ce débat, tu pourrais peut-être demander à Lily de t'apprendre quelques-uns des coups que je lui ai enseignés.

Je cligne des yeux d'un air hébété et pivote vers le père de Lily quand je comprends qu'il s'adresse à moi. Et, je ris. C'est plus fort que moi. Il voudrait que sa fille m'apprenne à me battre ?

— C'est à moi que vous parlez ? je demande, une main sur le torse.

Il hoche la tête.

— Elle est sacrément douée.

— J'en doute pas, mais je pense pas avoir besoin d'une fille...

Et c'est là que je me foire.

Toutes les femmes dans la pièce se tournent vers moi et me fusillent du regard, comme si j'avais dit la pire horreur de tous les temps, les insultant toutes à la fois.

— Ce n'est pas ce que j'ai voulu dire. Pardon. J'entendais par là que...

Je ravale ma salive et les mots s'évanouissent dans ma gorge.

— Oh, Seigneur, murmure Pike tout en se couvrant le visage avec une main. Le crétin.

Mammoth, qui trouve ma gaffe follement hilarante, est le seul à rire. Les autres hommes autour de la table, Joe inclus, me regardent d'un air hébété comme si j'allais prendre feu. Quant aux femmes, on les dirait à deux doigts de bondir de leur siège pour enrouler leurs mains autour de mon cou et m'étrangler.

— Ce n'est vraiment pas ce que j'ai voulu dire, me défends-je pour tenter de sauver ma peau. Je vous le jure.

— Dans ce cas...

Mike croise les bras et se cale dans son siège.

— ... tu ne verras pas d'inconvénient à ce que Lily te montre quelques coups. J'accepterai mieux le fait qu'elle vive avec quelqu'un en sachant qu'il sait se battre, lui aussi.

— Je sais me battre, je proteste, posant ma fourchette sur mon assiette pour le toiser. Je détiens peut-être pas de titre, mais je sais coller une beigne. Je me bagarrais tout le temps dans la marine.

— C'est pas pareil, objecte Mike. Si apprendre avec une femme te pose problème, passe à la salle, et je t'enseignerai quelques coups.

Lily pose une main sur ma cuisse et la presse.

— Accepte, me conseille-t-elle tout bas.

Ce n'est pas elle qui va se prendre une raclée.

Quand son père l'a entraînée, il a forcément été doux avec elle. Elle est sa fille, après tout. Mais moi ? Il va me réduire en bouillie, faire étalage de ses talents et me faire comprendre qui est le plus fort d'entre nous.

— Ça te fera du bien de prendre quelques cours de boxe avant qu'on t'envoie en mission, renchérit Thomas pour enfoncer le clou.

— OK, d'accord. Lily peut me les donner.

Il est hors de question que je me retrouve sur un ring avec un boxeur professionnel à la retraite et, qui plus est, l'homme dont je baise actuellement la fille.

— Je m'en charge, confirme Lily avec un sourire. Un peu d'entraînement me fera du bien, de toute façon.

— Vous pouvez vous servir de la salle, offre Mike. Je réserverai des créneaux pour vous sur le ring.

Lily secoue la tête.

— On fera ça à domicile, papa. La plage est tout aussi commode et plus intime. Je n'aimerais pas que quelqu'un assiste à la dérouillée que je vais flanquer à Jett.

Elle pouffe de rire. C'est la première fois qu'elle me paraît aussi sûre d'elle.

Je ris à mon tour, mais une petite part de moi se demande si elle est effectivement capable de me botter le cul.

— Je suis impatient de voir ça, baby.

La taille ne compte pas. C'est une erreur que beaucoup commettent quand ils évaluent les chances que leur adversaire a de les mettre au tapis. Et, avec Lily, je suis totalement désavantagé. Je ne peux ni la frapper ni la blesser : je ne pourrais plus me regarder dans le miroir. Alors, je serai coincé dans une stratégie de défense, à m'efforcer de ne pas me faire mettre une pâtée par une nana, sans pouvoir riposter.

Un silence s'abat sur la pièce et tous les regards sont tournés vers moi.

— Quoi ? je m'exclame, les bras écartés.

Pourquoi tout le monde me dévisage ?

Mike lève un sourcil.

— Baby ?

Je cligne des yeux, figé.

— Euh...

— On l'appelle tous *chérie*, tonton, prétexte Gigi, qui tente de sauver ma peau et d'empêcher la salle à manger de se transformer en ring de boxe. Tu le sais bien.

Mike me dévisage avec prudence, pas totalement convaincu par l'excuse de Gigi, qui est pourtant bonne.

— Ça lui est sorti un peu trop facilement de la bouche.

— J'appelle tout le monde *chérie*, monsieur Gallo, même Gigi.

Je souris nerveusement. J'espère qu'elle continuera d'aller dans mon sens et ne me fera aucune crasse.

— C'est hyper tendance, ajoute Izzy. Tous les jeunes se donnent des surnoms affectueux. Je trouve ça mignon.

Bon sang, elle est au courant.

Putain de merde, Lily a craqué là-haut et tout balancé à sa tante. La seule personne dont j'ai le plus peur dans cette famille, mis à part Mike, c'est Isabella Gallo. Cette femme est une furie, une harpie, une goule. Pas au sens littéral, bien entendu, mais, à l'image de sa mère, elle est aux manettes de cette famille. Contrariez-la, et c'en est fini de vous, vous terminez aux oubliettes.

— C'est débile, bougonne Mike.

— Jett, j'ai fait ton gâteau préféré, annonce Mme Gallo, la grand-mère et cheffe de famille.

— Pourquoi ? s'indigne Mike, jouant ce chieur qu'il a toujours été.

— Tais-toi donc, le rabroue-t-elle, avant de tourner à nouveau son doux regard vers moi. J'étais tellement heureuse que tu reviennes manger avec nous cette semaine que je me suis pliée en quatre pour te faire mon gâteau au banana split.

Mon estomac déjà plein gargouille à ces mots.

— Vous n'étiez pas obligée, madame Gallo, mais je ne pourrais jamais refuser un de vos desserts.

— Voilà qui est sage, commente à l'autre bout de la table le grand-père de Lily, qui s'est montré inhabituellement silencieux durant tout le repas. Les bons petits plats maison ont dû te manquer à la marine.

— Des plats comme ceux-là, ça m'a manqué durant toutes mes années de service, monsieur. Personne ne cuisine comme madame Gallo.

Je récolte un signe de tête approbateur de la part du patriarche.

— As-tu vu des choses intéressantes quand tu étais en mission ? Un lieu qui t'a plu ?

— C'était intéressant de voir Dubaï, dis-je, et en un claquement de doigts, l'atmosphère change avec le sujet de conversation.

* * *

Trois longues heures plus tard, je suis en train de me préparer pour ma première affaire avec l'équipe AL-PHA. La porte de ma chambre s'ouvre, Lily entre et trouve une place de libre sur le rebord de mon lit pour s'y asseoir.

Elle lève la tête vers moi tout en triturant l'ourlet de sa jupe.

— Sois prudent ce soir. J'ai un mauvais pressentiment.

Je m'écarte du miroir et viens m'agenouiller face à elle pour lui prendre une main.

— Tout ira bien. Les gars veilleront à ma protection et ne me feront pas prendre de risques inconsidérés.

— Tu veux que je te prête Statham ? me demande-t-elle si gentiment, comme si l'on parlait d'un chien de garde et non de son pistolet.

— Non, ma jolie. Ça ira.

J'écarte une mèche de cheveux de sa figure et la rabats derrière une oreille.

— Promis.

— D'accord, murmure-t-elle.

Lorsqu'elle baisse les yeux, je prends son visage dans mes mains.

— Il y a autre chose qui te tracasse, Lily. De quoi s'agit-il ?

Elle hausse une épaule et la laisse retomber aussitôt.

— Je sais que tu devras probablement embrasser une autre femme ce soir.

Elle lève vers moi des yeux chargés d'émotion.

— Ça ne me pose pas de problème. Je tiens à ce que tu le saches.

— Jamais je ne te tromperai. Et je ferai tout ce qui est en mon pouvoir pour éviter ses lèvres.

Elle tend la joue dans ma main.

— Je le sais. Je le sais, et je sais que tu seras parfois amené à faire des choses qui me gêneront, mais j'y ferai face en temps voulu.

— Difficile de se défiler sur ce coup-là sans avoir dit à ta famille que nous étions en couple. J'aurais peut-être pu jouer cette carte si tu le leur avais annoncé.

Elle secoue la tête.

— Il n'y a que toi qui comptes, poursuis-je. Je n'ai jamais ressenti ça pour personne, Lily. Jamais.

— J'ai des sentiments pour toi, Jett, confesse-t-elle dans un murmure. Et ça me fait peur.

Je me penche en avant, approche mon visage du sien et contemple ses magnifiques iris bleus.

— Moi aussi, j'ai des sentiments pour toi, et je

mentirais si je n'admettais pas que prononcer ces mots me terrifie, moi aussi.

Elle se jette dans mes bras et s'accroche à moi.

— Merci d'être si gentil avec moi.

Je l'enlace et la serre contre moi tout en lui frottant le dos.

— Pourquoi ne le serais-je pas ? Tout ce que je veux, c'est te voir heureuse.

— C'est toi qui m'as rendue heureuse. J'étais tellement nerveuse hier soir quand je me suis faufilée dans ta chambre. Je pensais que tu allais m'envoyer balader.

Je m'écarte d'elle, un sourire sur mon visage. Non, mais cette fille. Il faut être dingue pour penser que j'allais la renvoyer de ma chambre, alors que je ne demandais qu'à être avec elle.

— Tu m'as offert le plus précieux des cadeaux, Lily. Comment aurais-je pu t'envoyer balader, alors que tu te jetais à l'eau ?

— Promets-moi de ne coucher avec personne d'autre, me supplie-t-elle. Dis-moi que je te suffis.

Mon sourire retombe

— Tu es tout pour moi. Personne ne peut et ne pourra jamais te remplacer, Lily. Je suis complètement et éperdument fou de toi, chérie.

— Je te crois.

— Aucune femme n'est aussi belle que toi, à l'intérieur comme à l'extérieur. Aucune femme n'est aussi nounouille et adorable que toi. Il n'y a qu'avec toi que je peux être moi-même, que je n'ai pas à jouer un rôle. C'est ce que j'aime chez toi. C'est ce que j'aime chez nous. Et j'aime tout ce que tu es, les trucs farfelus que tu dis, avec quelle facilité tu rougis, à quel point tu peux te montrer timide et la tigresse que tu deviens parfois.

Ses yeux s'écarquillent.

— Je ne suis pas une tigresse.

— Chérie, quand tu t'es faufilée dans mon lit hier pour me caresser, je peux te dire que tu l'étais.

Je pose un baiser au coin de ses lèvres qui viennent de se refermer brusquement.

— J'ai adoré ça. C'était chaud bouillant.

— Ça te dit de te faufiler avec moi au lit à ton retour ce soir ? demande-t-elle contre ma bouche.

— Compte sur moi, dis-je, avant de presser mes lèvres contre les siennes et de sceller cette promesse par un long baiser passionné.

JE SUIS PELOTONNÉE sous une couverture, les étoiles constellant le ciel au-dessus de ma tête, et lis le dernier roman de ma cousine Bianca, quand la sonnette retentit. Je jette un coup d'œil à la caméra de surveillance. Je suis trop bien installée pour me lever et, à une pareille heure, je n'ouvre pas sans savoir au préalable qui se trouve à ma porte.

Gigi se tient là, un grand gaillard derrière elle, le dos tourné à la caméra. Cet homme n'est pas Pike, à en juger par sa carrure : il a des épaules larges et la dépasse de près d'une tête.

— Meuf, **ouvre** cette porte, me lance-t-elle, comme si elle savait que je la regardais. J'ai une surprise pour toi.

Elle pousse l'homme dans le dos pour éloigner délibérément son visage du champ de la caméra.

Je pose mon livre, approche le téléphone de mes yeux pour tenter de voir de plus près l'inconnu.

— Il est tard, Gigi. Je ne suis pas vraiment d'humeur à avoir de la compagnie.

— Crois-moi, tu veux voir cette personne-là.

Elle sourit et approche le visage de la caméra sur le palier, ne laissant de place qu'à sa trogne.

— Je peux crocheter la serrure.

— Ne t'avise pas de faire ça !

Je la sais tout à fait capable de s'introduire dans la maison.

— J'arrive, dis-je.

— Bien, s'exclame-t-elle, le sourire s'étirant jusqu'aux oreilles, avant de reculer et de couvrir la caméra avec une main. Elle arrive.

L'homme marmonne quelque chose, ne laissant aucun indice sur son identité. Je rejette la couverture et abandonne le havre de paix que Jett a aménagé pour moi sur la terrasse du toit. Je laisse le téléphone à côté du livre que je dévorais jusqu'à ce qu'on m'interrompe brutalement.

Après avoir descendu les marches avec lenteur, j'ouvre grand la porte, la mine renfrognée.

— Qui peut bien être si important pour que tu viennes à une heure pareille ?

Le sourire de Gigi s'agrandit tandis qu'elle tapote avec son index replié le dos de l'inconnu.

— Rangez donc cet air grincheux, princesse, car je vais vous en mettre plein la vue !

C'est alors que le grand homme aux larges épaules se retourne et me fait face.

— Nick ? je m'exclame, une main sur la bouche, les yeux ronds.

Il me regarde d'un air abasourdi, comme s'il ne me reconnaissait pas.

— Lily ? murmure-t-il, les yeux passant sur mon visage, avant de descendre le long de mon corps. Que t'est-il arrivé ?

— Que m'est-il arrivé ? je répète en l'examinant. Que t'est-il arrivé, à toi !

Cela fait un an que mon cousin Nick, le fils

d'Angel et de Thomas, est en internat. Il n'a pas pris la peine de rentrer durant les grandes vacances, préférant passer son été à sillonner l'Europe, ce que mes parents ne m'auraient jamais laissée faire au lycée. Angel et Thomas, eux, l'ont toujours traité comme un dieu qui trouvait toujours grâce à leurs yeux.

— J'ai grandi, me suis étoffé. Je suis devenu un homme.

Un sourire prétentieux danse sur ses lèvres. Il a dix-huit ans et, bien qu'il ait pris quelques centimètres depuis la dernière fois où je l'ai vu, il est toujours aussi arrogant.

Je secoue la tête tout en riant. *Devenu un homme.* Je ne voudrais pas gâcher sa joie, mais il a encore du chemin à faire pour devenir un homme.

— En tout cas, il est resté le même petit con, commente Gigi, qui lit dans mes pensées.

— C'est dans son ADN, je marmonne dans ma barbe, car Nick a tout hérité des hommes Gallo. Mais d'abord, que fais-tu ici ?

On est en octobre, et les cours battent leur plein. C'est sa dernière année de lycée et il n'est censé rentrer qu'aux vacances de Noël. Oncle Thomas voulait qu'il prenne une longueur d'avance sur les autres garçons de son âge pour intégrer l'académie militaire de West Point et devenir un jour officier dans l'armée.

Nick passe sa large paume sur son visage et hausse une épaule.

— L'école et moi, on n'est plus copains.

Gigi lui flanque une tape du revers de la main tout en secouant la tête.

— Il s'est fait renvoyer.

J'écarquille les yeux.

— Tu t'es fait renvoyer ?

Je n'ai jamais vu oncle Thomas s'emporter comme ont pu le faire ses frères, mon père inclus, par le passé, mais s'il y a bien un truc qui pourrait le rendre fou, ce serait ça.

Nick hoche la tête, son sourire arrogant se fanant l'espace de quelques secondes seulement.

— Ça arrive.

— Comment se fait-il que tu sois toujours en vie ? je demande, éberluée de ce miracle.

Gigi me passe devant, ouvre la porte et entre tout en se déchaussant. Je jette un coup d'œil par-dessus mon épaule et la vois nous faire signe de la suivre.

— Allez, entrez. On a un tas de trucs à se raconter.

— Viens, dis-je à mon cousin tout en pointant la tête en direction de l'entrée.

Je me dis que Nick va me passer devant et entrer, mais il n'en fait rien. Au lieu de cela, mon petit cousin, enfin *jeune cousin* est plus adéquat, m'attrape et me serre dans ses bras gigantesques.

— C'est toi qui m'as le plus manqué, Lily, me confie-t-il d'une voix bien trop grave pour son âge.

Je suis impuissante, les bras plaqués le long du corps et les pieds qui pendouillent au-dessus du sol.

— Toi aussi, tu m'as manqué, dis-je d'une voix étranglée, suffoquant dans ses bras bigrement gros.

Il avance avec moi dans les bras, referme la porte du pied, puis me pose à terre.

— Classe, la baraque ! lance-t-il, avant de siffler d'admiration. Bien plus que le trou à rat où elle vit.

— Tu me vexes, réplique Gigi tout en s'écroulant sur le grand canapé d'angle du salon. J'ai le meilleur appart' en ville.

Je me masse les côtes, qui sont, j'en suis sûre, couvertes de bleus à cause de Nick et de ses manières de rustre.

— Tes parents savent que tu es revenu ?

Il secoue la tête.

— Pas encore, mais ils sauront demain.

Il va y avoir du grabuge.

— Ça promet, je murmure.

Gigi tapote l'assise près d'elle.

— Assieds-toi, Nicholas. T'as un tas de trucs à nous expliquer.

Je le suis jusqu'au canapé et m'installe à côté de lui, l'enchâssant entre Gigi et moi.

— Vas-y, balance, dis-je, repliant une jambe sous mes fesses. Que s'est-il passé ?

Il se laisse tomber contre le dossier et pousse un long soupir exaspéré.

— J'avais monté une petite arnaque et je me suis fait pincer. Tout simplement.

Naturellement. Tous les jeunes à l'internat en avaient une. Sauf qu'il a été le petit chanceux à se faire prendre et à recevoir une sanction.

— Faut croire que fabriquer et vendre de fausses pièces d'identité ne va pas seulement à l'encontre du règlement du lycée, mais aussi de la loi. Je les ai sup-pliés de faire preuve de clémence et d'indulgence, mais ils m'ont envoyé bouler.

Il hausse une épaule, les lèvres retroussées.

— Surtout qu'ils ont retrouvé Malcolm Harrison complètement raide et ma si belle contrefaçon dans sa poche. Le crétin avait le choix entre donner le nom de son fournisseur ou se faire renvoyer. Cette balance a tout avoué, j'ai été suspendu et, là, il décuve dans sa chambre de bobo en Caroline du Nord.

La bouche grande ouverte de stupeur, je le dévi-sage, douchée par la révélation.

— Tu as vendu de fausses pièces d'identité ?

Un large sourire aux lèvres, il passe une main dans sa tignasse brune et épaisse.

— Je les ai aussi fabriquées.

Je lève les yeux au ciel, agacée par tant d'arro-gance, mais pas vraiment surprise qu'il en soit fier.

— Ton père va te massacrer.

Il chasse ma remarque d'un geste désinvolte.

— Il sera furax quelques minutes, puis il s'en remettra.

Gigi éclate de rire.

— Tu es mort, Nick. Mort de chez mort.

— Mais non. Mes parents ne me tueront pas. Qui perpétuerait le nom de famille, autrement ?

Je penche la tête sur le côté, un sourcil arqué.

— Les autres garçons de la famille.

— Ils ne sont que deux, Lily. Stone et Asher. Eux et moi, on est les seuls à être en mesure de procréer et de perpétuer le nom des Gallo.

Tirant sur ma lèvre inférieure, je tâche de ne pas rire.

— Euh… Je te signale que nous deux…

J'agite une main en direction de Gigi.

— … on peut procréer, andouille.

— Mais le futur père de vos gosses voudra qu'ils portent son nom, alors tous les espoirs de la famille reposent sur moi.

Je roule des yeux et essaie de me rappeler que j'ai affaire à un lycéen de terminale autocentré et imbu de lui-même. La réalité de la vie ne se conjugue pas toujours avec ce qui se passe dans sa cervelle.

— Ce n'est pas parce que le futur père de mes enfants *aimerait* qu'ils portent son nom que ça arrivera forcément, lui explique Gigi, avec une tape dans l'épaule. Je sais que, pour toi, les hommes dirigent le monde, mais au risque de te décevoir, petit cousin… pas du tout.

Nick pose une main sur mon genou et me sourit de toutes ses dents.

— Tu veux bien aller me chercher une bière, chérie ?

Je regarde d'un air ahuri ce môme assis sur mon

canapé, qui se prend pour un homme et me paraît bien à l'aise.

— Euh, mon petit bouchon, tu auras un coca, parce qu'il n'est pas question que je serve une bière à un gosse qui n'a pas l'âge légal pour en boire.

— Un gosse ?

Il éclate de rire et me tapote le genou.

— Ça fait des années que je suis plus un gosse, et puis j'ai bu mon poids en alcool en Europe cet été.

Je lui tapote le genou à mon tour.

— Eh bien, tu n'es plus en Europe, mon petit. Il est temps que tu reviennes à la réalité avec nous autres, les simples d'esprit.

Il pousse un soupir et fait à nouveau courir une main dans ses cheveux, comme si c'était une obsession, ce qui est probablement le cas, puisque Nick a toujours été fan de sa personne. C'est un beau gosse. Bien que je sois sa cousine, je reconnais qu'il a un joli visage, étant le portrait craché d'oncle Thomas.

— Je vais être le roi du lycée ici, cousine, crois-moi.

Je lève les yeux au ciel et préfère me servir de mes mains pour me lever du sofa plutôt que lui coller une baffe.

— Va pour trois cocas, je marmonne, laissant Gigi et lui sur le canapé.

— Entre Austin et toi, les filles d'ici ne savent pas ce qui les attend, commente-t-elle.

— Austin ?

— Le frère de mon petit ami, lui explique-t-elle. Il est venu du Tennessee pour boucler son année de terminale. Jusqu'ici, il a été la coqueluche du campus.

— Il est sur le point de perdre son titre.

Je pouffe de rire et secoue la tête, contente de ne plus être au lycée. Non pas que les mecs de mon âge soient forcément plus matures, mais, au moins, je n'ai plus à me soucier de la hiérarchie, des coups bas et des histoires... Ah, les histoires au lycée.

— Si tu survis, souligne Gigi d'un air moqueur. On verra demain si tu respires encore.

— Lily, crie Nick tandis que je sors trois cannettes de Coca-Cola du réfrigérateur. Je peux squatter ici cette nuit ?

— Bien sûr, dis-je sans réfléchir.

Je n'ai pas pensé à poser d'abord la question à Jett ou à en discuter avec Gigi.

— Cool ! Ça déchire.

Il jette un coup d'œil autour de lui et remarque la véranda dans le jardin.

— Y a un jacuzzi, ici ?

— On l'éteint pour la saison, mens-je.

Je lui tends une cannette et la secoue quand je vois qu'il ne réagit pas et me regarde bêtement.

— Vous l'éteignez pour la saison ?

Il lève un sourcil et prend la boisson.

— Les gens croient à tes mensonges ?

— Ils croient aux tiens ? je rétorque, tendant l'autre Coca-Cola à Gigi. Quoi qu'il en soit, tu n'auras pas le temps de te prélasser dans le jacuzzi et tu n'inviteras personne ici. Tu peux dormir sur le canapé. Demain matin, je te conduis chez toi.

— Génial, marmonne-t-il dans sa barbe tout en ouvrant la cannette, plus une once de sourire sur le visage.

Gigi regarde autour d'elle.

— Jett n'est pas encore rentré ?

— Non. James et Thomas m'ont dit qu'ils termineraient tard.

Nick portait la cannette à ses lèvres, prêt à avaler une gorgée de son Coca-Cola, quand il s'interrompt.

— Attends un peu, lance-t-il tout en tournant le regard vers moi, la tête inclinée. Jett Michaels ?

Je hoche la tête, un sourire aux lèvres.

— On est colocataires.

— Colocataires ? s'exclame Gigi.

Elle rit et donne un coup d'épaule à Nick.

— Ils sont bien plus que colocataires.

Il me regarde avec de grands yeux étonnés.

— Oncle Mike te laisse vivre dans le péché ?

— Il n'est pas au courant, lui chuchote Gigi. Il pense qu'ils sont, de fait, colocataires.

Son petit sourire arrogant est de retour. Je vois bien qu'il me juge à la manière dont il me regarde.

— Alors comme ça, tu mens à tes parents ?

Je secoue la tête et lance un regard noir à ma grande gueule de cousine.

— Non.

— Omettre un fait, ça reste un mensonge, Lily, souligne Gigi, un sourire pédant aux lèvres.

— C'est arrivé comme ça, c'est tout. C'est pas comme si on s'envoyait en l'air depuis des mois et qu'on le leur cachait.

Nick simule un haut-le-cœur.

— Je veux pas parler de cul avec vous. C'est dégueu.

Je fais la moue.

— Dégueu ? Après toutes les cochonneries que tu nous as racontées durant ces deux dernières années, tu oses nous dire que c'est nous qui sommes dégueus ?

Il opine du chef et porte la cannette à ses lèvres.

— Mmh-mmh, marmonne-t-il contre le goulot, avant d'avaler une gorgée de son soda. Et franchement... Jett Michaels ?

— T'as quoi contre lui ? je réplique, sur la défensive.

— Rien.

Il hausse les épaules et pose sa boisson sur son genou.

— Je t'aurais jamais imaginée avec un mec comme lui, c'est tout. Je te voyais plus avec un petit savant à nœud pap' à la Bill Nye.

Je me pince l'arête du nez, exaspérée.

— Couillon, va.

— C'était elle, la Bill Nye, déclare Gigi. Jusqu'à ce que Jett débarque, lui offre cette maison...

Elle englobe le salon d'un geste du bras.

— ... et la fasse chavirer.

— Comment c'est arrivé, au juste ? Attends un peu...

Nick porte à nouveau la cannette à ses lèvres et suspend son geste.

— Pourquoi t'es pas à la fac, d'abord ?

— Elle a laissé tomber les études, lance Gigi au moment même où il renverse la tête pour remplir sa bouche de soda.

Dans un sursaut, il se met à tousser et se frappe le torse pour se dégager la gorge.

— Elle a quoi ?

— Je visais une meilleure vie.

— OK, la gourou du bien-être ! se moque Gigi, qui ne cesse de me chercher sur tout et n'importe quoi. Elle travaille à Inked, maintenant. C'est comme ça que ça a commencé avec Jett.

Nick tousse encore, le liquide dans sa gorge n'ayant pas été entièrement évacué.

— Tu vas y rester pour de bon ?

Je hausse les épaules.

— Pour de bon, je sais pas, mais pour l'heure, j'y suis.

— Elle fait des piercings.

— Et Jett est venu pour se faire... ? demande Nick.

— Percer la queue, répond Gigi à ma place.

Avec un haut-le-cœur, il lève une main.

— Si c'est son délire.

Sentant le poids du regard de mon cousin, je lâche :

— Gigi et Tamara sortent avec des bikers qui font partie d'un gang de motards.

— Pike ne fait pas et n'a jamais fait partie d'un gang de motards, proteste Gigi tout en posant son soda sur la table basse pour se tourner vers moi. On a déjà eu cette discussion des millions de fois.

Je fais de même avec ma cannette et croise les bras.

— Oui, enfin, il n'y a pas si longtemps, tu as failli te faire tuer à cause de lui.

— Attends, quoi ?

Nick secoue la tête, abasourdi.

— Comment ?

— C'est pas important, réplique-t-elle, une main sur le bras de notre cousin. Il y a eu une embrouille, mais c'est réglé.

J'arque un sourcil.

— Et Tamara, alors ?

— Ben...

Gigi sourit.

— C'est vrai, elle sort avec un biker qui fait partie d'un gang, *mais* plus pour longtemps. Elle dit qu'il va emménager ici quand elle aura terminé ses études.

Je roule des yeux, ce que je me retrouve à faire bien trop souvent en présence de ces deux-là.

— Évidemment qu'il lui promet ça. Tu crois vraiment qu'il le fera ?

Gigi hoche la tête.

— Oui. Mammoth est un homme de parole.

Nick nous regarde tour à tour.

— Mammoth, Pike, Jett... Je vois que mesdames ont été occupées depuis la dernière fois où je les ai vus. Je suis impressionné. Vraiment. Je vous en aurais pas crues capables.

C'est drôle comme Nick se croit notre égal. Il a trois ans de moins que moi, ce qui n'est rien à l'échelle d'une vie mais, lorsqu'on est ado, c'est astronomique. Il a passé les trois dernières années en internat, ne revenant que pour les vacances scolaires et durant l'été. C'est un peu comme s'il était à l'université, à l'image de nous autres, sauf qu'il s'agissait d'un lycée huppé et très strict.

— Et moi, je vois que tu es toujours le même petit con égocentrique que la dernière fois où je t'ai vu, je rétorque. On verra bien si tu feras autant le malin, demain, une fois que ton père t'aura mis la main dessus.

Il ne cille même pas.

— Tout ira bien. Ça ne m'inquiète pas.

— Ton école de luxe doit revenir plus cher que mes frais d'université. Si j'étais toi, je dirais adieu à ma vie sociale, parce qu'oncle Thomas va t'assigner à résidence.

Nick chasse la remarque de Gigi d'un geste de la main.

— Non. Il sera en pétard, c'est certain, mais une fois calmé, il sera content de me revoir à la maison.

Je ricane tout en secouant la tête.

— Mais bien sûr. J'aurais tellement voulu qu'on soit dimanche !

La porte d'entrée s'ouvre à la volée et cogne contre le mur qui se trouve derrière. Jett entre alors en boitillant, un bras en appui sur l'épaule d'oncle Thomas, comme s'il ne tenait pas sur ses deux jambes.

Je me lève illico, oubliant la présence de Nick et de Gigi sur le canapé, et me précipite vers la porte pour le prendre par la taille et l'aider.

— Oh, mon Dieu ! Qu'est-il arrivé ?

— Ça a tourné au vinaigre, m'explique Thomas,

sans remarquer son fils dans le salon. On s'est pris quelques coups, mais c'est Jett qui en a le plus fait les frais. Quelqu'un lui avait glissé une drogue dans son verre. Il ira mieux après un bon repos.

— Tu as une mine...

Ma voix s'éteint lorsque je le vois grimacer et le sens porter un peu plus son poids sur moi que sur Thomas.

— Nom de Dieu ! crache mon oncle, après avoir enfin relevé les yeux et aperçu Nick, pétrifié, sur le canapé. Je rêve ou c'est mon fils dans ton salon ?

Son regard dur est à glacer le sang.

— Je peux tout expliquer, lâche Nick, qui se lève avec maladresse et manque de renverser au passage la table basse.

— Hé, me murmure Jett tout en me décochant un sourire en coin ensanglanté pendant que je m'efforce de le soulager d'une partie de son poids. T'es sexy, toi !

— Arrête, dis-je, souriant comme une idiote, parce que, qu'il soit drogué ou non, j'adore quand il me complimente.

— Monte dans la voiture, grogne oncle Thomas, qui carre les épaules et scrute son fils. Je ne tiens pas à avoir cette conversation en public.

— On se voit plus tard, nous lance Nick, une main levée, tandis qu'il se dirige vers la porte.

— Bye bye, Nicky ! répond Gigi, dissimulant tant bien que mal son sourire dans une main. Reste en vie !

Oncle Thomas bougonne dans sa barbe, sans même prendre la peine de se décaler pour laisser passer son fils, qui se glisse derrière lui pour sortir.

— Tu vas regretter de ne pas être mort.

Lorsque mon regard croise celui de ma cousine, j'esquisse une grimace et lui souffle :

— J'aimerais pas être à sa place.

— Jett risque d'agir bizarrement durant les heures qui viennent. Il te sortira probablement des absurdités, si tu ne le mets pas au lit. Il n'a pas arrêté de jacasser pendant une heure sur le siège arrière de la voiture.

— Mon cul, réplique Jett, qui se met à rire.

Oncle Thomas se frotte le visage et marmonne une bordée d'injures.

— Comme si j'avais pas assez d'emmerdes à gérer, ce foutu gosse débarque de nulle part.

Il s'apprête à suivre son fils dehors, quand Gigi lui crie :

— Je t'aime, tonton !

— Au revoir, mon chou.

Il lui fait un clin d'œil.

— Ton père a tellement de chance d'avoir des filles.

— Il ne dirait pas la même chose, réplique-t-elle tout en lui soufflant un baiser, avant qu'il ne disparaisse dans la nuit.

Gigi regarde Jett, suspendu à mon épaule, qui retrouve enfin son équilibre, et me demande :

— Et maintenant, on fait quoi ?

— Un plan à trois ? lance-t-il, un sourire béat aux lèvres.

Je m'arrête de marcher et laisse retomber le bras qui le tenait tandis qu'il vacille.

— Je vais laisser couler pour cette fois, parce que tu es défoncé, mais la prochaine ânerie qui sortira de ta bouche te fera regretter...

— Chérie, je t'aime, murmure-t-il tout en me contemplant d'un air émerveillé, malgré son regard un peu vague.

— On l'a drogué, me rappelle Gigi, toujours plantée sur le canapé. Ignore ses conneries. Tu veux que je t'aide à le monter à l'étage ?

Je fais « non » de la tête. Je suis capable de m'en charger toute seule.

— Il peut dormir ici.

— Le canap', c'est notre coin préféré, lâche-t-il avec un sourire bête.

Gigi se lève d'un bond et regarde le fauteuil comme si les coussins étaient contagieux.

— Et tu m'as laissée m'asseoir ici ?

— Oh, la ferme, je rétorque. C'est pas comme si Pike et toi ne l'aviez pas fait partout dans ton appart'. Si on suit ton principe, je suis presque certaine que je ne pourrais même pas m'asseoir par terre.

Elle pouffe de rire et se reprend lorsque ses yeux se posent sur Jett. Je suis le regard de ma cousine et le vois s'appuyer contre un mur et chercher quelque chose dans sa poche.

— Bon, je vois que tu as du pain sur la planche, alors je vais rentrer chez moi, me dit-elle. Tu ferais mieux de le mettre au lit.

— Lit, marmonne-t-il tout en me faisant un clin d'œil. J'ai attendu toute la journée pour entendre ce mot.

Je passe à nouveau un bras autour de sa taille.

— Pas de galipettes pour vous, monsieur. Vous avez besoin de sommeil.

— Tu voudras bien me faire des câlins ? me demande-t-il si adorablement que je m'arrête de marcher.

— Des câlins ?

Il hoche la tête.

— Je veux te tenir dans mes bras cette nuit, chérie.

— Je m'en vais !

Gigi fonce vers la porte et nous salue d'un geste de la main par-dessus l'épaule.

— Amusez-vous bien, les enfants.

— Je te déteste..., je marmonne à son adresse.

— Ne me déteste pas, murmure Jett tout en effleurant mes tempes d'un baiser.

— Je ne te déteste pas, dis-je.

La nuit va être longue. Très longue.

— Allez, le caïd. C'est l'heure d'aller faire dodo.

Il se redresse un peu tandis que nous montons la première marche.

— Lily.

Je lève les yeux vers lui, l'épaule sous son bras pour me servir du poids de son corps pour l'ascension.

— Oui ?

— Je t'aime plus que tout au monde, me murmure-t-il, et mon cœur tressaille.

J'OUVRE UN ŒIL, et la lumière qui se déverse par la fenêtre de la chambre est si intense que je le referme aussitôt. Une odeur de lavande me remplit les narines et une chaleur se répand sur ma peau lorsque le corps étendu à mes côtés s'étire.

Je me raidis quand je sens la femme se pelotonner contre moi, et des images éparses de la veille me reviennent en mémoire.

Mon Dieu, faites que ce soit Lily.

Je n'ai pas beaucoup bu hier soir, mais les événements sont flous. Je n'ai pris que deux verres tout en discutant avec la femme qui faisait l'objet de notre enquête, puis tout s'est mis à bouger au ralenti, à se déformer et à s'étirer, comme si l'on m'avait drogué.

— Jett, me dit Lily tandis que je retiens mon souffle, pris de panique. Ça va ?

J'expire, me détends sur le matelas et resserre le bras autour d'elle.

— Je vais bien, chérie, je murmure, terriblement soulagé de ne pas avoir tout gâché en couchant avec une autre. Vraiment bien.

Je me force à ouvrir les yeux et fais une grimace

lorsque le soleil me frappe au visage et m'aveugle momentanément.

— Qu'est-ce qui s'est passé ?

Elle passe sa main sur mon torse et relève la tête.

— Tu ne te souviens de rien ?

Je secoue la tête et une douleur me vrille le crâne, me faisant regretter aussitôt mon geste.

— De pas grand-chose. En tout cas, pas d'être rentré et de ce qui s'est passé ensuite.

Ma main glisse le long de son dos nu jusqu'à ce que mon pouce rencontre la bretelle de son caraco. L'espace d'un instant, je suis soulagé que nous n'ayons pas fait l'amour, d'autant que je n'ai aucun fichu souvenir de la soirée.

— Tu étais dans un sacré état. Oncle Thomas a dit que tu avais été drogué.

Je fixe le plafond d'un air ahuri. Pourquoi voudrait-on me faire ça et comment s'y est-on pris ?

— Tout est confus. Est-ce qu'on a...

— Non.

Elle se blottit un peu plus contre moi et retrace le contour de mes pectoraux du bout de l'index.

— Tu t'es comporté en parfait gentleman et tu étais déjà bien trop amoché pour marcher seul, alors imagine pour le reste...

Je pousse un soupir de soulagement, heureux de ne pas avoir couché avec elle dans cet état d'incroyable délabrement.

— J'ignore ce qui s'est passé.

— Moi aussi, mais je suis certaine que mes oncles te raconteront tout, puisque Thomas t'a raccompagné à la maison.

Je tourne la tête pour bâiller, car je ne tiens pas à souffler mon haleine matinale au visage de ma chérie.

Je passe la langue un peu partout dans ma bouche.

— J'ai l'impression d'avoir du coton dans la bouche.

— Je prendrai un café. Tu en veux un ?

Je baisse les yeux vers elle, souris à l'ange dans mes bras et hoche la tête.

— Retrouve-moi en bas dans cinq minutes, me dit-elle. Je vais mettre en route la cafetière.

Je la regarde avec fascination se pencher vers moi et poser ses lèvres sur mon torse pour m'embrasser.

— Je peux m'en charger.

Je préfère la servir et pas l'inverse. D'ordinaire, je suis debout avant Lily, habitué à me lever tôt en tant qu'ancien militaire.

— Non. Repose-toi encore quelques minutes. Retrouve tranquillement tes repères.

Je ne discute pas. Ma tête m'élance et j'ai les idées encore brouillées par la substance qu'on m'a fait ingérer hier soir. Je cligne des yeux pour tenter de reprendre mes esprits tandis que le lit se creuse et que la chaleur de Lily disparaît.

Elle se glisse jusqu'au bord, se lève et s'étire. Son caraco remonte, dévoilant son ventre à la peau douce et parfaite. Je la contemple alors que son corps tremble et qu'elle bâille.

— C'est trop tôt pour être réveillé, peste-t-elle tout en laissant retomber les bras, et pour être en état marche.

Je hoche la tête, incapable de détacher les yeux d'elle tandis qu'elle se tient sur le côté, à peine habillée. Elle porte un short court et un petit haut fin et transparent, le corps plus exhibé qu'à l'ordinaire.

— Quelle heure est-il ? je demande, incapable de me concentrer ou de bouger.

— Huit heures.

Elle passe les bras dans les manches de sa robe de chambre et noue étroitement l'étoffe à la taille. Je me redresse pour m'asseoir et regrette aussitôt ce mouvement brusque lorsque la douleur dans ma tête s'intensifie.

— Fait chier, je vais être en retard si je ne me bouge pas le cul.

— À quelle heure dois-tu être à ALPHA ?

— Dix heures.

— Va prendre une douche et rejoins-moi en bas, me dit-elle tout en se dirigeant vers la porte, ses jolies fesses me faisant de l'œil sous sa robe. Prends ton temps.

Elle sourit par-dessus son épaule et me surprends en train de la reluquer.

— Je serai là dans dix minutes, lui dis-je avec un clin d'œil.

Je me laisse retomber sur le lit sitôt qu'elle est partie et tente de me souvenir de ce qui s'est passé. J'étais au bar et discutais avec la cible, une jolie femme d'âge mûr dont le mari la soupçonne d'infidélité, et puis je me suis réveillé ici. Des passages de la soirée me reviennent en mémoire, mais ils sont lointains et flous, comme si ce n'était pas moi qui les vivais.

Je sors du lit, ôte mon pantalon et fonce vers la douche. J'ai besoin de me laver de la soirée d'hier. Je suis bref, car je veux profiter de Lily avant de partir au bureau et de tenter de reconstituer les événements de la veille.

Je suis occupé à m'habiller, quand j'entends Lily m'appeler du rez-de-chaussée :

— Jett ! Jett !

J'enfile mon jean, attrape un tee-shirt et des chaussures, et sors de la salle de bain au pas de course et descends les marches quatre à quatre. Lily se tient dans l'entrée, les bras croisés, le regard rivé à un homme.

— Michaels ! me salue le type, ce qui me pousse à détacher les yeux de Lily. C'est si bon de te voir, mec !

Je le regarde d'un air stupéfait et secoue la tête, car je connais cet homme, mais je ne comprends pas ce qu'il fait ici.

— Marcus ? je demande, toujours aussi perplexe.

Il laisse tomber son sac à dos à terre dans un bruit sourd.

— Merci de m'avoir proposé de crécher ici.

Lily me lance un regard interrogateur et je souris. Visiblement, j'ai loupé un truc. Je me frotte la nuque, embarrassé. J'aimerais pouvoir me souvenir de tout de ce qui s'est passé hier soir.

Je n'ai pas revu Marcus depuis que j'ai quitté la marine il y a un an, laissant San Diego derrière moi. Il a été mon meilleur ami tout au long de ces trois dernières années, mais je n'aurais jamais imaginé le revoir aussi vite, et je ne me souviens absolument pas de lui avoir parlé récemment.

— Je savais pas que t'avais une aussi jolie colocataire, lance-t-il tout en se rapprochant de Lily.

Il la reluque comme s'il n'avait jamais vu une fille plus délicieuse.

Je la rejoins rapidement et passe un bras autour d'elle.

— Marcus, je te présente ma petite amie, Lily.

Ses yeux s'écarquillent lorsqu'il la reconnaît.

Eh, merde.

— *La* Lily ? s'étonne-t-il, un sourire naissant sur son visage.

Lily lève la tête vers moi.

— La Lily ?

J'esquisse un sourire nerveux et tourne les yeux vers Marcus.

— Voici *la* Lily. Ma Lily.

Je resserre le bras à sa taille et elle se laisse aller contre moi.

— Je viens de faire du café. Vous en voulez ?

Marcus sourit.

— Rien ne me ferait plus plaisir !

— J'étais en train de t'en servir une tasse, Jett.

Elle me touche la joue pour attirer mon attention, qui est fixée sur Marcus.

Je savais qu'il serait bientôt en permission et, bien que nous ayons évoqué l'idée qu'il vienne me rendre visite en Floride, je ne croyais pas vraiment qu'il me pendrait au mot.

Je penche la tête en avant et effleure brièvement ses lèvres d'un baiser.

— Merci, ma jolie.

Elle se détache de moi et part tranquillement en direction de la cuisine, nous laissant, Marcus et moi, dans l'entrée.

— On s'est parlé récemment ? je demande à mon ami.

Il hoche la tête et me regarde d'un drôle d'air.

— Hier soir, mec.

Je me frotte le front, un brin frustré. Si seulement je n'avais pas ces trous de mémoire.

— Putain. J'étais sur une affaire et on m'a drogué. Les souvenirs sont flous, pour le peu que j'en ai.

— Quelqu'un a glissé du GHB dans ton verre ? demande-t-il d'un air ahuri.

Je hausse les épaules en espérant que les gars d'ALPHA puissent me raconter ce que j'ai loupé.

— Quelque chose dans le genre. Je ne me souviens même pas d'être rentré hier soir.

D'un signe de main, je l'invite à rejoindre la cuisine, car je sais que Lily va finir par s'impatienter.

— J'espère que les souvenirs me reviendront.

Marcus me suit, laissant son énorme sac près de la porte.

— N'y compte pas, mec. Au moins, tu es rentré chez toi et tu étais en compagnie de gens que tu connaissais et en qui tu avais confiance. Ce genre de came, c'est ultrapuissant.

Lily sourit lorsqu'elle nous voit.

— Crème ou sucre ? demande-t-elle à mon ami.

Elle sait déjà comment je préfère mon café.

— Noir, s'il vous plaît.

Le sourire de Lily s'agrandit.

— Dans ce cas, tenez.

Elle glisse la tasse de café dans sa direction sur l'îlot de cuisine.

— Alors, depuis combien de temps connaissez-vous Jett ? lui demande-t-elle, penchée au-dessus du meuble, sa tasse entre les mains.

Il souffle et enroule les doigts autour du mug rose à l'effigie d'une licorne qu'elle lui a donné.

— Trois ans. Nous étions ensemble en garnison à San Diego, sauf que je me suis réengagé quand ce petit con a choisi de partir.

Elle hausse un sourcil.

— Vous devez avoir plein d'histoires sur lui.

— Aucune, ma jolie, dis-je du tac au tac tout en lançant un regard d'avertissement à Marcus.

— Des histoires ? marmonne-t-il contre le rebord de sa tasse. Il a mené une vie de curé, alors je n'ai pas grand-chose à raconter.

Elle roule des yeux.

— C'est ça.

— Vous êtes bien plus jolie qu'en photo.

J'écarquille les yeux et me raidis.

Lily me lance un regard interrogateur, avant de se tourner à nouveau vers Marcus.

— Vous avez vu une photo de moi ?

Il hoche la tête, un sourire amusé au coin des lèvres.

— Combien de temps restes-tu ? je demande, m'évertuant à changer de sujet.

— Quelques jours seulement, ensuite je vais prendre mon nouveau poste à la base de Key West.

— Dur, dur, la vie ! dis-je en riant. Key West n'a rien à voir avec San Diego.

— J'espère bien.

— Bon, revenons à cette photo, insiste Lily, qui n'a pas oublié les paroles de Marcus. Quand avez-vous vu une photo de moi ?

Je m'assieds sur un tabouret en poussant un soupir résigné, car je sais que Marcus va divulguer mon secret et que je ne peux rien faire pour l'en empêcher.

— Ce gaillard...

Il fait un signe de main dans ma direction.

— ... avait une photo de vous accrochée au-dessus de sa bannette. Il l'a regardée tous les soirs jusqu'à ce qu'elle tombe tout simplement en miettes.

Lily tourne le regard vers moi et cligne des yeux, la bouche entrouverte.

— Tu as gardé une photo de moi près de ton lit ?

J'acquiesce d'un hochement de tête. Inutile de le nier, maintenant que Marcus a vendu la mèche.

— Oui.

Elle me sourit et pose ses mains sur mon torse.

— De moi ? répète-t-elle, comme si elle n'en croyait pas ses oreilles.

— Oui, de toi.

Elle se mord la lèvre et son visage prend une teinte rose pâle.

— Comment se fait-il que tu avais une photo de moi ?

— Tante Suzy m'envoyait des photos plusieurs

fois par an, et tu étais tellement jolie sur celle-ci que je l'ai mise de côté et l'ai gardée près de moi.

— Une photo de quand ?

J'ai les yeux rivés à ma tasse de café et la tourne dans mes mains.

— Je crois qu'elle m'a dit que c'était à ta fête de fin d'études au lycée. Tu portais une...

— Une petite robe rose à bretelles nouées, achève-t-elle à ma place.

Je hoche la tête. J'aimerais coller mon poing dans la tronche de ce traître de Marcus.

— Tu avais l'air si joyeuse sur cette photo. Je ne t'avais jamais vue dans autre chose que tes pantalons et polos beiges. Cette photo m'obsédait et je l'ai trimballée partout durant toutes ces années.

— Grave canon, ajoute Marcus, qui récolte un regard assassin de ma part.

Lily, elle, ne cille même pas.

— Tu me trouvais jolie ?

— Je t'ai toujours trouvée jolie, Lily.

— Une nana sexy qui ignore qu'elle est sexy, marmonne Marcus dans son coin. Totalement incroyable.

— Je n'en reviens pas que tu aies gardé une photo de moi près de ton lit, murmure-t-elle, incrédule. Bon sang, je ne pensais même pas que tu savais que j'existais.

— Oh que si, il le savait ! commente Marcus, qui manque de s'étrangler avec son café lorsque je lui décoche un regard noir.

— Je t'ai dit que tu n'avais jamais été transparente pour moi, Lily. Je t'ai dit que j'avais toujours eu un faible pour toi.

— Oui, mais tu ne m'as jamais vraiment adressé la parole.

— Chaque fois que j'essayais, tu fuyais.

Son rire est si mélodieux que le son fait palpiter mon cœur.

— Ben, t'étais Jett, le mec cool du lycée accompagné d'une ribambelle de filles qui attendaient d'avoir ton attention. Et moi, j'étais...

— Ultrasexy, lui dis-je. Intelligente, douce, discrète, mais ultrasexy quand même.

— Je confirme, renchérit Marcus.

— Mec, ferme-la, s'il te plaît.

Je fais le tour de l'îlot pour me placer aux côtés de ma copine.

Il lève les mains et s'incline.

— Je vais me contenter de déguster mon café.

— Jett Michaels, ne sois pas méchant avec ton ami. Je suis heureuse qu'il me l'ait dit. Sans ça, je n'aurais jamais cru que tu avais un faible pour moi.

Je promène mes doigts sur son épaule nue. J'aurais tellement aimé que l'on soit seuls pour passer une partie de cette matinée ensemble.

— Je t'ai dit que je craquais sur toi depuis toujours, mais tu ne m'as jamais cru.

Je souris et regarde droit dans ses beaux yeux bleus.

— Il aura fallu qu'un idiot te dévoile mes secrets pour que tu y croies enfin.

Elle lève la tête et pose sa main sur mon torse.

— Tu veux savoir un truc sur moi ?

— Je veux tout savoir de toi.

— Moi aussi, j'avais une photo de toi sur ma table de nuit.

— J'ai atterri dans un téléfilm à l'eau de rose, lâche Marcus dans sa barbe, mais aucun de nous ne le regarde.

Je souris, comblé d'entendre qu'elle aussi avait un faible pour moi. Peut-être qu'au fond d'elle, elle s'était réservée pour moi. Du moins, j'aime à penser que c'est le cas, qu'elle ne voulait offrir son corps à personne d'autre.

— Nous étions faits l'un pour l'autre, Lily Gallo, je murmure avant de pencher la tête et de m'emparer de ses lèvres.

Le baiser est tendre et bref, étant donné que nous avons un auditoire.

— Tu travailles tard ce soir ?

Elle hoche la tête et pousse un grognement de frustration.

— Je rentrerai vers minuit.

— Je t'attendrai, dis-je, et je resserre mon étreinte.

— D'accord, me souffle-t-elle tout en pressant son corps contre le mien.

— J'embarque Marcus avec moi, comme ça tu auras du temps pour toi ce matin.

— Le vol de nuit m'a épuisé, explique ce dernier. Je ferais mieux de squatter tranquillement ici pendant que tu fais ce que tu as à faire.

Je braque le regard sur lui.

— Tu as déjà été plus fringant avec moins de sommeil. Tu m'accompagnes. Il n'est pas question que je te laisse ici avec ma nana.

— Tu peux me faire confiance, proteste-t-il.

— N'y compte pas.

Il serait capable de dire d'autres choses à mon sujet, de lui révéler mes secrets les plus intimes ou de lui rapporter tout ce que je lui ai confié sur elle.

— OK, d'accord, marmonne-t-il, ce qui provoque le rire chez Lily.

J'embrasse ma douce pour lui dire au revoir et contrains Marcus à se lever et à quitter la maison avec moi.

— Tu en pinces grave pour elle, me lance-t-il tandis qu'il suit dans l'allée. Je ne pensais pas vous voir ensemble un jour, mais j'ai été bête de douter de ta faculté à concrétiser les choses.

— Et moi, je n'aurais jamais imaginé habiter avec elle un jour, mais ça ne pouvait pas tomber mieux et tout s'est goupillé comme il fallait.

— Il y en a qui ont un cul bordé de nouilles.

Il monte dans le pick-up.

— Tu vas lui passer la bague au doigt ?

— Nous n'en sommes pas encore là.

Il hausse les épaules.

— Pourtant, ça m'en a tout l'air.

— T'inquiète. Je vais boucler tout ça le moment venu.

— N'attends pas trop longtemps ou tu risques de bousiller la meilleure chose qui te sera jamais arrivée.

— Notre relation n'a que quelques semaines. Je ne veux pas la faire fuir. Elle n'est jamais sortie avec un type dans mon genre.

— Tu veux dire un trou du cul ? se moque Marcus.

— Tu en connais un rayon, mec.

Or, Marcus a raison. S'il est encore trop tôt pour demander Lily en mariage, il faut au moins que je lui avoue mes sentiments.

lily

LES LUMIÈRES de la cuisine sont allumées lorsque je reviens du travail. Aucune voix ne résonne, pas même le murmure de la télévision qui m'accueille la plupart des soirs où je rentre tard.

J'ôte mes sandalettes et laisse choir mon sac près de la porte d'entrée.

— Jett ?

— Marcus, me crie-t-on depuis la cuisine. Jett a été appelé sur une autre affaire.

Mes épaules retombent, la déception et l'épuisement ayant raison de moi. J'avais véritablement hâte de rentrer, de me lover contre Jett dans le lit et de sombrer dans un sommeil ô combien nécessaire.

Marcus sort de la cuisine. Il est occupé à s'essuyer les mains dans un torchon et est bien trop peu couvert.

— Il a dit qu'il rentrerait tard et qu'il ne fallait pas l'attendre.

— Ah ? D'accord.

Je jette un coup d'œil en direction de l'étage, un brin mal à l'aise en présence de cet ami à moitié dévêtu que je connais à peine. Jett n'a pas jugé bon de m'avertir par message qu'il laissait Marcus, un étranger pour moi, seul dans notre maison, et ça me met un peu en colère. Lui et moi aurons quelques mots à nous dire quand il rentrera. Pour l'heure, je mets de côté mes émotions et tente de jouer les bons hôtes. J'esquisse un sourire, tâchant de me montrer gentille et courtoise.

— Je vais aller me coucher. Avez-vous besoin de quoi que ce soit avant que je monte ?

Marcus jette le torchon sur son épaule nue et pose les mains sur les hanches.

— Vous avez mangé ? J'ai cuisiné un truc et je ne pourrai jamais tout finir.

— Je doute que...

Mon estomac se met à gargouiller. Marcus rit et me fait signe de le suivre.

— Mangez donc un morceau avant d'aller au lit. Ce n'est jamais bon de se coucher le ventre vide.

Il recule d'un pas, mais je ne bouge pas.

— Allons, Lily. Je ne mords pas.

Quelque chose dans son sourire me donne envie de monter l'escalier en courant et d'aller me cacher dans ma chambre. Seulement, Marcus est l'ami de Jett, et l'on m'a appris à recevoir des invités, même ceux auxquels l'on n'a jamais demandé de rester.

— Très bien, je murmure, le courage retrouvé.

Marcus marche devant moi et j'observe le tatouage entre ses omoplates. Un crâne orné de roses, leur feuillage grimpant sur son dos et rampant jusqu'à la naissance de sa nuque.

— J'ai fait un *queso* à la mexicaine.

Il s'empare de la poêle sur la gazinière comme s'il avait toujours vécu ici.

— J'espère que vous aimez les plats épicés.

Je m'installe sur un tabouret de l'autre côté de l'îlot de cuisine pour garder mes distances. Il est très beau et aurait certainement fait battre mon cœur si je l'avais rencontré en d'autres circonstances. Ses iris, d'un marron profond, se mêlent à la noirceur de ses pupilles.

— J'adore, dis-je, une main posée sur mon estomac pour le faire taire.

Il ouvre un tiroir près de la gazinière, en sort un torchon et le place devant moi avant d'y poser la poêle chaude.

— Alors, comment s'est passé le travail ? me demande-t-il, comme si nous avions fait ça des millions de fois ou, du moins, étions amis.

— Comme d'habitude.

Je me dandine sur mon siège et me répète de me calmer. Marcus est l'ami de Jett, après tout, et je suis convaincue qu'il ne m'aurait pas laissée seule avec une personne douteuse.

Il se dirige vers le réfrigérateur et, le dos tourné, tend le bras pour en saisir la poignée.

— Je boirais bien une bière. Et vous ?

— Avec plaisir.

Il sort deux bouteilles et les décapsule en un claquement de doigts, avant de m'en tendre une.

— Qu'avez-vous fait, tous les deux, aujourd'hui ?

Je cherche à meubler la conversation. J'en apprendrai peut-être un peu plus sur Jett et sur ce qu'il a fait ces dernières années. Je pourrai à coup sûr questionner Marcus sur cette photo dont il m'a parlé plus tôt.

— Rien d'extraordinaire.

Il porte la bière à ses lèvres et en avale une petite gorgée, avant de faire le tour de l'îlot pour s'asseoir à côté de moi. Tirant le paquet de nachos devant nous, il tend l'ouverture vers moi.

— Vous d'abord, me dit-il.

Je prends un nacho et le trempe dans le fromage

fondu. Je souris à Marcus, mâchant lentement pour ne pas avoir à parler.

Je ne suis pas très à l'aise en société et encore moins avec des inconnus, particulièrement les séduisants.

Marcus fait de même, mâchant rapidement, avant de combler le silence.

— Jett m'a fait visiter quelques-uns de ses repaires. Des endroits dont il m'a parlé pendant des années.

— Il n'y a pas grand-chose à voir ici.

— Tout ce que j'ai vu était magnifique, répond-il, les yeux rivés à ma bouche tandis que je lèche le fromage sur mes lèvres.

J'avale et manque de m'étrangler.

— La Floride est un bel endroit, admets-je, préférant tourner le regard vers la poêle de fromage fumant.

— Vous êtes vraiment plus jolie que sur la photo.

Je m'écarte légèrement de Marcus, les cheveux se hérissant sur ma nuque, et marmonne un « merci », complètement mal à l'aise, bien que je m'efforce de ne pas le montrer.

— Jett la trimballait partout. Quand elle n'était pas accrochée à sa bannette, elle était dans son portefeuille. Je ne l'ai jamais vu autant gaga devant une fille.

Il secoue la tête, un sourire au coin des lèvres.

— Mais maintenant que je me tiens là, à côté de vous, je comprends sa fascination à votre égard.

Je souris et reprends un nacho dans le paquet, ne sachant que répondre. Je n'ai jamais été une de ses filles avec lesquelles très garçons flirtent ouvertement.

— Très bonne, cette sauce au fromage.

Je mâche mon nacho le plus disgracieusement possible.

— Merci pour l'en-cas, mais je pense que je vais aller me coucher.

Je me garde d'ajouter que je compte m'enfermer à double tour dans ma chambre et que je dirai à Jett demain que la présence de Marcus dans cette maison me dérange. Ses paroles et sa façon de me regarder me font un drôle d'effet, et pas des plus réjouissants.

Je ne suis pas encore descendue du tabouret qu'il pose une main sur mon genou.

— Vous savez, Jett et moi on partageait beaucoup de choses en Californie.

Je tourne la tête et le regarde, médusée.

— Vraiment ?

Je sais exactement où veut en venir ce type, qui, j'en prends conscience à présent, est abject.

Marcus acquiesce d'un hochement de tête et me sourit comme si cela pouvait suffire à me faire écarter les cuisses.

— Si vous vous sentez seule ce soir, je suis certain qu'il ne verrait pas d'inconvénient à...

Les dents serrées, j'évite de me raidir ou de paraître apeurée. Les hommes comme Marcus ne m'effraient pas. Mon père m'a appris à me défendre et à maîtriser des situations comme celles-ci. J'ai beau avoir l'air inoffensive, mettez-moi là où je n'ai pas envie d'être et tous ceux qui me barreront le chemin, qui qu'ils soient et quelle que soit leur taille, connaîtront les affres de la douleur.

— Je peux vous assurer qu'il y verra un inconvénient.

Je fronce les sourcils devant son sourire qui est plus rebutant que sexy.

— Chérie...

Il me presse le genou.

— ... lui et moi, on a partagé toutes les filles, même nos copines.

Je descends du tabouret, et Marcus fait de même.

— Écoutez, bien que je sois flattée...

Je ne le suis pas.

— ... je sais que Jett ne me partagerait avec aucun autre et, pour être honnête, je suis du genre fidèle.

J'essaie de le contourner par la droite, mais il se décale et me bloque le passage. Ses mains sont sur mes épaules et caressent ma peau nue.

— Personne n'aime les filles qui jouent les farouches.

Je baisse la tête et regarde où ses mains sont posées. Ma patience s'est épuisée et Marcus ne va pas rester debout bien longtemps. Lorsqu'une de ses paumes remonte sur ma peau pour s'arrêter au niveau de ma joue et qu'il se rapproche, je sais que c'est fini.

— Marcus, j'ai dit non, l'avertis-je une dernière fois.

Les apparences sont parfois trompeuses : je suis mignonne, de la même manière qu'un chaton peut l'être, jusqu'à ce qu'il sorte les griffes et vous lacère jusqu'au sang.

— Allez, insiste-t-il.

Il n'a toujours pas compris que je refuse qu'il me touche, ou bien n'en a que faire.

Je suppose qu'il s'en moque comme de l'an quarante, étant donné que je lui ai envoyé tous les signaux possibles indiquant que c'était un « non » catégorique.

Du haut de mes vingt et un ans, je n'ai jamais eu à lever la main sur quiconque, mais, aujourd'hui, je brise la tradition. S'il y en a bien un qui le mérite, c'est Marcus.

Je lui laisse une dernière chance de se retirer :

— Vous avez dix secondes pour ôter vos mains de moi et reculer. Prenez vos affaires et allez-vous-en.

Seulement, Marcus, qui est un homme qui se fiche manifestement de tout, n'en fait qu'à sa tête.

— Chérie, tu as envie de moi et tu le sais. Je le vois à la façon dont tu me regardes.

Je lui ris au nez.

— Chéri, c'est bien de l'envie dans mon regard, mais pas celle que tu crois.

Il envahit tout mon espace. C'est le moment d'agir. La seule fois où j'aurai l'avantage de la proximité pour porter le coup qui lui fera regretter à jamais d'avoir tenté sa chance avec moi.

Comme mon père me l'a appris, je projette le bras en avant et le frappe au visage avec ma paume, qui entre en contact avec son nez.

— J'ai dit non.

Il titube en arrière, portant les mains à l'endroit où je viens de le cogner.

— Espèce de salope ! piaule-t-il, les yeux brillant de larmes.

Ma jambe se soulève et mon genou vient s'écraser dans ses testicules. Il se recroqueville en avant et ne se soucie plus de son nez, car mes os pointus envoient du pâté.

Il a la respiration coupée, une main sur le visage, l'autre entre les jambes. Je m'apprête à lui asséner un uppercut pour le finir, quand la porte de l'entrée s'ouvre. Jett apparaît.

Il braque les yeux sur moi, puis sur Marcus, et sur moi de nouveau.

— Mais qu'est-ce qui se passe, ici ? s'écrie-t-il tout en se précipitant dans la cuisine.

— Ton ami...

J'agite la main en direction de Marcus.

— ... ne semble pas comprendre ce que « non » veut dire.

— Cette salope m'a frappé, grogne Marcus.

Le choc sur le visage de Jett disparaît aussi vite qu'il est apparu.

— Cette « salope », c'est ma petite amie.

Il ne perd pas une seconde et devance mes intentions : il assène un méchant uppercut à Marcus dont le corps vole en arrière.

Je reste là, à regarder avec fascination Jett coller une raclée à son soi-disant meilleur ami. Il saisit Marcus par le col et le tire vers la sortie.

— Va me chercher son sac, s'il te plaît. Pendant que je fous cette ordure à la porte.

L'instant d'après, j'ai quitté la cuisine et grimpe les marches quatre à quatre jusqu'à la chambre d'ami. Le sac de Marcus se trouve près du lit. Seuls quelques habits traînent sur la couette. Je fourre le tout dans le sac, sans me préoccuper d'avoir oublié quoi que ce soit.

Le temps de redescendre au rez-de-chaussée, Jett tient Marcus à terre, contre le béton de l'allée.

— T'es un bel enfoiré. T'as de la chance de pas finir entre quatre planches.

Si j'avais plus ou moins la situation en main, je suis tout de même heureuse que Jett soit rentré à ce moment-là et qu'il ait pris le relais. J'avais seulement prévu de donner une bonne leçon à Marcus pour m'avoir touchée et ignorais ce que je ferais ensuite, mis à part aller chercher Statham et lui faire regretter à tout jamais d'avoir posé les mains sur moi.

Nos regards se croisent lorsque Jett me prend le paquetage des mains. Ses yeux sont empreints de tant d'émotions – la colère, le chagrin, le regret – que je sais que tout ce qu'il m'a dit sous l'emprise de la drogue était vrai.

Il m'aime, peut-être pas de cet amour qui dure une vie entière, mais il tient plus à moi que je ne l'avais réalisé. Il ne s'agit pas d'une passade pour lui.

L'homme que je n'aurais jamais cru capable de se ranger est tombé amoureux de moi. Le cœur de ce garçon, dont je me suis languie toutes ces années, m'appartient, à présent.

Jett lance le paquetage à Marcus, qui se remet péniblement debout.

— Fous le camp d'ici. Oublie-moi. Si jamais je te revois...

— T'inquiète, mec.

D'un revers de main, Marcus essuie le sang sur ses lèvres, le regard mauvais.

— J'arrive pas à croire que tu tires une croix sur notre amitié pour une nénette.

Jett passe un bras autour de ma taille et me serre contre son flanc.

— Tu savais ce qu'elle représentait à mes yeux, mais tu m'as quand même trahi et tu as blessé la seule femme que j'aie jamais aimée.

J'ouvre la bouche d'un air hébété et la referme. L'entendre redire ces mots me coupe une nouvelle fois le souffle.

— Connard. Tu rampes devant elle.

— Marcus, je crie, reprenant enfin mes esprits.

Il pousse un grognement et hisse, les yeux plissés, son paquetage sur l'épaule.

— Souviens-toi que tu t'es fait mettre une branlée par une fille, OK ? je lance, un sourire moqueur au coin des lèvres.

Je me retiens de rire. À peine.

À ces mots, je sens le corps de Jett se détendre à côté de moi, mais sa main serre ma hanche. Nous regardons Marcus rejoindre sa voiture d'un pas lourd, jurant et vociférant, les bas agités en tous sens jusqu'à ce qu'il monte à bord de son véhicule et quitte l'allée en trombe comme s'il avait la police à ses trousses.

— Je suis désolé, s'excuse Jett, sitôt que les feux arrière de la voiture ont disparu.

Il se tourne vers moi, ses mains sur mes joues, et me regarde dans les yeux.

— Je suis vraiment, vraiment désolé, Lily. Je n'aurais jamais dû l'inviter à dormir ici.

Je pose mes mains sur les siennes et lui adresse un sourire tendre.

— Tu savais qu'il était comme ça ?

Il secoue la tête sans jamais me quitter des yeux.

— Je savais qu'il pouvait être con parfois, mais je ne l'ai jamais vu faire quoi que ce soit qui ait ressemblé, de près ou de loin, à ce qu'il a fait ce soir. Tu dois me croire. Jamais je ne l'aurais laissé seul ici avec toi si ça avait été le cas.

Je passe un bras autour de sa taille et m'accroche à lui lorsque je sens mes jambes se mettre à trembler. L'adrénaline sécrétée plus tôt dans mon corps commence à s'estomper.

— Je te crois, dis-je dans un souffle.

Il me sourit et se penche pour planter un baiser sur mon front.

— Tu lui as mis une belle dérouillée, Lily.

Je repense à la manière dont les yeux de Marcus se sont remplis de larmes après que je l'ai frappé droit au visage et je ris.

— Je sais !

— Tu es une sacrée teigneuse.

— Ça m'arrive.

— Effrayant, admet-il contre mon front.

Je lève la tête vers lui, un sourire aux lèvres.

— Mon père m'a appris quelques coups.

— Au final, c'est peut-être toi qui devrais travailler à ALPHA.

Il approche ses lèvres des miennes.

— Lily.

— Oui ? je murmure, le regard plongé dans le sien.

— Je t'aime, me dit-il. Je crois bien que je t'ai toujours aimée.

Des papillons s'éveillent dans mon ventre.

— Je t'aime aussi.

Je n'avais jamais prononcé ces mots auparavant.

Il écrase ses lèvres contre les miennes, me vole l'air dans mes poumons et ma faculté à tenir encore debout. Je me laisse aller de tout mon poids contre lui.

Ses bras se glissent sous mes fesses et me soulèvent.

— Tu es à moi, chérie, souffle-t-il contre ma bouche tandis qu'il m'emporte vers la maison.

Et, pour la première fois de ma vie, je sens le poids de ces mots. J'avais toujours entendu mon père les dire à ma mère. Chaque fois, j'avais levé les yeux au ciel. Seulement, de les entendre s'échapper de la bouche de Jett, ça fait vibrer mon ventre et palpiter mon cœur.

La sensation que tout ceci n'est qu'un rêve m'a quittée pour de bon, et je suis prête à le laisser ravir mon cœur.

— IL FAUT QU'ON PARLE, déclare Lily tandis que je me sers une tasse de café, l'esprit encore ensommeillé.

— Qu'on parle de quoi ?

Elle est assise à l'îlot, et je lui tourne le dos.

Hier soir, nous n'avons pas tellement discuté après que j'ai flanqué Marcus à la porte. Nous nous sommes mis au lit, moi tenant Lily, elle me caressant le torse. Je savais qu'elle avait mille et une questions, car Lily est rarement silencieuse et, cette nuit-là, elle était étrangement muette.

— D'un truc qu'a dit Marcus.

Je me retourne, pose ma tasse sur le plateau en granite de l'îlot et me penche au-dessus du meuble.

— Que veux-tu savoir ?

Elle lève les yeux de son mug, tout aussi mignonne qu'à l'ordinaire. Ses longs cheveux bruns et ondulés se déversent sur les bretelles de son caraco, couvrent ses seins et disparaissent sous le plateau.

— Tu l'as rencontré il y a trois ans ?

Je hoche la tête.

— J'étais en garnison à San Diego depuis un an quand il est arrivé, fraîchement affecté à mon navire.

— L'as-tu déjà vu se conduire mal avec une femme ?

Je secoue la tête.

— Jamais. Je l'ai vu être con envers d'autres hommes, mais jamais envers une femme.

Je me frotte la nuque, embarrassé. Tout ce qui s'est passé hier soir est de ma faute.

— Tu dois me croire. Si j'avais su qu'il pouvait se comporter ainsi, je ne l'aurais jamais invité à dormir chez nous.

Elle roule la tasse entre ses mains et baisse les yeux.

— Je te crois. Tu n'y es pour rien.

— Si, je proteste, endossant l'entière responsabilité de l'avoir mis sur son chemin.

— Il m'a dit un truc sur toi qui me chiffonne.

Elle lève la tête, tant de questions dans le regard.

— Je n'arrête pas d'y penser.

— Demande-moi ce que tu veux, Lily. Je ne te mentirai pas.

— Eh bien...

Elle passe la langue sur sa lèvre inférieure pour l'humecter.

— ... il m'a dit que vous vous êtes partagé les femmes.

Je me raidis et ferme les paupières. Je savais qu'il allait lui raconter des choses, en particulier celle-ci, qui la contrarieraient.

— Est-ce vrai ?

Je n'ai jamais menti à Lily et je ne vais pas commencer aujourd'hui. Certes, j'ai fait quantité de choses dont je ne suis pas fier, mais ça fait partie de moi. Pour nous donner une véritable chance de bâtir une relation ensemble, je dois jouer cartes sur table, même celles dont j'ai honte.

— Une fois, admets-je. Il y a des années de ça.

Son pouce tambourine la paroi de sa tasse et ses mains se resserrent autour du récipient.

— Il avait l'air de dire que c'était un truc que vous faisiez souvent.

— Non. C'est arrivé une seule fois et ça ne s'est jamais reproduit.

— Tu veux bien m'en parler ?

Je grimace. J'aurais préféré qu'elle ne veuille pas avoir les détails. C'était du grand n'importe quoi et je n'en suis pas fier.

— Je te dirai tout ce que tu as envie de savoir, mais as-tu vraiment envie d'entendre ça ?

— Jett, j'ai bien conscience que je ne suis pas ta première. Je ne suis probablement même pas ta dixième, non plus. Je me souviens de toi au lycée. Je ne me fais pas d'illusions sur ta vie sexuelle, mais il y a un trou béant entre la fin de tes études et le moment où tu as franchi les portes de Inked, jaillissant de nulle part.

Je tends le bras au-dessus de l'îlot et prends sa main. Je veux et ai besoin d'être à son contact.

— Aucune d'elles n'a compté, dis-je avec la plus grande sincérité. Personne avant toi.

Elle me sourit faiblement.

— Je te crois quand tu me dis ça, mais je veux tout de même savoir ce qui s'est passé.

— Les détails n'ont pas d'importance, Lily. C'est arrivé comme ça. On a rencontré une fille dans un bar, elle a voulu coucher avec nous deux, et on a accepté. J'étais pas mal éméché ce soir-là et je n'avais pas les idées claires, sans quoi j'aurais refusé. Mais, Marcus, lui, il voulait absolument enfiler cette nana.

Lily fronce les sourcils devant le choix de mes mots.

— Tu l'as revue ?

Je secoue la tête. Cette conversation me file un nœud au ventre.

— Je ne l'ai jamais revue, chérie. Et je ne l'ai pas sautée, non plus. Mais Marcus, oui.

Elle penche la tête sur le côté et m'observe d'un air attentif.

— Tu n'as pas couché avec elle ?

— Ça dépend de ta définition des choses. Marcus a couché avec elle, mais moi, j'ai...

— Fait d'autres choses ?

Je souris, charmé par tant de candeur, et hoche la tête.

— On peut dire ça comme ça.

— Et ça n'est arrivé qu'une fois ?

Je hoche à nouveau la tête.

— En revanche, Marcus m'a en effet volé une nana que je voyais depuis quelques semaines. Il l'a sautée un jour que j'étais revenu ici pendant une de mes permissions.

— Alors, pourquoi es-tu resté ami avec lui ? s'étonne-t-elle, incrédule.

— Eh bien...

Je grimace et me pose la même question, avec le recul.

— Je me suis dit qu'il m'épargnait une sacrée prise de tête. Je comptais rompre avec elle à mon retour. Il a juste accéléré les choses.

Elle m'étudie longuement du regard.

— Nous n'avons vraiment rien en commun. Notre relation est vouée à l'échec, n'est-ce pas ?

Je tique et dévisage Lily.

— Pourquoi dis-tu une chose pareille ? Ce n'est pas voué à l'échec.

— Je sais que tu m'apprécies. Bon sang, je le sais, mais, Jett, sincèrement !

Ma main se resserre autour de la sienne.

— Sincèrement quoi ?

— Avec combien de femmes as-tu eu une relation véritablement sérieuse ?

Je m'étais attendu à ce qu'elle me pose cette question bien avant ce jour, et je commençais à penser que toutes celles avant elle n'avaient, de toute façon, pas compté.

— Quelques-unes seulement, dis-je en toute honnêteté. Comme toi.

Elle secoue la tête.

— J'ai eu un seul vrai petit ami, dans toute ma vie, et je n'ai couché avec personne d'autre. Mais toi...

— Elles ne comptent pas à mes yeux.

Lily porte sa main libre à mon visage.

— C'est adorable à entendre.

Elle esquisse un sourire et me caresse la joue.

— Et je sais que tu m'aimes, mais te crois-tu vraiment capable de changer de conduite ?

— Oui.

— Je comprendrais que tu aies des doutes. Je serais triste, bien sûr, mais je ne tiens pas à te piéger dans une relation que tu pourrais regretter.

— Lily ?

— Oui ?

— La ferme, dis-je aussitôt. Je ne veux personne d'autre que toi. J'en ai suffisamment vécu et fait ces cinq dernières années pour savoir qui je veux, ce que je veux et comment je le veux. Je te veux, toi. Je nous veux, nous. Je veux ça. Je ne trouverai jamais mieux que toi. Je ne trouverai jamais une fille plus belle, plus adorable et plus attentionnée que toi.

— Je te le fais pas dire ! me réplique-t-elle avec un sourire, et je me sens enfin revivre. Je te crois, Jett. Je ne te demande pas de m'épouser, mais je veux être sûre d'être la seule.

— Tu as toujours été la seule.

— Menteur, se moque-t-elle.

— Lily, je vais te dire un secret.

Je ravale ma salive, la gorge serrée. Je dois lui avouer la vérité pour qu'elle comprenne la profondeur de mes sentiments pour elle.

— Tu sais, cette photo que j'avais de toi ?

Elle se redresse sur le tabouret et laisse retomber sa main.

— Celle dont m'a parlé l'autre salaud ?

J'acquiesce d'un hochement de tête.

— C'est moi qui l'ai demandée à Suzy. Je lui ai demandé de m'envoyer plusieurs photos de toi, en réalité.

Elle fronce les sourcils.

— Tu as quoi ?

— J'étais rentré juste avant ta remise de diplôme. C'était la première permission que j'avais dans la marine. Bref, elle a commencé à me parler de la cérémonie qui aurait lieu, et je lui ai demandé de m'envoyer quelques photos. Je voulais voir ton visage quand tu aurais enfin ton diplôme en main.

— Vraiment ?

— Vraiment. Je voulais voir ton sourire. Je savais combien les études comptaient pour toi et que tu serais major de ta promotion. Mais rien ne m'avait préparé à ce que j'ai vu.

— Qu'as-tu vu ?

— La fille de mes rêves, je murmure. La seule fille que j'avais jamais aimée, celle avec ce sourire immense, et c'est là que j'ai su... J'ai su que je t'aimais.

Des larmes embrument ses yeux.

— Mais pourquoi avoir attendu autant d'années pour me le dire ?

— Je voulais que tu vives ta vie et pas que tu te languisses d'un pauvre type qui courait le monde. Ça n'aurait pas été juste de te dire ce que je ressentais sans être à tes côtés.

— Je t'aurais attendu.

— Justement.

Elle s'essuie un coin d'œil et renifle.

— Et si j'étais tombée amoureuse de quelqu'un d'autre ?

Je porte la main à son autre joue et en chasse une larme.

— Si tu étais tombée amoureuse de quelqu'un d'autre, c'est que tu n'étais pas faite pour moi.

— Tu es complètement dingue, me dit-elle tout en secouant la tête. Tu as pris un gros risque.

J'esquisse un petit sourire.

— Pas tant que ça. Je savais que tu étais folle de moi depuis la seconde et que tu n'aimerais personne d'autre.

— Tu mens.

— Je t'assure.

— Comment pouvais-tu le savoir ?

— Un jour, tu as passé ton cahier de texte à Gigi à la cantine...

Ses yeux s'écarquillent, mais je poursuis.

— ... et j'ai vu ce que tu avais écrit sur la couverture. Tu avais gribouillé partout « Mme Jett Michaels ». C'est là que j'ai su.

Elle pousse un rire léger.

— T'es vraiment fou. J'étais juste une gamine qui craquait pour toi.

J'écarte une mèche de son visage.

— Et maintenant ? Es-tu encore une gamine avec un coup de cœur ?

Elle secoue lentement la tête.

— Non. Maintenant, je suis une idiote qui aime un fou.

Je lâche sa main et prends son visage aux creux de mes paumes.

— Non, chérie. Tu n'es pas une idiote. Tu es à moi. Voilà ce que tu es. À moi. Rien qu'à moi.

J'attire son visage vers le mien et écrase ma bouche contre la sienne. Elle a un goût de café, de crème et de sucre, et me rend mon baiser, faufilant sa langue entre mes lèvres pour la mêler à la mienne.

— Tu le seras toujours, je murmure entre deux baisers. À moi. Rien qu'à moi.

Lily soupire et passe les bras autour de mon cou.

— Rien qu'à toi, répète-t-elle, gravant dans le marbre ce que je sais et ressens depuis le début.

Lily Gallo a toujours été et sera toujours mienne.

* * *

— Salut, me lance Mike du bout des lèvres tout en me regardant des pieds à la tête, comme s'il voulait m'égorger et danser sur mon corps sans vie.

— Bonjour, monsieur Gallo !

Je verse dans l'excès de civilité, mais il s'agit du père de Lily, et la dernière chose dont j'ai envie, c'est que l'homme me déteste.

— Comment allez-vous aujourd'hui ?

Je récolte un grognement en réponse.

— Papa, le rabroue Lily tout en se glissant sous mon bras. Sois gentil.

— Michael Gallo ! le reprend Mia, qui arrive par-derrière. Cesse d'être odieux avec Jett.

— Je ne l'étais pas, bougonne-t-il, ce qui est un mensonge. J'étais le plus charmant qu'on puisse être avec un garçon qui essaie de vous voler votre fille.

Mia enroule les bras autour de sa taille, se plaque

308

contre son dos et passe la tête sur le côté pour nous regarder.

— Tu sais qu'elle n'est plus une petite fille.

Je souris à Mia. J'ai toujours admiré sa capacité à tenir tête à un type comme Mike. En revanche, je ne me risque pas à parler. Je suis plus malin que ça et tiens à vivre.

— Je sais, soupire-t-il tout en desserrant le poing. Mais je ne suis pas sûr d'être prêt à ce qu'elle grandisse si vite.

— J'ai vingt et un ans, papa. Ça n'a pas été si rapide que ça.

— Pour moi, c'est comme si tu étais née hier, trésor. Je me revois te bercer tous les soirs pour t'endormir, te promettant la lune.

Lily s'écarte de moi et prend la main de son père.

— Tu m'as offert tout ce que j'ai toujours désiré. J'ai le meilleur papa du monde. Mais, que tu le veuilles ou non, j'ai déjà grandi et je vais continuer à le faire.

Mike lui sourit comme si Lily était toute sa vie. Cet homme aime sa fille. Il lui arrive parfois de se montrer un peu trop autoritaire, mais la dévotion qu'il voue à sa famille est évidente et admirable.

— Tu m'as appris à différencier le bien du mal, à me protéger, à m'aimer, et le vrai sens du mot « famille », papa, mais il faut que tu me laisses partir et vivre mon bonheur comme celui que tu as eu avec maman.

Mike enlace Lily et la serre contre lui.

— Mais, trésor, tu es sûre que c'est lui que tu aimes ?

Le « lui », c'est moi. Je peux entendre le mécontentement dans sa voix, en plus de le voir sur son visage.

— Michael, tu sais bien qu'elle est amoureuse de Jett depuis le lycée, non ?

— Mais pourquoi lui ?

— Pourquoi pas ? demande Lily à son père. Personne ne m'a traitée aussi bien que lui, mis à part toi. Personne ne m'a donné autant le sentiment d'être aimée ou en sécurité que Jett. Il me rend heureuse.

Elle coule un regard par-dessus son épaule, les joues roses d'embarras.

— J'aime votre fille, monsieur Gallo, dis-je pour ne laisser place à aucun doute sur mes sentiments. C'est elle que j'aime. Ça l'a toujours été.

Il hausse un sourcil.

— Et toutes ces femmes avec lesquelles tu as couché... ?

— Auriez-vous préféré que je sorte avec votre fille au lycée ?

Il fait aussitôt « non » de la tête.

— Sûrement pas.

Je ris de bon cœur.

— Je voulais qu'elle termine ses études, vive sa vie. Je savais qu'on finirait par se retrouver un jour.

Il se frotte le front, comme s'il éprouvait une véritable souffrance.

— Tu y as bien veillé, pas vrai ? En revenant ici, en lui disant que tu cherchais une colocation.

— Je ne mentais pas. Je cherchais une colocation.

Je m'avance vers eux et passe un bras à la taille de Lily pour la tirer contre moi.

— Mais je ne voulais personne d'autre que Lily.

— Tu avais tout prévu, je le savais ! s'exclame-t-il.

— Permettez-moi de vous poser une question, Mike.

— Monsieur Gallo, me reprend-il.

— Si vous voulez. Monsieur Gallo, le jour où vous

avez rencontré Mia, avez-vous su qu'elle était la femme de votre vie ?

Il pose ses mains sur celles de son épouse.

— Oui, marmonne-t-il.

— Pardon ? demande Mia. Je n'ai pas bien entendu.

Elle me fait un clin d'œil, un sourire malicieux aux lèvres.

— Oui, répète-t-il un peu plus fort.

— Eh bien, moi aussi.

Tandis que je parle, je sens Lily se détendre contre moi et poser la tête sur mon épaule, et je baisse les yeux pour la contempler.

— Auriez-vous tout fait pour vous assurer qu'elle passe le restant de ses jours à vos côtés ? je demande, tournant le regard vers lui.

— C'est ce qu'il a fait, répond Mia à sa place. Bon Dieu, il était d'un présomptueux ! Mais il n'a rien lâché et a fini par me conquérir.

— Lily ! s'écrie joyeusement ma mère, qui traverse le jardin et tient un saladier contenant probablement un mets préparé tout spécialement pour notre premier barbecue en famille. Tu es radieuse, trésor.

— Bonjour, madame Michaels.

Lily lui sourit et quitte mes bras pour embrasser ma mère et la débarrasser du saladier.

— Appelle-moi Sophia, la prie-t-elle. Madame Michaels, c'est bien trop formaliste.

— Tu vois, chéri, glisse Mia à Mike, c'est comme ça qu'on fait. Au lieu de faire ton gros bébé pour tout et n'importe quoi. Bouder ne poussera ta fille qu'à s'éloigner, pas l'inverse.

— Je ne le permettrai jamais, tiens-je à les rassurer. Il n'y a rien de plus important que la famille.

— Au moins, il a compris ça, marmonne Mike.

— Mike, le salue mon père, une main tendue. Tu

m'as l'air plus en forme que jamais ! Je ferais peut-être bien de me mettre à l'entraînement avec toi.

Quel cireur de bottes. Il est doué pour ça et sait à quel point Mike Gallo aime être complimenté.

— Je pourrais t'aider à garder la ligne. Plus on devient vieux, plus on doit veiller à ne pas se ramollir.

— Ramollir, moi ? Jamais !

Je lève les yeux au ciel. Pour deux hommes dans la force de l'âge, ce sont de vrais gamins.

— Tu veux bien me faire visiter ? demande ma mère à Lily, sans se soucier de moi.

— Avec plaisir, Sophia, répond Lily avec un sourire.

La voir avec ma mère et voir que nos pères s'entendent, ça me rend heureux. Pour une fois, j'ai le sentiment que ma vie se met en place et que tout est en ordre.

—JE SUIS TELLEMENT fière de vous, déclare Sophia, ses mains sur mes épaules. Vous en avez vraiment fait un endroit charmant.

Je souris fièrement tout en promenant le regard sur la pièce. Je réalise à présent que nous avons donné à cette maison une âme, pas seulement grâce aux choses qui y sont, mais grâce à Jett et moi, et à la vie que nous y bâtissons ensemble.

— C'est impressionnant, renchérit tante Suzy, qui se tient aux côtés de Sophia. Je doute d'avoir eu autant de goût à ton âge. C'est venu bien après.

Sophia laisse retomber ses mains de mes épaules.

— Tu n'avais aucun goût quand on habitait ensemble, Suzy. Tout était noir ou blanc et du moment que c'était en promo.

Tante Suzy rit, les doigts tripotant le pendentif autour de son cou.

— J'aime les bonnes affaires. Encore aujourd'hui.

— J'oublie toujours que vous avez été colocataires.

— On venait de terminer nos études, on démarrait dans l'enseignement et on était fauchées comme les blés, m'explique-t-elle.

Sophie secoue la tête en riant.

— Ah ! Le bon temps ! On en a fait, du chemin, depuis.

— Beaucoup, beaucoup de chemin, murmure Suzy.

Elle jette un regard en direction d'oncle Joe, de Gigi et de Pike.

— J'aimerais revenir à l'époque où les enfants étaient encore petits. Je regrette ce temps-là.

— Ne dis pas de bêtises. Moi, je m'en souviens très bien. Tu ne savais plus où donner de la tête. Tu as effacé de ta mémoire toutes les galères comme les couches, les réveils en pleine nuit, l'épuisement.

Ma tante hausse les épaules.

— Peut-être. Mais savoir que mon bébé grandit et va peut-être bientôt se marier, c'en est trop pour mon petit cœur.

J'écarquille les yeux.

— Se marier ?

Suzy secoue la tête.

— Je sais qu'ils en sont encore loin, mais ça finira bien par arriver. Elle est folle de Pike. Je le vois à la façon dont elle le regarde.

Sophia lui donne un petit coup de coude.

— Tu regardais Joe de la même façon et c'est encore vrai aujourd'hui.

Ma tante sourit.

— Il me fait toujours autant vibrer.

— Bref, lance Sophia, qui se tourne vers moi. Tu penses reprendre tes études l'année prochaine, Lily ?

Je hausse les épaules.

— Je ne pense pas. Je me plais à Inked.

— Elle fait un travail remarquable, explique Suzy

à son amie. D'après Mike, elle devient une vraie pro et les clients l'adorent.

— Je n'en doute pas. Regarde comme elle est mignonne.

Sophia agite une main vers moi.

— Les hommes doivent se marcher dessus pour l'avoir. Ça doit rendre fou Jett.

— Je pense qu'il n'aime pas trop l'idée que je touche tout un tas de parties du corps des autres, dis-je avec une grimace tandis que je repense à la fois où je l'ai revu et ai dû tenir son membre dans mes mains. Il y a de quoi être mal à l'aise.

Sophia pose une main sur mon bras.

— Alors continue. Ne t'empêche jamais de faire quelque chose à cause d'un homme, même si c'est le tien. Reste fidèle à toi-même et fais ce qui te rend heureuse.

— Vous resteriez à Inked à ma place ? je demande, pour m'assurer de l'avoir bien entendue.

— C'est l'affaire familiale. Ton héritage. Tu dois vivre pour toi et non pour lui.

— J'adore être avec ma famille tous les jours, mais j'aimerais aussi terminer mes études et obtenir ce diplôme.

— Alors obtiens-le, mais rien ne t'oblige à t'en servir. Si avoir ce diplôme te donne un sentiment d'accomplissement, vas-y, trésor. Simplement, ne le fais pas à cause de Jett ou de qui que ce soit d'autre, même tes parents.

— On parle de moi ? demande ma mère qui arrive au moment précis où nous parlons de ce sujet, qui, je le sais, est douloureux pour elle.

— Nous parlions du travail et de l'école.

Le sourire de ma mère se crispe.

— Lily, j'ai quelque chose à te dire.

Je me tourne vers elle et me prépare à ce qu'elle va me dire, même si c'est difficile à entendre.

— Oui, maman ?

— Vis ta vie pour toi. J'étais persuadée que tu voulais devenir médecin et je t'ai poussée à marcher dans mes pas, pensant que tu reprendrais la clinique un jour.

Elle marque une pause et son sourire s'adoucit.

— Je suis fière que tu aies eu le courage de suivre tes rêves. Je serais bien plus contrariée si tu faisais quelque chose qui ne te plaît pas. Je me fiche de savoir où tu travailles et ce que tu fais, tant que tu es heureuse, ma chérie. Ne fais jamais quelque chose pour plaire aux autres. Ça ne te rendra que malheureuse à long terme.

Elle porte une main à mon visage.

— Ton père et moi sommes fiers de la jeune femme que tu es devenue et du courage qu'il t'a fallu pour faire entendre ta voix et suivre ton cœur. Je ne crois pas que j'en aurais été capable au même âge.

Ma vision se trouble tandis que mes yeux se remplissent de larmes.

— Tu es fière de moi ?

Elle hoche la tête et me presse les bras.

— Je ne peux pas être plus fière d'avoir une fille si merveilleuse, Lily.

Je me jette dans ses bras et la serre de toutes mes forces.

— Je t'aime, maman.

— Je t'aime aussi, trésor, murmure-t-elle dans mes cheveux.

— Vous faites couler mon mascara, ajoute Sophia tout en s'essuyant les yeux. Je vous déteste.

Je me détache de ma mère avec un rire.

— Merci, maman. J'avais besoin de l'entendre. J'avais tellement peur de vous décevoir, papa et toi.

— Je ne pouvais rêver meilleure compagne pour mon Jett, me dit Sophia. Il lui faut une personne intelligente, douce, forte et qui a la tête sur les épaules.

— Merci, Sophia.

Je souris. Ces paroles me font chaud au cœur, bien que mes yeux soient remplis de larmes.

— Que se passe-t-il ? s'inquiète Jett.

Il passe un bras autour de mes épaules.

— Pourquoi pleures-tu, chérie ?

— Ce sont des larmes de joie, dis-je en reniflant. Totalement de joie.

Pour la première fois de ma vie, je sens que je peux respirer et être enfin moi-même. Je n'ai plus l'impression de les avoir laissés tomber à cause de mes choix.

— Qui est prêt à manger ? nous demande-t-il. C'est Sal qui gère le barbecue.

Tous les yeux se tournent vers lui, ronds et médusés.

— Tu as laissé mon grand-père s'occuper du barbecue ?

Il hoche la tête, sans rien y comprendre.

— Tu sais qu'il carbonise tout, pas vrai ? Genre, si c'est pas du charbon, ça manque encore de cuisson pour lui.

Jett tourne brusquement la tête sur le côté, plissant les yeux pour regarder au fond du jardin.

— Quoi ? T'es sérieuse ?

— Vu la quantité de fumée qui s'échappe de la grille, je dirais que c'est pas loin d'être prêt, lance Suzy d'un air amusé. J'espère que vous avez un peu de sauce pour accompagner, sinon on va mâcher pendant des heures et des heures.

— Comme ta grand-mère était une excellente cuisinière, j'ai supposé que ton grand-père l'était aussi.

Jett se frotte la nuque, le visage pâle.

— Pourquoi tu ne m'as pas prévenu ?

Je tapote le torse de mon jules et lui souris.

— Je pensais que tu le savais. Tu nous fréquentes depuis des lustres. Tu ne referas plus l'erreur.

Jett nous regarde toutes les quatre.

— Pourquoi n'a-t-il rien dit ?

— Parce qu'il se croit le roi du barbecue, répond tante Suzy, une main sur la bouche pour étouffer son rire.

— Ce qu'il n'est pas, renchérit ma mère. Au moins, on est sûrs de ne pas avoir un Escherichia coli.

— Merde, peste Jett, qui laisse retomber son bras de mes épaules et se précipite vers le barbecue pour tenter de sauver notre dîner.

— Merci pour aujourd'hui, dis-je à ma mère, sur un peu petit nuage.

Elle écarte les cheveux de mon visage.

— De quoi me remercies-tu, ma chérie ?

— D'avoir fait en sorte que tout se passe au mieux.

Elle me frotte tendrement le bras.

— La seule chose qui nous importe, à ton père et à moi, c'est que tu sois heureuse.

Elle me sourit.

— Je ne t'ai jamais vue avec un aussi grand sourire qu'aujourd'hui. On voit que tu es en paix. Je sais que tu te sens chez toi et que ta place est ici.

— Je suis vraiment heureuse, maman.

— Tu es heureuse, mon bébé ? demande mon père, qui arrive un peu tard dans la conversation. Vraiment heureuse ?

Je hoche la tête, les yeux remplis de larmes, la gorge trop serrée pour parler.

Il me touche le menton, un sourire tendre aux lèvres.

— Tu sais qu'on t'aime, pas vrai ?

Je hoche à nouveau la tête et une larme roule sur ma joue.

Papa l'essuie.

— Et nous sommes fiers de toi. J'adore t'avoir avec moi à Inked et je suis on ne peut plus satisfait de la femme que tu es devenue.

— Merci, papa, je murmure d'une voix étranglée.

Il me serre tendrement dans ses bras.

— Ta naissance a été une bénédiction, Lily. Peu importe que tu vieillisses, tu resteras toujours ma petite fille.

Je le serre de toutes mes forces et murmure contre son torse :

— Je n'aurais pas voulu qu'il en soit autrement.

Trois semaines plus tard

— Salut, Lily ! me lance Sara, la secrétaire médicale de ma mère, sitôt que j'ai franchi les portes de la clinique.

— Coucou, Sara, dis-je avec un sourire.

J'ai toujours plaisir à la voir. Je la connais depuis que je suis toute petite et ai travaillé en étroite collaboration avec elle lorsque j'ai fait du bénévolat à la clinique cet été.

Sara se penche en avant et pose le menton sur son poing refermé.

— J'ai entendu dire que tu avais quelqu'un dans ta vie. J'ai vu une photo de lui. Quel beau gosse !

Je pose les deux mains sur le comptoir de l'accueil.

— C'est un des plus beaux garçons que j'aie jamais rencontrés.

— Ah ! Si j'étais plus jeune...

Elle soupire et ébouriffe sa courte chevelure argent.

— Veille à ce qu'il te traite correctement, Lily. La beauté, ça se fane, et si c'est un goujat aujourd'hui, tu te retrouveras non seulement avec un goujat, mais avec un laid, quand il sera vieux.

Je pouffe de rire et me couvre la bouche lorsqu'une femme assise en salle d'attente nous regarde de travers.

— Tu m'as manqué, lui dis-je.

Elle me fait un clin d'œil.

— Tu m'as manqué aussi, petite.

— Lily ? s'étonne ma mère, qui revient de la salle d'examen. Que fais-tu ici, trésor ?

Je détache le regard de Sara et souris à ma mère.

— Salut, maman. Je suis passée pour te parler d'un truc.

Maman me fait signe de la suivre à l'arrière. Elle n'a jamais aimé discuter de ses affaires personnelles devant les patients.

— Que se passe-t-il ? me demande-t-elle dès que nous nous retrouvons à l'écart, ses yeux me scannant des pieds à la tête. Tout va bien ?

— Je vais très bien, dis-je aussitôt, chassant sa question d'un geste désinvolte pour éviter qu'elle panique. Je voulais juste te demander si...

Je me penche vers elle et baisse la voix.

— ... tu pouvais me prescrire la pilule.

Ses yeux s'arrondissent juste un tout petit peu, mais le reste de son visage reste impassible.

— D'accord, me dit-elle, étirant le mot. Je suis contente de voir que tu es responsable.

Je me tords les mains et mon estomac se serre.

— J'avais promis de venir te voir si j'avais besoin de prendre un contraceptif.

Elle tend les bras et me prend les mains.

— Je suis heureuse que tu l'aies fait. Viens.

Elle me fait signe de la suivre dans la salle d'examen et s'arrête devant le cabinet de toilette.

— Nous allons faire une petite analyse d'urine pour nous assurer que tu es en bonne santé. As-tu consulté le Dr Myer cette année ?

Je hoche la tête.

— J'ai fait un frottis il y a quatre mois et tout était normal.

— Bien, me dit-elle tout en hochant la tête. Tu connais la chanson. Fais pipi dans le tube, inscris ton nom sur l'étiquette et dépose-le sur le bureau.

En un rien de temps, je suis ressortie des toilettes, réussissant tant bien que mal à ne pas m'en mettre plein les doigts.

— Attends-moi dans la salle numéro un. Je reviens.

À son retour, elle prend place sur un tabouret face à moi avec son ordinateur portable et me demande :

— À quand remontent tes dernières règles ?

— Il y a trois semaines à peu près. Tu sais bien que j'ai toujours eu du mal à suivre ça de près, maman.

— Tu devrais plus t'en soucier, chérie.

— J'avais pas besoin, avant. Il n'y avait aucune raison de le faire.

— Il y a toujours une raison de le faire.

Je lève les yeux au ciel.

— Mes règles étaient régulières et je ne couchais avec personne. Alors j'avais pas besoin...

Je laisse ma phrase en suspens, parce que je réalise que j'ai employé le verbe « coucher » à l'imparfait. J'ai vendu la mèche. Je ne suis plus vierge.

— Bon, s'exclame ma mère, dont le visage reste

imperturbable, bien que mes paroles ne lui aient pas échappé. Dorénavant, tiens un calendrier.

Je hoche la tête.

— Compris.

On frappe à la porte et Reva, l'assistante médicale de ma mère, entre, une feuille à la main. Ses yeux se posent sur moi et elle m'adresse un sourire crispé.

— Salut, Lil.

— Salut !

Je rabats une mèche de mes cheveux derrière une oreille et me demande si tout le monde sait que je suis ici à la recherche d'un contraceptif.

— Voici les résultats de l'analyse d'urine, Mia.

Reva tend la feuille à ma mère et m'adresse à nouveau un sourire pâle avant de disparaître.

— Tout va bien en ce moment ? me demande ma mère, le regard rivé au morceau de papier.

— Je crois bien. Rien d'inquiétant.

Je pose une main sur mon genou pour stopper ma jambe qui s'agite.

— Bon, euh… je ne vais pas pouvoir te prescrire de contraceptif, m'annonce ma mère.

Je tique, les yeux écarquillés.

— Pourquoi pas ?

Elle relève le nez de la feuille et me regarde d'un air curieux, les cils battants.

— Parce que tu es enceinte, Lily.

— Je suis quoi ? je demande, sous le choc. C'est impossible. On a pris nos précautions.

— Eh bien…, murmure-t-elle tout en secouant la tête. Pas suffisamment.

— Donne-moi ça.

Je lui arrache la feuille des mains et parcours les résultats.

Putain !

— Refais-le, dis-je tout en secouant la tête, moi

aussi. Il doit y avoir une erreur. On a utilisé des préservatifs.

— Ils ne sont pas fiables à cent pour cent, Lily, et avec son piercing...

— Oh, merde, merde, merde !

Je commence à paniquer. J'ai du mal à respirer.

Maman pose sa main sur mon genou.

— Respire, chérie. Respire.

Je laisse tomber la feuille par terre et me recroqueville sur mes genoux.

— Je ne peux pas être enceinte. Oh, mon Dieu. C'est impossible. Comment ça a pu arriver ?

Ma mère vient s'asseoir à côté de moi et passe un bras autour de mes épaules pour me serrer contre elle.

— Il y a des choses bien plus graves dans la vie, Lily.

Je tourne brusquement la tête vers elle, les yeux remplis de larmes.

— Maman, c'est pas l'heure de me faire un discours sur les MST. Papa va étriper Jett.

Elle me sourit et me caresse l'épaule.

— Ton père va avoir une attaque, mais il ira mieux une fois le choc passé.

Elle laisse échapper un rire avant de se reprendre.

— Nous allons être grands-parents.

Je cours vers la poubelle qui se trouve de l'autre côté de la pièce, l'estomac retourné. Tout ce que je viens d'avaler au déjeuner ressort et termine dans le plastique.

— C'est impossible, je lâche, pendant que je m'essuie la bouche. C'est impossible.

Ma mère se tient derrière moi et me tient les cheveux.

— Si, trésor.

Les larmes, provoquées par la peur et les vomisse-
ments, dévalent mes joues.

— Je ne suis pas prête à être mère.

Ma mère me prend par les bras, me relève et me
tourne vers elle. Elle a un mouchoir dans la main et
me tamponne la bouche, puis les joues.

— Personne n'est jamais prêt pour ça.

— Jett est encore moins prêt à être père. Il va
péter les plombs.

— Tu pourrais être surprise.

Elle me sourit et continue de m'essuyer le visage
comme elle le faisait lorsque je pleurais après être
tombée au jardin d'enfants.

Je la fixe, hébétée.

— Je vais être maman.

Elle hoche la tête et je ne vois dans son regard que
de l'amour. Aucun jugement dans ses yeux. Pas de
déception sur son visage.

— Tu seras la meilleure maman du monde.

Je me remets à pleurer de plus belle, gagnée par la
peur et l'angoisse.

— Je ne sais pas si j'en suis capable.

Ma mère m'enveloppe de ses bras rassurants et
me serre contre elle.

— Tu peux tout faire avec de la volonté, chérie,
me murmure-t-elle à l'oreille tout en me frottant le
dos. Et je serai là à chaque étape.

Je sanglote contre son épaule. Vingt et un ans de
virginité et de chasteté instantanément balayés
pour devenir la première de ma génération à enfanter, et hors mariage, s'il vous plaît. J'ai toujours
pensé que Tamara serait la première à se faire
mettre en cloque, mais non. Le destin en a décidé
autrement.

— Tu veux que je sois là quand tu l'annonceras à
Jett ce soir ? me demande-t-elle.

— Je me sens capable de le lui dire, mais pas à papa.

Je secoue la tête.

— Je ne peux pas.

Je renifle et frotte le revers de mes mains contre mes joues mouillées.

— Tu ne peux pas le lui dire, maman. Il ne doit pas l'apprendre avant Jett.

Ma mère hoche la tête, les lèvres pincées.

— Je ne le lui dirai pas, mais c'est un sacré secret que tu me demandes de garder, là.

Je lui attrape le bras.

— Je t'en supplie, maman. Promets-moi de ne rien lui dire avant que j'aie parlé à Jett.

— Ton secret sera bien gardé, trésor.

Elle me sourit avec tendresse, et d'ajouter dans un murmure émerveillé :

— Je vais être grand-mère. Grand-mère.

— Arrête de dire ça. Tu me fais paniquer.

Et elle rit. Elle rit, putain.

— On devrait faire une analyse sanguine, dis-je.

Ma mère hoche la tête.

— Tout ce qui te plaira.

J'agite une main devant mon corps et l'arrête au niveau de mon abdomen.

— Ça, ça ne me plaît pas.

— Un jour, tu repenseras à ce moment et tu en riras.

Je le regarde d'un air ahuri. Mais qui est cette personne que j'ai en face de moi ? Elle prend la nouvelle avec bien trop d'enthousiasme.

— Je crois pas, non.

— Mais si.

— Je vais être une maman hors mariage, je marmonne.

Les mots sonnent étrangers, crus.

— Et en échec scolaire.

Mon estomac se retourne et la réalité me frappe en plein visage.

— Passe ce soir, et nous l'annoncerons ensemble à ton père, trésor. Il vaut mieux le lui dire maintenant plutôt qu'il l'apprenne plus tard.

— On verra, je murmure tout en séchant les larmes qui ruissellent sur mon visage.

Je vais être maman.

Meeeeeerde.

jett

LILY FRANCHIT la porte d'entrée. Elle est blanche comme un linge. Elle n'a pas encore posé son sac à main sur la console que je me précipite à ses côtés.

— Qu'y a-t-il, chérie ?

Je scrute son visage tandis qu'elle reste plantée là, immobile comme une statue.

Ses yeux sont vitreux et elle cligne à peine des paupières.

— Je... Je...

Elle s'interrompt et tourne la tête vers moi, mais elle ne me regarde pas vraiment, comme si j'étais transparent, et semble totalement perdue.

— Je...

— Tu, quoi ?

Un frisson de panique me remonte l'échine et je plaque les mains sur ses joues.

— Qu'est-ce qui ne va pas ? Tu es malade ?

— Ma mère.

Elle s'interrompt à nouveau

— Je... Oh, mon Dieu, murmure-t-elle, des larmes se formant dans ses yeux.

Je lâche son visage et l'attire dans mes bras pour tenter de la réconforter.

— Qu'est-il arrivé à Mia ?

— C'est pas... Elle m'a....

Si j'ai l'estomac qui se noue, je fais tout mon possible pour garder mon calme et être son roc.

— Lily, chérie, je murmure à son oreille en la serrant étroitement dans mes bras. Je ne comprends rien. Tu me fais peur, là.

Elle recule la tête, des larmes plein les joues.

— Je suis enceinte, lâche-t-elle, et ses yeux s'écarquillent.

J'ai un mouvement de recul et mes yeux s'arrondissent également.

— Quoi ?

— Je suis enceinte, répète-t-elle, pleurant de plus belle. On attend un enfant.

Je recule en chancelant, mais l'attrape par les bras et agrippe ses biceps.

— On attend un enfant ? je redis dans un murmure.

Je n'aurais jamais rêvé de prononcer ces mots aussi tôt. Mon cœur flanche et je ressens une drôle de sensation dans la poitrine lorsque la réalité me frappe enfin.

Lily n'est pas du genre à plaisanter et encore moins sur un sujet aussi sérieux ou déterminant. J'ai su à la minute où elle a franchi la porte que quelque chose ne tournait pas rond, mais jamais, au grand jamais, je n'ai imaginé qu'elle m'annoncerait qu'elle allait avoir un bébé.

Mon bébé.

Elle est officiellement la maman de mon bébé.

Est-ce que cela fait de moi une mauvaise personne ? Car une part de moi est aux anges de savoir que Lily et moi allons être liés pour toujours.

Je m'imagine déjà une petite fille toute brunette aux yeux bleus, qui rit tandis que je la lance dans les airs. Une mini-Lily, pleine de joie et d'innocence au possible.

Elle hoche la tête, le corps tremblant dans mes mains.

— Je suis désolée. Tellement, tellement, tellement désolée. Je ne sais pas comment ça a pu arriver.

— Tu es désolée ? je demande, un sourire se formant sur mes lèvres.

— Je t'en prie, ne me déteste pas, me supplie-t-elle, les doigts s'enroulant dans le tissu de mon tee-shirt.

Je reprends son visage entre mes mains et essuie ses larmes.

— Jamais je ne pourrais te détester, chérie.

— Que veux-tu faire ? me demande-t-elle, et elle est on ne peut plus sérieuse.

— Ce que je veux faire ?

Je ne comprends pas. *Qu'y a-t-il à faire ? Nous allons avoir un bébé.*

Un petit être humain avec dix orteils attachés à des tout petits petons à cajoler et à aimer. Qu'y aurait-il à faire face à un événement aussi merveilleux ?

— Je sais que tu ne veux pas avoir d'enfants tout de suite, alors on peut...

Je pose un index sur ses lèvres.

— Arrête ça tout de suite, Lily Gallo.

Ses yeux s'écarquillent et sa bouche s'entrouvre derrière mon doigt.

— Je ne veux pas gâcher ta...

Je secoue la tête.

— Tu ne gâches rien du tout. Je t'aime. Et toi, tu m'aimes ?

Elle hoche la tête sans dire un mot, ce qui n'est pas une mince affaire pour Lily.

— On va avoir un bébé, je m'émerveille, un sourire jusqu'aux oreilles, parce que nous allons avoir un bébé, putain.

— Tu n'es pas fâché ? baragouine-t-elle derrière mon doigt.

C'est à mon tour de secouer la tête.

— Je ne suis pas fâché. Tu vas bien. Ta mère va bien. D'accord, notre vie va changer, mais on parle d'un bébé. Un petit être humain. Un petit bout de nous.

Je la regarde attentivement, car son visage n'a toujours pas repris ses couleurs, mis à part les marques rouges laissées par ses larmes sous ses yeux.

— Est-ce que ça va ? je demande.

Elle se jette à mon cou, me serre fort, et ses sanglots redoublent.

— Ça va, me rassure-t-elle en reniflant. J'ai peur. Enfin, j'avais peur, mais maintenant...

Elle enfouit le visage dans mon torse.

— Je crois que je vais bien.

Il y a un long silence tandis que nous nous étreignons.

— Nous allons être parents, Jett.

Je lui frotte le dos, toujours sous le choc.

— Oui.

Je sais qu'elle me dit la vérité, mais ça me paraît encore surréaliste. Et d'abord, qu'est-ce que ça signifie d'être parent ?

Certes, il y a les réveils en pleine nuit, le fait d'avoir un petit être sous sa responsabilité, mais être parent ne doit pas se tenir qu'à cela. La réalité doit être plus vaste, bien plus vaste.

— Mon père va t'assassiner, murmure-t-elle dans le coton de mon tee-shirt. Il ne doit pas le savoir. Jamais.

J'éclate de rire l'espace d'un instant et reprends

aussitôt mon sérieux, sachant que Michael Gallo va me réduire en bouillie.

— Ça va aller, mens-je. Ton père sera content.

— On peut le cacher, non ? Disons, au moins six mois.

Je secoue la tête.

— Chérie, ton père va le savoir. On ferait mieux de le lui dire tout de suite. Que peut-il nous arriver, après tout ?

* * *

La porte s'ouvre et le regard de Mike passe de Lily à moi, avant de revenir sur Lily.

— Que se passe-t-il ? demande-t-il immédiatement.

Il connaît sa fille mieux que personne.

Lily parvient tant bien que mal à placarder un sourire sur son visage.

— Rien, papa. On passait juste dire bonjour.

Michael me regarde en plissant les yeux.

— Et tu l'as amené, parce que... ?

Je déglutis. Ce sont peut-être bien les dernières minutes qu'il me reste avant de ne plus savoir marcher ou, du moins, de manger à l'aide d'une paille à cause d'une mâchoire fracturée.

— Bonjour, monsieur Gallo, dis-je, tout sourire, tâchant de contenir la peur dans ma voix.

— Michael, laisse les enfants entrer, crie Mia en arrière-plan. Lily m'a dit qu'ils passaient.

M. Gallo tourne la tête, mais son large torse bouge à peine.

— Pourquoi ne m'as-tu rien dit ?

— Je sais que tu adores les surprises, surtout quand il s'agit de Lily.

Mike se retourne vers moi et grommelle dans sa barbe.

— Quand il s'agit de Lily, oui. Lui, c'est autre...

— Papa, le coupe Lily, une main sur son torse, un sourire débordant d'amour aux lèvres. Sois gentil. Fais-le pour moi... s'il te plaît.

— Pour toi, ma chérie, toujours, acquiesce-t-il tout en la cueillant dans ses bras pour la serrer contre lui. Je vais essayer.

Mike repart dans la maison, emportant Lily avec lui, et me laisse sur le seuil de la maison. Je les suis sans dire un mot jusqu'au salon où se trouve Mia, pelotonnée sur le canapé, un livre posé sur une jambe.

— Viens t'asseoir, me dit-elle tout en tapotant la place libre à côté d'elle.

Je m'exécute, et elle me prend la main et la serre chaleureusement.

— Ça va aller, me murmure-t-elle pendant que Lily et son père sont occupés à bavarder de tout et de rien. Respire, mon garçon.

Je lui adresse un sourire crispé tandis que mon estomac se révulse et que la peur s'installe. Je frotte ma main libre le long de mon jean pour tâcher de sécher cette moiteur qui semble ne pas se calmer depuis que Lily m'a appris la nouvelle.

Père et fille prennent place sur le canapé face à nous. Elle paraît minuscule comparée à lui, mais on retrouve un peu de Mike dans ses traits, bien qu'elle soit la copie conforme de sa mère.

— Alors, lance Mia, qui les regarde s'installer. Quel bon vent vous amène, les enfants ?

— Euh... On passait juste dire bonjour, ment Lily. Ça fait un bail que je ne vous ai pas vus, maman et toi.

Mike la dévisage, car il sait qu'elle raconte n'importe quoi.

— Lil, on était ensemble tout à l'heure au salon. Bon, qu'y a-t-il ?

On peut lire la confusion sous ses airs inquiétants.

Mia pousse un petit rire, déplie les jambes et s'assied droit.

— Tu connais les jeunes, chéri.

Il tourne les yeux vers sa femme, le front plissé, plus dérouté que jamais.

— Que se passe-t-il, au juste ? Que me caches-tu ?

Lily rabat une mèche de cheveux derrière une oreille et fixe le parquet entre ses sandales.

— Rien, papa, murmure-t-elle.

— Oh, mon Dieu, s'exclame-t-il, paniqué. Tu es malade ?

Il lui prend les mains et les recouvrir des siennes.

— Parle, ma chérie. Tu as quelque chose ?

Lily secoue la tête, incapable de regarder son père dans les yeux. Je sais ce qu'elle éprouve pour lui et à quel point elle ne veut pas décevoir l'homme qu'elle aime le plus sur terre.

— Je ne suis pas malade, papa.

— L'un d'entre vous ferait bien de se mettre à parler, et vite.

Il braque son regard sur moi, et je déglutis.

— Parce que j'ai comme l'impression que tout le monde sait quelque chose que j'ignore, poursuit-il. Et vous savez ce que j'en pense.

— Eh bien..., dis-je.

Je passe à nouveau une main dans mes cheveux. Je dois montrer que je suis un homme. C'est à moi d'annoncer la nouvelle, de lui dire que je l'ai mise en cloque. Bon, je n'emploierai pas ces termes-là, mais c'est un fait. J'ai couché avec sa fille chérie qui était vierge et, au bout du compte, elle porte mon enfant.

Lily secoue la tête et me fusille du regard.

— Lily ? demande Mike, percevant le mouvement

du coin de l'œil. Parle, ma chérie. Tu sais bien que rien de ce que tu pourras me dire ne me mettra en colère.

Lily se rapproche de lui et lui agrippe fermement les mains.

— Très bien, papa. Promets-moi de ne pas flipper.

Eh merde. C'est le mot de passe pour « flippe un max ».

Mike hausse un sourcil.

— Je me réserve le droit de *flipper* après que tu m'auras dit ce qui se passe.

— Promets-moi que tu ne tueras pas Jett.

Cette requête me vaut un regard meurtrier de l'homme qui cognait des types pratiquement à mort pour le plaisir.

— Je ne tuerai pas Jett, mais ma promesse s'arrête là.

— Je suis enceinte, lâche-t-elle à nouveau.

Même ton, mêmes mots, même douceur que lorsqu'elle me l'a annoncé.

Mike, lui, n'a pas de mouvement de recul. Son corps ne bouge pas. Il ne cligne même pas des yeux. Il reste assis là, statique. Je ne suis même pas certain qu'il respire encore à ce stade.

— Tu es quoi ?

Elle sourit nerveusement.

— Enceinte.

— D'un bébé ? demande-t-il, clignant enfin des paupières.

— De quoi d'autre, Michael ? s'exclame Mia, qui lève les yeux au ciel. Évidemment, d'un bébé. Tu vas être grand-père.

À ce mot, Michael ouvre la bouche, le souffle coupé, et promène le regard autour de lui, comme s'il était perdu.

— Grand-père ? souffle-t-il si bas que je l'entends à peine. Je vais être grand-père.

Je bloque toutes mes articulations et me prépare à le voir se jeter au-dessus de la table basse pour m'étrangler. Je sais que ça arrive. Ça arrive forcément. On parle de sa Lily. Non seulement je l'ai déflorée, mais je lui ai aussi fait un bébé.

— Ne te fâche pas. Je suis tellement désolée, papa. Je ne voulais pas...

Mike secoue la tête, lâche les mains de Lily et se couvre le visage.

— Chut, j'ai besoin d'une minute.

Elle referme aussi sec la bouche et me regarde avec de grands yeux terrifiés.

— Je cours ? je lui souffle.

Elle hausse les épaules avec une grimace.

C'est Mia qui répond à ma question, une main posée sur ma jambe :

— Reste calme et ne bouge pas.

Bordel. Elle dit ça comme si une bête sauvage se trouvait à l'autre bout du salon et que je devais faire mon possible pour ne pas l'effrayer afin qu'elle ne m'attaque pas.

— Grand-père, murmure Mike dans sa paume. Grand-père. Grand-père. Grand-père.

Il répète ce mot une bonne dizaine de fois sans bouger.

— Papa.

Lily lui touche l'épaule.

— Ça va ?

Il baisse les mains, mais je ne vois aucune colère sur son visage.

— Si ça va ?

Il sourit.

— Je vais être grand-père.

Je pousse un bref soupir de soulagement, car je vois bien qu'il est heureux, même si sa joie est orientée vers Lily, et non moi.

— Alors, tu es d'accord avec...

Lily baisse les yeux et place une main sur son ventre.

— ... avec ça.

Les bras de Mike l'enserrent contre son corps massif.

— J'ai hâte, ma chérie. Tellement hâte. Nous allons avoir le premier enfant de la quatrième génération Gallo ! Je vais être grand-père.

Lily me sourit par-dessus l'épaule de son père, et je peux voir le soulagement sur ses traits. Elle avait tellement peur de le lui annoncer que j'ai cru qu'elle allait s'évanouir sur le trajet à force de haleter de panique.

— Quant à toi..., me dit Mike, après avoir relâché Lily et s'être tourné vers moi.

Je me fige, agrippe le canapé et ferme un œil. J'attends que son poing me frappe. J'ai déjà vu son vilain uppercut en vidéo et je parie que ma tête serait arrachée net avec le bon angle d'attaque.

— Je suis navré, dis-je tout de go, la voix étranglée, me préparant à recevoir la plus grande raclée de mon existence.

Mike se lève et contourne la table basse d'un pas raide tandis que je recule la tête en prévision du moment fatidique. Je serre les paupières lorsqu'il se rapproche, mais j'ai le temps d'apercevoir le haut de son corps arriver dans ma direction.

Ça y est. C'est la fin.

C'était une belle aventure.

J'ai eu une vie fantastique jusqu'ici.

J'ai servi dans l'armée, voyagé à travers le monde, gagné à jamais le cœur de la fille que j'aimais.

Seulement, de manière tragique et soudaine, toute bonne chose a une fin.

Mike se penche au-dessus de moi, les poings serrés comme s'il allait s'en prendre à moi.

— Je t'ai détesté dès l'instant où tu m'as volé ma fille, Jett.

— Papa ! proteste Lily. Ne dis pas ça.

— Et aujourd'hui... je te déteste encore.

— Je suis désolé.

Il plisse les yeux l'espace d'un instant, avant que son visage se radoucisse.

— Je ne suis pas content de la façon dont ça s'est passé. Que tu aies mis ma fille enceinte. Que vous ne soyez pas mariés. Mais un bébé arrive, et je vais aimer cet enfant, parce qu'il sera la chair de ma chair.

— Vraiment ? je balbutie. Alors, vous n'allez pas me tuer ?

— Non. Pas encore, du moins, mais si tu lui brises le cœur ou fuis tes responsabilités de père, je te démembrerai.

Mia a quitté le canapé et vient se nicher sous le bras de Mike, une main sur son torse.

— J'ai hâte de pouvoir sentir à nouveau l'odeur d'un bébé, se réjouit-elle.

— Le baby-sitting, il n'y a que ça de vrai ! concède Mike. On en tire tous les avantages et on renvoie le petit à la maison.

Le cœur cognant dans la poitrine, j'essaie de reprendre ma respiration. Lily est à mes côtés l'instant d'après et se glisse sous mon bras, tout comme sa mère vient de le faire avec son père.

Je baisse les yeux, souris à ma belle, qui semble respirer pour la première fois depuis des heures, et lui souffle :

— Je t'aime, Lily.

— Moi aussi, *papa.*

Elle me décoche un clin d'œil et une petite secousse agite mon ventre. Bientôt, quelqu'un m'appellera ainsi.

Mon téléphone se met à vibrer dans la poche arrière de mon jean et je fais pratiquement un bond, les nerfs encore à vif.

— Réponds, me presse Lily, voyant que je ne réagis pas tout de suite.

Je grommelle entre mes dents. Il me coûte de devoir gâcher ce moment, mais lorsque je sors le téléphone de ma poche et regarde l'écran, je vois le nom de Mammoth y apparaître.

— Oui ?

— Salut, mon pote, me lance-t-il sur un ton précipité. J'ai besoin de toi.

— Il y a un problème ?

Lily fronce les sourcils et sa joie s'évanouit.

— Je suis sur la côte ouest et il me faut du renfort. Pike est en chemin, mais j'ai besoin de toi aussi.

— Tout ce que tu veux.

Lily se blottit contre moi et me regarde avec de grands yeux ronds.

— Que se passe-t-il ?

Je secoue la tête et écoute les instructions de Mammoth.

— Je peux y être en une heure, lui dis-je avant de raccrocher.

— Jett, dis-moi ce qui se passe, m'implore Lily, tandis que ses parents deviennent silencieux.

Trois paires d'yeux sont braquées sur moi.

Je me penche pour embrasser Lily sur le front et range le téléphone dans ma poche de jean.

— Mammoth a des ennuis. Je dois partir, chérie. Il a besoin de mon aide. Pike est en chemin aussi.

— Je ferais bien de venir, offre Mike tout en faisant un pas en avant.

Je secoue la tête et il s'arrête net.

— Restez avec les filles. Je m'en occupe. Il n'y a pas de quoi s'inquiéter. Je suis sûr que ce n'est rien.

Lily plonge la main dans son sac à main.

— Prends Statham. Il m'a toujours porté chance.

Elle sort le Glock rose bonbon et je l'arrête dans son geste, une main sur la sienne.

— Garde-le, chérie. J'ai le mien. Je veux te savoir protégée.

Elle range le pistolet à sa place, avant d'agripper mon tee-shirt et de poser la joue contre mon torse.

— Sois prudent.

Puis elle lève les yeux vers moi.

— On a besoin de toi.

— Je promets de revenir, Lily. Je t'aime.

J'espère ne pas avoir menti à la fille que j'aime et la future mère de mon enfant.

* * *

OMG. J'espère que vous avez aimé Lily et Jett autant que moi. Prêts pour d'autres Men of Inked ?

Tamara et Mammoth sont plus torrides que jamais dans ***Chaleur***.

Mammoth est prêt à couper pour de bon les liens avec le club, privilégiant l'amour à la fraternité, jusqu'à ce qu'un revenant de son passé se mette à menacer sa liberté et son avenir.

à propos de l'auteur

Chelle est une écrivaine à temps éprise de légèreté, accro aux réseaux sociaux et au café.
C'est une ancienne professeur d'histoire.

Vous trouverez plus d'informations sur les livres de Chelle sur menofinked.com.
Recevez ma newsletter en vous inscrivant sur *menofinked.com/french*

Rejoignez mon Groupe de Lecteurs Privé sur Facebook - *facebook.com/groups/blisshangout*

facebook.com/authorchellebliss1

instagram.com/authorchellebliss

bookbub.com/authors/chelle-bliss

goodreads.com/chellebliss

amazon.com/author/chellebliss

twitter.com/ChelleBliss1

pinterest.com/chellebliss10

tiktok.com/@chelleblissauthor